Pa' las que sea

Pa' las que sea

Jaime León Acosta

www.librosenred.com

Dirección General: Marcelo Perazolo
Diseño de cubierta: Lucila Avalle
Diagramación de interiores: Victoria Villalba
Ilustración de cubierta: Carlos Alberto Cano

Primera edición en español - Impresión bajo demanda

© LibrosEnRed, 2015
Una marca registrada de Amertown International S.A.

ISBN: 978-1-62915-237-0

Para encargar más copias de este libro o conocer otros libros
de esta colección visite www.librosenred.com

Dedicado a quienes inspiraron esta historia.

Nota del autor

"Pa' las que sea" se ha convertido en el lema de muchas personas como motivación para enfrentar situaciones difíciles. Es una forma de poner en pocas palabras un espíritu de compromiso y valentía.

Sin embargo, en esta historia, la frase es utilizada por los personajes para dar luz verde a comportamientos que suelen ser condenados por la sociedad.

El propósito de la historia es mostrar la manera en la que factores psicosociales contribuyen a la tan escondida prostitución masculina. Además, describe cómo la actitud adscrita en la expresión "Pa' las que sea" forma parte del vocabulario callejero con el que los jóvenes buscan minimizar la trascendencia de su comportamiento.

La utilización de la frase en este libro no tiene el ánimo de demeritar los usos que a diario muchas personas le dan como manera de superación personal.

Algunos de los segmentos describen situaciones de índole sexual que pueden herir algunas sensibilidades. Están incluidos con la intención de mostrar aspectos importantes que motivan a los personajes para adoptar ciertas conductas como parte de su expresión sexual.

Finalmente, valga enfatizar que el libro narra en gran parte situaciones reales a través de personajes ficticios.

El poder mágico de una liguita

Despertó esa mañana con la sensación de no haber dormido lo suficiente y sin embargo, fue poco lo que tardó en abrir los ojos. El día prometía ser de mucho cansancio y ajetreo pero no le importaba, pues la idea de regresar a Medellín le generaba una energía de adolescente y una agilidad que lo hacía sentir vivo, algo que interpretaba como una recompensa por la disciplina y los muchos días de trabajo que habían sido necesarios para tener estas nuevas vacaciones.

Aunque era joven para retirarse, soñaba con el día en que no tuviera que rendir cuentas de su tiempo; pasaba horas recreando las muchas cosas que haría. No faltaban las recriminaciones propias, ni las nacidas de consejos maternos o de amigos bien intencionados, que rompían la magia de esos escapes de la realidad; divagaciones que cada día se hacían más frecuentes, alimentadas por el escalado estrés de labores extensas y amores complicados.

A menudo, estas cavilaciones le provocaban sentimientos de culpa, pues deducía que todo el tiempo que gastaba en fantasear podría usarlo mejor en los muchos ideales que a diario se formulaba, los que redefinía con tanta rapidez, que cada vez le era más difícil recordarlos en su forma original.

Utilizaba cada viaje para tomarle el pulso a su propia existencia. Notaba que los pensamientos le fluían con facilidad. Entraba en una especie de trance que lo llevaba a desglosar experiencias vividas y a estudiar en detalle los pasos que habría debido dar para hacer realidad una nueva aventura. Hacía recapitulaciones de todos sus logros y se reía de las vicisitudes que había enfrentado.

Le nacían deseos enormes de hacer planes. Daba rienda suelta a sus ilusiones, soñando realidades que le infundían fuerza para enfrentar el futuro. Ganaba claridad en sus propósitos y adoptaba una actitud romántica, poética y un poco religiosa. Oraba una y otra vez, sintiéndose más cerca de Dios, y entendiendo sus propias debilidades como una simple expresión humana.

Al anunciarse el aterrizaje, repasaba cada paso que debía dar relacionado con los trámites de migración y reclamo de equipaje. Los frecuentes viajes lo dotaron de experiencia, que utilizaba para anticiparlo todo, lo que le permitía actuar como quien sigue un libreto. Se movilizaba con facilidad entre el aeropuerto y el centro de la ciudad, donde tenía un pequeño apartamento en el que se alojaba cuando visitaba Medellín. No era partidario de molestar a nadie y, por lo tanto, nunca avisaba de su llegada ni a familiares, ni a amigos.

Una vez en el apartamento, soltó la maleta y se fue a caminar, para quemar algo de tanta energía acumulada. Así, reconocía su espacio e inundaba sus pupilas de rostros sensuales de los cuales podrían nacer relaciones fortuitas. Veía, en muchos, la posibilidad de conocer historias. Cada una de las personas con quien se proponía un acercamiento traía consigo un cúmulo de experiencias que le provocaban fascinación. Le parecía que conocía más de una Colombia oculta en cada cuerpo que se desnudaba frente a él con intenciones a veces tan escondidas que resultaba todo un reto descubrir.

Después de recorrer medio centro, llegó al parque Bolívar y, aunque algo dubitativo, terminó sentándose en una de las bancas del que consideraba el patio mayor de la ciudad. Era importante familiarizarse con el área, estar atento a sus alrededores, y así evitar "dar papaya" y que lo tumbaran acabadito de llegar. Se sentó con las piernas separadas, adoptando una actitud relajada y masculina para demostrar control de la situación.

Sentado a su lado había un joven de unos veintitantos años, de ojos color miel y tez morena a quien, sin mucho pensarlo, detalló con gran cuidado. Cruzaron un par de miradas, algo inquietos y un poco tímidos.

Ensayaba en su mente frases para romper el hielo, pues debía asegurarse de que fuera un comentario lo suficientemente amplio como para permitirle cambiar el rumbo de la conversación si las cosas no iban por donde se pretendía. Pensaba que a menudo solo se cuenta con un par de palabras, un par de segundos o un par de gestos para llegarle a alguien, y que el éxito de muchos de estos encuentros dependía de tener buen tacto.

—Mucho desocupado en este parque, ¿no?

Antes de hablar, levantó la mirada paulatinamente, mientras aprovechaba cada segundo para estudiarlo. Cuando se conectó con los ojos del hombre, verdes y algo escurridizos, fijó la vista sonriendo con sutileza, tratando de instilar confianza; respondió entonces lentamente, como estirando las letras de las palabras.

—Sí, hermano, ¿qué más se hace?

Las miradas de ambos tomaron rumbos diferentes, pero cada vez con mayor frecuencia volvían a coincidir. Estudiaban la seguridad, la presencia de mirones, y cada una de las palabras que utilizarían para seguir la conversación. Hablaron brevemente, pero la prudencia reinó y lo único concreto que lograron conocer fueron sus nombres: Manuel y Santiago.

Al día siguiente regresó al parque más o menos a la misma hora. El joven de los ojos color miel tenía algo de misterioso en la mirada y a Santiago le intrigaba saber más sobre él. Pero no aparecía por ningún lado. "Este huevoncito dónde se metió", decía para sí mismo.

Decidió distraerse viendo a la gente alimentar palomas. Percibió que los desocupados, a su alrededor, no lo descuidaban con la mirada, pero les dio poca importancia y se enfocó en otras cosas. Le llamó la atención una parejita: el muchacho, después de agazaparse con la novia, se daba vuelta con una expresión de rey león, celebrando su buena fortuna. "Algunos hombres actúan como tontos cuando tienen una mujer, la quieren exhibir a todo el mundo", pensó.

La escenita le trajo recuerdos de Susana, una de sus primeras novias de adolescente, de quien se había enamorado al escucharla tocar el piano, y con quien aprendería a descubrir la sensualidad y el morbo de las caricias. Sus senos le atraían mucho, disfrutaba llevándola al cine para acariciárselos durante toda la película. A pesar de ser el cine uno de sus pasatiempos favoritos y frecuentes, nunca se enteraba de lo que entraban a ver. Ella no se quejaba, y por el contrario adoptaba la postura de un gran piano, dirigiendo al concertista en la manera y fuerza con que debía tocar una y otra tecla.

Comenzaba a caer la tarde y el parque se transformaba paulatinamente. Las luces de los negocios se prendían, y se empezaban a escuchar las canciones que acompañaban a las cervezas con que los clientes celebraban el fin de la faena diaria, para nublar un poco el pensamiento, o como decían otros, para coger fuerzas para irse a casa. Se asombraba de lo poco que tomaba a algunos alivianar el peso de las dificultades y hacer la vida más llevadera. Era poco lo que acostumbraba a beber y, por eso, solo era un espectador de este tipo de situaciones.

De regreso al apartamento hizo tantos planes que llegó a abrumarse con solo pensarlos. A cada idea concebida le buscaba un "pero", y terminó concluyendo: "Son mis vacaciones, hago con ellas lo que quiero, y eso incluye no hacer nada".

Ojeaba un libro, pero no lograba leer más de un par de líneas cuando lo invadían recuerdos de otras épocas en Medellín;

travesuras que alojaba en la memoria, motores de nuevos viajes; imágenes y sensaciones de situaciones vividas y otras por vivir que le retumbaban en el pensamiento, provocándole palpitaciones, manos frías, ganas de reír, deseos de correr; en fin, una especie de nerviosismo, de angustia.

Se esforzaba en canalizar su energía, enfocándose en lo positivo del tiempo libre para organizar ideas, para encontrarle sentido a lo que había hecho o pensaba hacer. Le otorgó razón de ser a sus remembranzas, para justificar el tiempo que les dedicaba: en gran parte, se convertían en una especie de espejo de su alma, en el que reconocía aspectos de sí que quería cambiar. Después de todo, era durante la época de vacaciones cuando atesoraba tiempo para organizar pensamientos y concienciarse sobre la vida, poniendo en perspectiva logros e ideales que le permitieran mirar hacia adentro y rebuscar en su ser cualidades existentes y otras que debía promover.

Y cómo olvidar aquellas otras experiencias que le servían para avivar fantasías sexuales, protagonistas de la masturbación que no le podía faltar cada noche, justo antes de entregarse a sus ángeles de la guarda.

Le vino a la mente Fabián: lo conoció una tarde mientras comía unas empanadas en compañía de don Tomás, a quien le había ido a llevar una encomienda que envió un amigo mutuo que tenían en Miami.

—No le dé pena decirme pa' qué soy bueno. Acá con mucho gusto lo llevo a cualquier moridero que quiera, pa' que la pase bien bueno —le dijo don Tomás con su marcado acento paisa.

El comentario lo sorprendió un poco, pero añadió espontaneidad y fluidez a la conversación: comentaban entre risas sobre las personas que pasaban por la acera. Don Tomás parecía ser muy conocido en esa área de Itagüí; los saludos iban y venían y detrás de cada uno seguía un comentario jocoso. Una de las personas que se detuvo a saludar fue Fabián: empujaba un coche con su hijo, un niño de unos seis meses de edad, y al lado iba la novia, una jovencita rubia, blanca, de ojos claros. Les ofreció algo de tomar, pero con el pretexto de que tenían que acostar al niño, desistieron de la invitación.

—Vamos a estar acá un rato más —le dijo a Fabián mientras lo miraba fijamente a los ojos.

—Bien, ahora les caigo —respondió mientras se alejaba.

—Oiga, Santiago, usted me salió más avión de lo que me habían dicho.

—¿Será que estuve muy intenso?

—¡Ah, qué importa! —afirmó don Tomás con un gesto de complicidad.

Esa tarde, don Tomás le abrió los ojos a una situación que intuía, pero que se había negado a aceptar del todo: una realidad nacida de la necesidad y que muchos argumentaban que era una forma solapada de dar rienda a placeres que la sociedad condenaba.

Santiago no acostumbraba analizar las razones que tenían las personas para querer intimar con alguien, pero frente a lo que le comentaba don Tomás, no podía evitar pensar en experiencias propias y ajenas. De repente le llegaban imágenes de encuentros pasajeros que le despertaban una gran curiosidad por conocer las motivaciones de sus protagonistas: ¿sería por interés en el dinero?

Don Tomás le aseguraba que los jóvenes de hoy en día estaban por vivir experiencias de todo tipo, siempre y cuando les devengaran alguna ganancia; experiencias que olvidaban al subirse la braqueta del pantalón. —Es el poder mágico de una liguita y la actitud cómplice resumida en un: "Pa' las que sea", —decía.

Algunas de las explicaciones se habían quedado a medias, dando vida a múltiples inquietudes. No sabía si Fabián había tardado poco en regresar o si el tiempo había transcurrido demasiado rápido, negándole la posibilidad de saciar su curiosidad con las muchas ideas que le provocaba el tema.

La presencia de Fabián parecía espantarle las palabras a Santiago, la conversación se tornaba un tanto superficial. Don Tomás, que nada tenía que perder, mantenía una risa pícara y una actitud tranquila y espontánea que contrastaba con la de sus acompañantes, que cuidaban al extremo sus frases y gestos. Dialogaban con oraciones cortas, tímidas, en volumen más bien bajo, e intercambiando la intensidad de las miradas, a veces fijas a los ojos, para que estos hablaran, y a veces concentrándose en los alrededores, para ganar fuerzas antes de descubrir el impacto que las palabras causaban en el otro. Santiago tenía demasiados interrogantes; lo que estaba sucediendo en nada se correspondía con sus propósitos en aquel parque de Itagüí.

Hubiera deseado quedarse allí hasta que el cansancio lo venciera, pero intuía que era más inteligente digerir todo lo que acababa de suceder y proceder con mayor seguridad en el futuro. Con palabras entresueltas y uno que otro además, Santiago y Fabián se pusieron una cita para el día siguiente.

Estando en el taxi, de regreso al apartamento, Santiago sonreía a solas recordando ese momento, sin discernir con claridad los hechos, llegando a pensar que la manera de relacionarse con Fabián obedecía a una conexión entre ambos.

***

No podía estarse quieto; caminaba de un lado a otro reviviendo la experiencia. Se asombraba de pensar que podría suceder algo con aquel joven que encontraba tan varonil, de rostro hermoso, con ese pelo lacio y negro brillante, esos labios rojos que iluminaban su tez blanca, y ese cuerpo sólido y bien formado. Una mezcla de miedo y disfrute le provocaba sacudones en el estómago cuando recordaba la expresión del muchacho, a veces diabólica y a veces angelical. Con el tiempo descubriría que el tono autoritario que manejaba en público era parte de una fachada, pues de puertas adentro hablaba con voz suave; eso sí, era escaso de palabras en donde lo pusieran.

Muchas cosas aún no le quedaban claras. Vaciló en repetidas ocasiones, hasta decidirse a llamar a don Tomás.

—Disculpe que lo llame, pero es que no sé si lo que estoy pensando se pueda dar con Fabián, ¿qué tanto lo conoce?

—Tranquilícese, Santiago, que lo oigo nervioso; no le dé mucha cabeza al asunto, esos muchachos están para lo que usted proponga, siempre y cuando les dé liguita.

Le advirtió que no era para meter el corazón en este tipo de experiencias. Que la hombría de ellos no se podía poner en ningún momento en entredicho. Que siempre había que referirse a ellos en términos muy masculinos, y que nunca "daban boleta" saliendo con locas.

—Una vez que cumplas con estas pequeñas normas, te vas a poder tirar a la mayoría de los pelaos de Medellín, o de cualquier otro rincón de este país. Si accedió a salir con vos es porque le inspiraste confianza, que no lo vas a meter en chismes, y eso es muy importante para estos pelaos.

Se esmeraba en no perder detalles, y llegó hasta a suavizar la respiración, para asegurarse de escuchar claramente cada una de las recomendaciones. Después de colgar el teléfono, siguió reviviendo cada parte de la conversación y anticipando mentalmente la forma en que pondría en práctica los consejos. La jornada de ensayo fue tan extensa, que terminó agotándolo, al punto de hacerlo desistir de alimentar fantasías y de jugar con su cuerpo, como acostumbraba cada noche.

***

El ruido de los frenos de los autobuses y el sol sobre su cara lo levantaron temprano de la cama. Pensar que había olvidado la cita le provocó un leve temblor. La mañana transcurría lenta. Trataba de evitar obsesionarse con el tema, pues temía que se le notara la angustia cuando se encontrara con Fabián. Comió poco, para sentirse liviano y para evitar que los nervios le provocaran una mala jugada. Para mayor comodidad prefirió ropa deportiva, la cual también le añadía jovialidad y le engañaba los pensamientos de reproche por la diferencia de edad.

Tomó un taxi para llegar al parque de Itagüí, donde habían quedado de encontrarse. El momento de la cita, finalmente, se daba. Fabián, quien ya lo esperaba, lo saludó de una manera breve y seca.

—¿Para dónde vamos? ¿O qué?

Algo cohibido, subió los hombros e hizo un gesto, manifestando que le era indiferente; daba la impresión que se había contagiado de la sequedad del jovencito.

Fabián se acercó a un vendedor ambulante con porte de menor de edad, pidió algo que Santiago no logró escuchar, pero que pudo comprender cuando este levantó la base en donde tenía los dulces, para sacar un par de cigarrillos de marihuana. Apenas alcanzó a reaccionar ante la inesperada transacción, cuando el travieso jovencito ya paraba un taxi y escogía sentarse en el frente a la vez que le hacía señas para que se sentara atrás. Todo sucedía con gran rapidez, provocando que una vez más, el misterioso muchacho se las ingeniara para dejarlo con pocas palabras.

—Y ¿a dónde pues? —dijo, con un tono algo autoritario.

Sobreponiéndose al aturdimiento, sugirió el parque de Sabaneta, por ser un sector que conocía bien y que le infundía confianza, pues tenía un par de amigos que vivían no muy lejos de allí. Batalló consigo mismo para no sentirse derrotado; luchaba contra el bajón de fuerzas, que de alguna manera le diluía las ilusiones. Escuchaba al chofer del taxi hacer comentarios sobre algunos de los trabajos de obras públicas. No sentía deseos de ser parte de la conversación, por lo que se mantuvo al margen, con la mirada puesta en las imágenes del camino, que desfilaban ante él con gran rapidez. Abrió la ventanilla para sentir la brisa. La trepides del viento lo alejaba aún más de la conversación que se libraba en aquel vehículo; a sus oídos llegaban las voces de Fabián y del chofer como si vinieran de muy lejos; había logrado volar de aquella situación, que le resultaba ajena a lo que había soñado.

Llegaron al parque. Cruzaron unas cuantas palabras. Fue más lo que se distrajeron admirando los murales auspiciados por la Alcaldía que lo que dedicaron a mirarse entre sí. Santiago lo invitó a tomar algo, y el estar juntos en una mesa, sentados frente a frente, permitió un inescapable contacto visual y la adopción de una actitud un poco más amable, que a su vez los llevaría a ser menos escurridizos en la comunicación.

Luego optaron por ir a dar una vuelta: caminando por los alrededores del parque se encontraron con Jairo, quien de inmediato mostró deseos de hacer preguntas, las que fueron frustradas rápidamente por los gestos contrariados de su buen amigo Santiago. El diálogo entre los tres era escaso: en una pequeña parte por el incidente que acababa de ocurrir, y en otra gran parte, por la actitud retraída del jovencito.

Jairo se autodenominaba embajador del municipio, por lo que se sentía comprometido a que sus visitantes la pasaran bien, pero nadie le sugería qué hacer, y frente a las escasas opciones, terminó convidándolos al apartamento. Santiago abrió los ojos como quien pregunta y Fabián, cómodo con esta forma de comunicación, levantó las cejas, dejando la decisión a merced de otro. Con ese par de muecas se dio por aceptada la invitación. Las palabras continuaban siendo escasas.

Llegaron al apartamento. Jairo se sirvió un vaso con agua e inmerso en el mundo silente que se formaba a su alrededor, les señaló la jarra, por si deseaban servirse. Ambos asintieron y dejaron escuchar unas tímidas gracias. Después de unos minutos, el anfitrión los dejó solos, con el pretexto de que debía resolver algunas cosas. No lo motivaba tanto el querer ser alcahueta como el deseo de escapar del asfixiante mutismo en el que estaban sumidos sus invitados; esa forma de interacción chocaba con su chispeante manera de relacionarse. Antes de salir, le dijo a Santiago entre dientes que podía usar el apartamento a su antojo. Aquella complicidad de su amigo añadió un poco de morbosidad a aquel encuentro, que hasta el momento se presentaba frío e inquietante.

Una vez solos, Fabián sacó uno de los cigarrillos de marihuana, y con un gesto preguntó si estaba bien encenderlo. La respuesta, aunque muda, fue afirmativa. Fumaba, y luego se lo pasaba a Santiago, quien encontraba algo pecaminoso en todo aquello, algo que lo excitaba. Solo había fumado en una ocasión, en la que ni siquiera aspiró el humo, por lo que no tenía ningún recuerdo de haberse drogado. Hoy sería diferente. Le daban deseos de aspirarlo y saber qué se sentía.

Tomó el cigarrillo en las manos y lo detallaba, distrayéndose con el humo. Fabián, quien había estado observándolo, lo dejó solo por unos minutos para ir a usar el baño. El debutante fumador permaneció haciendo bolitas de humo y riéndose consigo mismo por lo atrevido de su comportamiento. Al percatarse de que el jovencito regresaba, fue a su encuentro, y este, al verlo, le señaló la cama, sugiriendo que se acostaran.

Recostándose en el espaldar con la camisa abierta, le hizo un gesto a Santiago para que le pasara el cigarrillo. Con la cabeza apoyada sobre las almohadas y ligeramente inclinada hacia atrás, fumaba manteniendo los ojos cerrados, como si se estuviera transportando a otro mundo.

Lo miraba con cierto misticismo, experimentando leves tremores, mezcla de miedo y excitación. Disfrutaba de su cabello, más negro y brillante que cuando lo vio la primera vez, de su bien formado torso, que por momentos mostraba costillas propias de cuerpos delgados, y de su piel tierna, que conservaba la frescura de la juventud. Comenzó a acariciarlo suavemente, resbalando la mano lentamente hasta acercarse a la bragueta del pantalón, mientras él seguía fumando, ajeno al mundo. Aunque nervioso porque en algún momento lo detuviera, permaneció acariciándolo sutilmente, y el jovencito continuaba impávido, casi embalsamado.

Santiago, rendido frente a la indiferencia, se recostó con la mirada perdida en un rincón del cuarto. La ausencia de ruido lo indujo a pensar que estaba sordo. La pesadez del cuerpo y la quietud de las cosas le produjeron una sensación de catatonia. No temía por lo que estaba sintiendo, pues en cierta forma se trataba de sensaciones que le infundían tranquilidad. Quería que aquel momento durara para siempre, pero no fue así. En una milagrosa muestra de vida, Fabián lo sacó de su trance con un estrujón que le propinó con los dedos del pie.

Y como despertando de un sueño, regresó a la exploración de lo que escondía el jovencito en sus pantalones. Le bajó la bragueta lentamente, para acariciarlo, hasta notar que algo se levantaba: era la señal de que había vida, deseo y oportunidad. Fabián estaba allí siendo cómplice de los caprichos de un hombre, poniendo en pausa sus deberes de jefe de hogar, y utilizando su cuerpo para mejorar la canasta familiar, o así lo quería hacer creer.

Cuando lo tuvo desnudo en la cama, no pudo creer su suerte. Le acarició los genitales con la boca. No se atrevió a besarlo, aunque aquellos labios rojos mucho lo provocaban. Don Tomás fue muy claro en insistirle que estos muchachos ni besan ni dicen frases bonitas. Ya tenía bastante con mimar lo que los hombres guardan con tanto recelo. Ahí estaba, el muy macho, padre de familia, amante de una rubia bella y joven, dejándose acariciar por un hombre con la única motivación de ganar unos cuantos pesos.

La faena duró más o menos lo que tomó fumar el cigarrillo de marihuana. No hubo orgasmo de parte de ninguno de los dos y aunque Santiago experimentó momentos de excitación, nunca se deshizo de la ropa. Estaba acostumbrado a que su pareja lo ayudara a desvestirse, o que por lo menos lo hicieran juntos, en complicidad. Era parte de ese juego espontáneo que regularmente se daba entre dos personas que compartían su intimidad. Fabián no fue nada de eso. Su papel se limitó a permitir ser tocado, sin hacer el mínimo esfuerzo por provocar placer. Santiago no sabía qué hacer ante aquella experiencia. Por un lado, había pisado el terreno del sexo pagado. Un mundo poco explorado por él y que le dejaba el vacío de lo que no pasó. Aquello no podía considerarse sexo, más bien, la utilización del cuerpo de un joven para encender inquietudes y cosechar fantasías. Pensó: "Lo mejor que voy a sacar de todo esto es una buena paja esta noche".

**

Afuera se tornaba esporádicamente silencioso, pues a pesar de que los ruidos del tránsito eran más escasos, las conversaciones agitadas de los transeúntes de la noche resonaban tan fuerte que le sacudían los recuerdos. Experimentaba cierto atolondramiento, un divagar entre nubes, y una sensación de acabar de llegar de un viaje de otras épocas. Nostálgico por el pasado, y con el cuerpo adolorido por la posición largamente sostenida, llegó hasta el ventanal amplio de la sala, que daba hacia la avenida Oriental, y notó en el cielo un matiz oscuro. Descubrió que eran más de las tres de la mañana, y pensó que parte de la vida se nos va teniendo experiencias, y otra, mucho más grande, recordándolas.

—Me parece bien, y hasta conveniente, sobre todo en estas noches de soledad y de escasez de caricias hay que revivir los buenos ratos —pensó en voz alta, como si se estuviera justificando.

En ese entonces, lo que empezó en el parque de Itagüí dio vida a muchas otras aventuras; fue quizás la búsqueda para olvidar a quien hasta hace un año consideraba su alma gemela.

LA PLAYA DEL FARO

Se conocieron cuando cursaban el bachillerato en la *Miami Senior High School*. Todo comenzó como un juego: con frecuencia Santiago llegaba tarde a clase, mereciendo regaños que, por estar en inglés, poco entendía. Así fue como Ángel comenzó a fijarse en su compañero, ayudándolo a comprender las reprimendas de la profesora. Dominaba mejor el inglés, debido a que las clases en su natal Ponce, Puerto Rico, eran por lo regular bilingües. En varias ocasiones le sirvió de intérprete, dando pie a acercamientos entre ellos. Un buen día acordaron ayudarse mutuamente. Ángel prometió darle una mano con el inglés, mientras Santiago lo haría con matemáticas. Se reunían a hacer las tareas y eso fue dando paso a meriendas juntos y luego a paseos por *Bayside* y *Lincoln Road*.

Pasaron meses cimentando la amistad; en una ocasión, estudiando, a Santiago lo sorprendió la noche en casa de Ángel. Habían anunciado vientos huracanados, por lo que los familiares de su amigo le ofrecieron que pasara la noche con ellos. La amenaza de huracán y el depender del transporte público sirvieron de excusa para que aquella noche se diera un acercamiento. Todo sucedió con gran naturalidad. Tomaron una ducha por separado. Cama, solo había una, y la compartieron sin malicia ni premeditación alguna. Se acostaron en medio de un silencio que se agudizaba con el transcurrir de la noche. Cada uno cubría su cuerpo con una sábana blanca. Uno se acostó mirando para la pared y el otro le daba la espalda. Una luz tenue entraba por la ventana y formaba una pequeña línea justo en medio de los dos. El estómago de Santiago hizo un ruido provocando que su compañero de cama se diera vuelta suavemente, le colocara la mano sobre el vientre, y le preguntara si tenía hambre.

—No, estoy bien, —respondió.

Se mantuvieron en silencio un buen rato. Los vientos afuera empezaban a tomar fuerza, pegando fuertemente sobre la ventana y dando pie a sobresaltos, que la pareja aprovecharía para eliminar el poco espacio que había entre ellos. La luz de la ventana ya no los dividía, ahora se paseaba entre ambos como si en vez de dos cuerpos fueran uno. Y eso fue lo que precisamente ocurrió. No se sabe quién dio el primer paso, quién tuvo la primera intención de beso, o quién quería poseer a quién, pero lo que sucedió en aquella cama tenía la bendición de la naturaleza, que lo había hecho posible con aquellos vientos fuertes, la complicidad de la oscuridad, y la voluntad de dos cuerpos y dos almas que se unirían para compartir muchos años de vida.

Al despertar, se dieron a sus faenas como si hubiesen sido amantes toda una eternidad. Durante el desayuno comentaron que la tormenta no tuvo la fuerza que se esperaba, permitiendo que la ciudad volviera a su normalidad. También ellos volvieron a sus tareas y a su vida de antes de la noche con vientos de huracán. Nunca se hicieron promesas de ningún tipo. Nunca hablaron de vivir la vida juntos, aunque así sucediera.

Volvieron a coincidir en el sexo días después. No se necesitaron vientos de huracán. Lo que sí hubo fueron copas de licor, aunque igual no hacían falta. El detonante del sexo les corría por la sangre, se los daba la juventud, las hormonas hechas pozos de testosterona que propiciaban constantes encuentros lujuriosos.

Vivían con sus respectivas familias y no era fácil encontrar lugares donde poder manifestarse íntimamente. Los fueron descubriendo; la azotea del edificio donde vivía Santiago, las escaleras que daban a un piso desocupado en la escuela y un parque cerca de la casa de Ángel. Las cosas se fueron dando y sin proponérselo vivieron grandes experiencias. Compraron su primer automóvil. Lo utilizaron para descubrir muchos sitios de la ciudad y sus alrededores: La playa del Faro, localizada en un parque de Key Biscayne, guardaba especial significado. Fue allí donde la relación empezó a tornarse romántica. Nunca se lo propusieron, pero la naturaleza los llevó por ese camino. Disfrutaban del tenue sol al morir la tarde, se refrescaban con aguas juguetonas y cristalinas, se sumergían como danzando, uno dándole la vuelta al otro como si siguieran una coreografía, muchas veces con los sonidos únicos de las olas del mar, del volar de los pájaros, y de los silbidos del viento. Se miraban y se decían mucho, sin pronunciar palabras. Se sentaban juntos a despedir el sol y a darle la bienvenida a la noche. Se perdían entre los arbustos y buscaban la libertad que produce la desnudez. Se daban a la tarea de reconocer sus cuerpos, sintiendo el miedo que da hacer al aire libre lo que se tiene reservado para lugares encerrados y oscuros. Los gemidos de placer se mezclaban con el latir feroz de dos corazones envueltos en juegos de pasión, que debían ocultar de otros bañistas y de los que cuidaban el parque.

Se graduaron de la Miami Senior High School. La universidad los llevó en busca de sus inquietudes profesionales, que en el caso de Santiago fueron la administración de empresas y bienes raíces, mientras que, para Ángel, la veterinaria. Se procuraban en los momentos libres, compensando los límites del tiempo con la intensidad de los encuentros. Los años pasaron y se convirtieron en ejemplo para muchas otras parejas de hombres que no lograban tener noviazgos duraderos.

La relación no era del todo abierta; para las familias de ambos resultaba difícil de aceptar, pero eso no impidió que las cosas se siguieran dando entre ellos. Lucían varoniles, y al ser de edades similares era frecuente que los vieran como primos o hermanos. Eso hizo las cosas más fáciles en el entorno familiar, pues el "qué dirán" seguía teniendo la misma vigencia de siempre.

Aprendieron las cosas que pasan entre dos hombres, casi por igual. Ángel le confesaría un día mientras hablaban del tema que para él había sido su primera vez. Esa confesión le dio gran satisfacción a Santiago. Le complacía que hubiera sido el primero en la vida de alguien, y sobretodo que las cosas se pudieran seguir dando con esa persona.

—No solo nunca he estado con otro hombre, sino que tampoco he estado con ninguna mujer, —le aclaró Ángel.

No había sucedido igual con Santiago, que recuerda sus primeras experiencias sexuales con la criada de la casa. Ella provocó el primer acercamiento, pero a él le quedó gustando y durante un largo tiempo se las ingeniaba para saciar el deseo bravo de sus catorce años de edad. Santiago no tenía recuerdos de encuentros con otros hombres en Colombia, con excepción de juegos morbosos con un primo, con el que se lo medía para ver quién lo tenía más grande y con quien una vez se masturbó, pero sin tocarle un pelo.

En ciertas ocasiones había recibido clases de defensa personal, para enfrentarse en la escuela con un compañerito que le hacía la vida imposible. Tenía tan solo doce años y el instructor voluntario era el celador de la cuadra, que pasaba por la casa de Santiago con el pretexto de pedir un vaso de agua. Nunca estuvo claro si las intenciones de aquel instructor improvisado eran honestas o si lo que buscaba era manoseos sexuales con aquel niño, que parecía cómplice de la situación, pues nunca se quejaba y por el contrario, recordaba las fuertes erecciones con cierto disfrute. Cada paso, estrategia y llave que aprendía para neutralizar al oponente iban acompañados de roces por su cuello, tetillas, abdomen, piernas y genitales. Todo se hacía en el marco de la enseñanza y la calentura iba por añadidura.

Su primera experiencia a conciencia se dio viviendo en Miami. En una ocasión, un amigo cercano le insistía conque a él lo habían torcido los gringos. La realidad era otra: fue otro colombiano, también compañero del bachillerato.

Se conocieron en la clase de educación física. Santiago notaba sus miradas disimuladas, cuando en paños menores coincidían en el vestuario donde se cambiaban para la clase. En las duchas se tomaba mucho tiempo, y en los ratos en los que hablaban siempre le hacía comentarios sobre otro compañero. Con el tiempo descubrió que se trataba de un amor platónico, pues el otro muchacho nunca se dio por aludido. Compartían ratos fuera de la escuela, salían a montar bicicleta y se visitaban de vez en cuando.

Una tarde mientras descansaban después de mucho pedalear, Santiago pudo comprobar que no estaba lejos de la verdad sobre su compañero de la clase de educación física. Se sentaron en una butaca que permitía disfrutar de la bahía de Miami. Tenía la mirada puesta en las aguas espumosas que golpeaban las rocas y en el cielo, entre blanco y azul, que servía de marco a gigantes hojas de palmeras que parecían danzar a medida que el viento las tocaba. Era un gran admirador de la naturaleza y a menudo se dejaba llevar por su belleza.

Por un momento había olvidado la compañía de su amigo, pero el contacto con una mano un poco temblorosa lo hizo caer en cuenta de que estaba allí con él y quizás más cerca que cuando llegaron al parque. Miraba cómo aquella mano le acariciaba la pierna y lentamente subía hasta sus partes íntimas. Tuvo la intención de detenerlo, pero su erección fue más rápida que su pensamiento. Se distraía con imágenes de Matilde, la novia con quien acostumbraba montar en bicicleta, y cuyos recuerdos en ese momento le despertaban instintos licenciosos. Muchas veces se habían sentado en esa misma butaca, él deseando que ella le hiciera lo que en ese momento estaba por ocurrir. Fueron muchas las erecciones que trató de ocultar para no ofenderla, pues era de buena familia y cercana a la de él, por lo que un paso mal dado tendría sus consecuencias. Ella no era como Susana, a quien por lo menos le podía chupar los senos cuando iban al cine. Los pensamientos se movían por su mente con gran rapidez.

A pesar de sus sospechas, nunca creyó que esto pudiera suceder. Cerraba los ojos, olvidándose del cielo azul y blanco y entregándose al deseo desenfrenado, clamando ser acariciado en sus genitales. Nada más existía aquel túnel, inundado de un vaho húmedo y caliente, del que rítmicamente entraba y salía su atesorado pene provocando algo que sentía como el agrande de un río a punto de desbordar. Imaginó a Matilde de rodillas jugando con esa parte de él convertida en antorcha, mimándolo con la boca y acariciándole los testículos. Sus nalgas perdían contacto con la silla al adentrarse por completo en aquel orificio que estaba dispuesto a beberse toda su esencia. Parecía explotar: cada poro de su cuerpo daba vida a gotas de sudor que percibía como riachuelos que se abrían camino por toda su piel, encendida por el sol y por el torrente de sangre que se movía dentro de él. Gemía, encrespaba el cuerpo, se hacía volcán en erupción y poco le importaba en dónde estaba.

Luego llegó la calma y la sensación de relajamiento: la respiración comenzó a normalizarse y sus músculos se sintieron libres de tensión. Aflojando la fuerza con la que cerraba los ojos, lentamente fue redescubriendo la luz, con la impresión de que mucho tiempo había transcurrido; que el mundo era otro, al igual que lo era él.

***

Volvieron a coincidir en clase de educación física pero nunca tocaron el tema de lo que pasó en aquel parque frente a la bahía de Miami. Con ese lenguaje que habla más duro que las palabras, se habían dado a entender que entre ellos solo podía existir una amistad, y así fue. Para Santiago, quien estuvo allí era alguien que tenía el pelo lacio, negro y largo, la piel tierna y delicada, unos senos firmes rebosantes de juventud y su nombre era Matilde. Las cosas son lo que uno quiere hacer de ellas. En ese momento era más fácil dar por cierto una ilusión, y no una realidad que lo enviaba en un sendero de cuestionamientos dolorosos y de destrucción de esquemas y valores que hasta ese momento le garantizaban algo de tranquilidad.

CIRCUNSTANCIAS DIFÍCILES

A pesar del ruido de los buses y del sol sobre su cara, no lograba despertarse tan temprano como acostumbraba, y sobre todo en época de vacaciones. Sus días en Medellín serían pocos, y levantarse tarde hacía que el tiempo no le rindiera para mayor cosa.

Recordó que no se había comunicado aún con Jairo, su gran amigo, que unos meses antes le había alcahueteado prestándole el apartamento para que estuviera con Fabián: sin pensarlo mucho se arregló para ir a visitarlo. El recién estrenado empresario estaba de inauguración de una pequeña taberna cerca del parque de Sabaneta. Este municipio se había convertido en una opción de parranda para muchos, y Jairo vio la oportunidad de hacer negocio en donde sus padres habían llegado, años atrás, para terminar de criarlo, junto con su hermano Guille. Tenían poco tiempo para conversar, por lo que acordaron estar juntos en la taberna y dejar lo demás para después.

Fue durante la apertura del negocio que conoció a Arturo, quien a pesar de estar muy ocupado con sus labores de mesero sacaba tiempo para atenderlo, algo que era de esperar, y para indagar la razón de no andar acompañado, algo que poco tenía que ver con sus obligaciones. Santiago no sabía si las preguntas obedecían a un trato especial, por ser amigo del dueño, pero igual no le importaba, pues le halagaba la atención y le entretenía la curiosidad del jovencito.

Arturo aparentaba ser un muchacho humilde. De físico atlético y estatura normal, un poco más bajo que Santiago. Tenía los ojos negros, como su pelo, y su actuar era perspicaz. Santiago lo encontraba simpático y le despertaba cierta curiosidad. Sabía que le iba ser fácil volver a verlo ya que trabajaba para su amigo Jairo, y por eso no se esforzaba demasiado en tratar de llegar lejos con él en esa noche. Las condiciones no eran tampoco las mejores. A él lo llamaban constantemente a servir las mesas, y el ruido de la música dificultaba una conversación con algo de contenido. Le dejó una buena propina esa noche, mientras pensaba que otro día volvería a verlo.

La ocasión llegó más rápido de lo imaginado, pues Santiago había pasado la noche en el apartamento de Jairo y a pesar de que hablaron hasta el cansancio, madrugaron para asistir a la actividad que los habría de reencontrar.

Jairo había prometido a sus empleados un desayuno, para agradecerles por el trabajo durante la noche de inauguración, hablarles sobre algunos detalles a corregir y darles apoyo moral, para que cada día hicieran un mejor trabajo. Era graduado de una escuela de Miami de hotelería y turismo, donde aprendió la importancia del buen trato al personal. No tuvo que insistir mucho cuando invitó a Santiago al desayuno con sus empleados, para entonces, ignoraba las pretensiones de su amigo.

Coincidieron en la misma mesa. Bueno, en realidad, Santiago debió darse una buena estirada de cuello para encontrar al joven mesero y forzar la coincidencia. Se dijeron frases de cordialidad y conversaron sobre sus gustos por el desayuno típico. Luego, fue poco lo que pudieron seguir hablando. Jairo iniciaba la parte formal del desayuno y Santiago podía adivinar la montada en tribuna que estaba por darse su amigo empresario. Pensaba por un lado que no estaba de ánimo para escuchar charlas corporativas y por otro que era mejor no mostrarle tantas ganas al meserito, por arrecho que estuviera haciéndolo sentir. Le parecía que eso casi siempre asustaba a las personas y poseía efectos contrarios a los deseados. "Debe ser como el buen vino, que se degusta despacito", pensó.

La agenda, además, incluía aspectos que poco le interesaban, ratificando la decisión de excusarse para ir a caminar por el parque y así detallar las ventas informales de artesanías y dulces, que inundaban el sitio los fines de semana. Venció la tentación de quedarse en la reunión y seguir descubriendo ese algo que le parecía interesante en Arturo. No estaba seguro que fuera de índole exclusivamente sexual, simplemente había algo de él que le intrigaba.

***

Esa misma tarde, conversando con el dueño del negocio, filtraría, entre muchos otros temas, preguntas relacionadas con el ir y venir del sensual mesero, incluyendo información sobre sus horarios y principalmente, sobre sus gustos.

—Vos sos mucho puto, ya te estás fijando en el pelao — reclamó Jairo.

Santiago hizo un par de bromas para neutralizar la situación. Nunca admitió que le gustaba el muchacho, pero tampoco lo negó. "¿Y qué con este? Parece celoso, ¿será que le gusta el pelao?", pensó.

Frases más tarde y en un tono algo serio, Jairo le comentó que no conocía nada sobre los gustos de Arturo y que prefería que no se metiera con sus empleados. Santiago, con los gestos pretendía comunicar estar de acuerdo, pero la redondez de la cara por el aire aguantado y el rojo de sus cachetes se lo hacían difícil. Y en su mente ratificaba la sospecha de que a su amigo le interesaba el muchacho.

***

Poco caso hizo de aquellas palabras. La noche anterior al día libre de Arturo pasó por la taberna. Era entre semana y cerraban más temprano. Cuando llegó, notó que solo había un par de clientes. En el fondo, un trabajador se encargaba de poner la música y Arturo era el único atendiendo las mesas. Lo recibió con una sonrisa amplia y un fuerte apretón de manos, a la vez que le comentaba que Jairo no se encontraba en el momento. Santiago pensó que era mejor así, pues no había avisado que vendría. Pidió un aguardiente para tener las agallas de sugerirle al mesero que se vieran.

—¿Por qué no nos tomamos unos traguitos más tarde? ¿Después que salgas de acá?

Arturo, con ojos coquetos, sutiles mordeduras de labio y sonrisa tierna, respondió estirando las palabras que agradecía el gesto, pero que no le quedaba fácil.

—No me puedo gastar la platica en vicio, y además, es tenaz después para llegarme hasta Bello.

Santiago buscaba cómo eliminar aquellos argumentos. No le fue difícil. Decía las cosas de una forma que la mayoría de las personas encontraban difícil refutar.

—Yo no le dije nada a Jairo que venía por acá, y no sé cómo pueda reaccionar si se entera que te invité a darte unos tragos, ¿será que no le contamos?

—Fresco, que eso es cosa mía, no le tenemos que decir nada —respondió con un brillo de malicia en la mirada.

Con la promesa de verse más tarde, le dio la dirección del apartamento y dinero suficiente para pagar un taxi.

***

El apartamento estaba limpio, las luces un poco tenues, y una música suave se escuchaba. Arturo llegó a la hora acordada, por lo que el anfitrión ya todo lo consideraba un acierto.

—¿No está un poco oscuro? —comentó Arturo.

Santiago encendió algunas luces, mientras le ofrecía algo para tomar. El invitado se excusó para conocer el apartamento: admiró su buen gusto para la decoración; se detuvo en un par de cuadros que tenía en la sala, y luego inspeccionó los libros que tenía sobre una pared de repisas que le servían de biblioteca.

—Estos libros no están en español, ¿vos sabés inglés?, —le preguntó.

Parecía maravillarse con los objetos de decoración y con cada aspecto que conocía de Santiago, quien se mostraba selectivo al responder las muchas preguntas con las que lo asediaba.

—Sos muy diferente a las personas que conozco —comentó Arturo.

—¿Eso es bueno o malo? —preguntó Santiago, a la vez que servía algo de comer.

—No, bien, una machera —respondió.

Comieron algo ligero, para luego sentarse en la sala a conversar. Brindaron con aguardiente cada confesión y cada aspecto en común que descubrían entre sí. Santiago, resguardando detalles, comentó que vivía solo y que su familia estaba regada por todas partes.

—Y vos, ¿con quién vivís? —le preguntó Santiago, con algo de nerviosismo por no saber cómo se tomarían las preguntas personales.

—No, hermano, lo mío te va a aburrir —le respondió, mientras hacía un movimiento con la cara, como de quien quiere librarse de recuerdos tristes.

Notó que los ojos cristalinos de Arturo bajaron hasta fijar la mirada en la botella de aguardiente, ya casi vacía. La luz del poste de la calle se colaba por la ventana y daba la impresión de que el líquido de aquella botella se movía suavemente, como olas de mar sereno. La música de fondo parecía acallarse, como si la fuerza de los recuerdos tristes los ensordeciera. Permanecieron en silencio por un buen rato, dando la impresión de que así se estuvieran diciendo más, y sintiendo una conexión que regularmente solo se gana con el tiempo.

—Disculpá si te pregunté algo que no debía —le dijo Santiago con una voz suave, como implorando perdón.

—No te preocupés, yo tengo que aprender a aceptar mi realidad.

Arturo, arriesgándose a sonar trágico y aburrido, habló de la muerte de varios de sus familiares hacía apenas unos cuantos meses. Fueron víctimas de la crueldad del invierno, que provocó el derrumbe de una montaña en Bello, en medio de la noche, arrebatándole a sus padres y a varios otros familiares y amigos. Derramaba lágrimas y suspiraba hondo, tratando de ganar control. Santiago sentía deseos de abrazarlo pero pensaba que no era prudente, y no hablaba mucho tampoco, porque temía contagiarse el llanto. Lo que sí hizo fue alcanzarle una servilleta, para que se secara las lágrimas:

—Llorá todo lo que querás, lo que te pasó no fue nada fácil.

Y él lloró. Santiago, mientras tanto, recordaba a su padre, quien había tenido una existencia larga, percibida como corta por el hijo, que desde niño probó la hiel del abandono. Le era difícil comprender por qué extrañaba tanto lo que nunca tuvo y fue solo a través del doctor Londo que pudo encontrar respuesta a algunas de sus inquietudes.

"Hubiera sido chévere tener papá; que de pelao lo sacara a uno al parque, lleno de orgullo. Un papá todo buena onda al que se le pudiera preguntar las maricadas que uno tiene en la cabeza cuando está creciendo; un huevón del que pudiera haber aprendido algún oficio, que me mostrara el camino y me ofreciera respuestas", pensaba.

Pasaron un rato sumidos en las memorias de sus pérdidas. El llanto de Arturo arreciaba por momentos y el confidente lo consolaba sobándole la espalda con una mano, con la otra se secaba las lágrimas tímidas que todo aquello le provocaba.

—Me siento como una mierda. El último recuerdo que tengo de mi hermanito fue un cocotazo que le di porque no había hecho un mandado, y a mi hermanita la puse a lavar todos los platos sabiendo que ese día me tocaba a mí. Nunca les pude dar a los viejos ni un poquito de lo mucho que ellos me dieron. Es muy duro, parce, demasiado duro.

Santiago, llevado por la necesidad de compartir consejos aprendidos en terapia y conclusiones logradas a través de sus propios duelos, dijo: —el amor es para siempre, Arturo. No los tienes que tener en frente tuyo para seguir amándolos. La vida es impredecible, hermano. Es del carajo cuando de repente nos arrebata a la gente que queremos. Vos, huevón, no tuviste tiempo de prepararte y eso lo hace todo mucho más difícil.

Arturo parecía escuchar, aunque su mirada seguía perdida en sus recuerdos. Las rondas de aguardiente continuaron. El llanto se fue extinguiendo y los consejos del confidente fueron tornándose inspiradores: —los seres humanos somos la patada, nos gusta castigarnos por gusto. En vez de pensar en lo que no hiciste por tu familia, pensá en todas las cosas buenas que vivieron juntos. Tenés que hacer que la imagen que tengás de todos ellos en tu mente sea súper hermosa, para que cada vez que los recordés, sea con una sonrisa.

Decía las cosas con el fin de ayudarlo a encontrar consuelo, aunque paralelamente, sentía que se las recitaba a sí mismo, para también encontrar sosiego a recuerdos asquerosos que lo inmovilizaban, lo disminuían y le hurtaban las esperanzas. Buscaba los ojos del angustiado muchacho para anclar una mirada tierna, y regalarle una sonrisa solidaria y manifiesta hasta sentirse correspondido. La conversación cada vez tenía pausas más largas.

Era casi de madrugada y el cansancio que provocan las memorias tristes parecía socavarlos: estaban más dormidos que despiertos. Santiago giraba la cabeza como quien quiere mantenerla erguida, la sentía como de plomo, con frecuencia la descansaba sobre el espaldar del sofá y otras más en el hombro de Arturo. Tuvo la intención fallida en varias ocasiones de ponerse de pie; sus rodillas no eran lo suficientemente fuertes para permitirle levantarse, hasta que un último esfuerzo le permitió sobreponerse al deseo de quedarse dormido en la sala. Se levantó y ayudó a Arturo a acostarse en el sofá; le quitó los tenis y le trajo una sábana, para cubrirlo. Luego se fue al cuarto, donde cayó rendido y presto a descansar.

Era más de mediodía cuando Santiago salió del cuarto. Arturo seguía en el mueble. Tenía los ojos abiertos y la mirada perdida.

—¿Querés café? —preguntó Santiago.

—Sí, gracias, ¿será que me puedo dar un baño?

Con un ademán expresó su aprobación y se dispuso a buscar una toalla. Actuaban faltos de espontaneidad, como si el estar en sano juicio restara en la convivencia. El anfitrión se aprestó a preparar el café, y mientras ponía el azúcar y las tazas sobre la mesa, vio salir a Arturo del baño, cubierto únicamente por la toalla que se amarraba a la cintura. Una vez en la sala observó con curiosidad morbosa cómo se quitaba la toalla para ponerse los pantalones. Su torso desnudo le despertaba deseos de acariciarlo y de pasarle la mano, pero esta vez no para consolarlo; no para darle palmaditas tiernas en la espalda haciendo sus memorias menos dolorosas; en esta ocasión sería para encenderle la pasión. Se sustrajo de aquel pensamiento temiendo que las imágenes eróticas que le inspiraba aquel sensual cuerpo lo delataran. Se miró disimuladamente la bragueta, para asegurarse que la erección que sostenía estaba debidamente disimulada.

Ganando compostura, sirvió el café, lo compartieron en silencio, como si los pensamientos de ambos les robaran las palabras. Los deseos sexuales continuaban acechando a Santiago: con una mano sostenía la taza de café que tomaba de a sorbos sensuales mientras con la otra se apretaba con fuerza su pene erecto. Se acariciaba el glande de una manera que perpetuaba la erección y permitía que de su miembro nacieran unas vibraciones que le retumbaban en las sienes.

Arturo no aceptó quedarse a desayunar. A pesar de ser su día libre, presentó excusas y un —gracias por todo, parce —y se marchó.

La súbita despedida dejó a Santiago lleno de incertidumbres, con un vacío y unas inexplicables ganas de llorar. Pero no todo parecía ser malo: se sintió ligero y liberado de ser un paño de lágrimas para alguien, y de tener que dar consejos. No lograba ceñirse a los aspectos positivos de sus raciocinios, pues entre el remolino de sentimientos que lo acechaban reconoció el de haber sido ignorado en su sexualidad, provocándole unos deseos enormes de salir corriendo. Pensaba por momentos que estaba perdiendo la razón al experimentar tantas cosas a la vez y tan contradictorias una de otra. Optaría por no buscarle la lógica a nada; simplemente sentir, sin buscar una explicación.

Después de tantas cavilaciones, terminó agradeciendo que Arturo se hubiera marchado de la manera en que lo hizo. La urgencia sexual que le provocaba mientras compartían el café estuvo a punto de delatarlo y hubiese quedado como un depravado ante los ojos del joven mesero.

Necesitaba aire, y a pesar de que el centro de Medellín era bastante contaminado, decidió irse a caminar un rato. Mientras recorría las calles, notó que caminaba demasiado rápido, llegando a pensar que quizás eran los nervios alterados los que lo hacían actuar de esa manera. Empezó entonces a decirse a sí mismo que debía calmarse, disfrutar cada paso que daba y admirar los alrededores sin permitir que el ruido, el tráfico, y el deambular apresurado de miles de personas lo alterara más de la cuenta. Se repetía varias veces mensajes de esta índole, y cuando le calaron en la mente, su caminar se tornó pausado. Comenzaba a ver las peripecias que hacía la gente para cruzar la calle. Escuchaba a los vendedores ambulantes ofrecer frutas, y toda otra clase de productos. Cruzaba miradas con las de múltiples representantes de tiendas, que lo invitaban a que entrara en sus comercios. Se sintió atraído por el olor de unos buñuelos que acababan de subir en la manteca en que los freían: cediendo a la tentación, compró uno, y lo saboreó con muchas ganas. Se divertía con la forma de actuar de las personas a su alrededor, de la creatividad de los limosneros, y del ingenio de aquellos que posaban como estatuas para ganar algo de dinero.

"La mente realmente es un gran centro de control de lo que sentimos y hacemos —pensaba—, ese doctor Londo es un berraco".

Llegó hasta el parque Bolívar para sentarse en una butaca, como acostumbraba, para entretenerse con los personajes típicos que frecuentaban el área, tal como los vendedores de minutos de celular, tan activos como siempre.

Decidió recorrer el parque, topándose en una esquina con unos jovencitos que usaban pantalones apretados, con camisetas que parecían ser de tallas inferiores a las que debían usar, y que deambulaban por el sector, ofreciéndose al mejor postor. Llevaban cortes de pelo llamativos y dejaban poco a la imaginación sobre su oficio. Algunos otros, con ropa femenina, dejaban ver bajo sus blusas el nacimiento de pequeños senos, escondían bastante bien sus genitales y lucían maquillados; a juzgar por las apariencias, en pleno proceso de metamorfosis de hombre a mujer.

"Yo no me metería con estos manes ni aunque me paguen", pensó.

Estaba a punto de abandonar el parque, cuando a menos de media cuadra le pareció ver a Manuel entrando en un taxi con un hombre mayor. Trató de correr hacia él, luego, ante la imposibilidad de alcanzarlo, lo llamó a gritos. Ojitos color miel no lo escuchó hasta cuando ya estaba dentro del carro, pero la distancia no evitaría que se conectaran brevemente con la mirada. El vehículo arrancó y las cosas no dieron para más. De nuevo, en menos de veinticuatro horas, sentía que perdía a alguien con quien compartir y con quien desquitarse en la cama de muchas ganas acumuladas.

***

Transcurrían los días y Santiago se entretenía con las cosas que regularmente hacía cuando venía de vacaciones a Colombia. Visitó algunos familiares y a otros los llamó para excusarse por no tener tiempo para compartir. Fue de compras, para llevar algunos presentes a quienes le esperaban en Miami.

Paseaba a diario por el parque, con la esperanza de ver a Manuel, pero nada, no lo encontraba. Lo que no le faltaron fueron propuestas de prostitutos callejeros, aunque nunca le inspiraron confianza como para acceder a tener algo con ellos.

La víspera del viaje llamó a Jairo, para ver si planeaban algo para su última noche en Colombia. Lo notó serio, como si sospechara que se estaba viendo con Arturo, pues entre líneas comentó que no le gustaba que se metieran con sus empleados. Desistió de ir a Sabaneta y optó por quedarse en casa. "¡Qué intenso anda el Jairo! Ahora se le ha dado por cuidarles el culo a los empleados. Como decía mi abuela, 'machete, para no verte afligido, quédate en tu vaina metido'". Con estos pensamientos, afianzó la decisión de no ir a ninguna parte.

***

Se había quedado dormido en el sofá, viendo la televisión, cuando el timbre del celular lo despertó: era Arturo, quien comentó que tenía la noche libre y que estaba cerca. Como sonámbulo, le dijo que estaba bien, que pasara por el apartamento; minutos después estaba en la puerta. Traía una botella de aguardiente; Santiago la recibió sumido en una risa pícara, frustrada en un instante por el recuerdo de las revelaciones que le había hecho la última vez que estuvieron juntos.

—Disculpá el desorden.

—No jodás, que yo no vengo a ver el apartamento; estoy aquí por vos.

Esas palabras le sonaron bonitas y ayudado por el halago, tomó aire, prometiéndose hacer un esfuerzo para no contagiarse con las angustias de la primera visita: "Si se pone dramática la cosa, que no sea por mi cuenta", pensó.

Arturo apagó la televisión, con el debido permiso, y puso algo de música mientras Santiago buscaba pasantes para el aguardiente. Parecían coordinados en preparar la sala para un rato de esparcimiento. Sin proponérselo y sin hablarlo, uno hacía una cosa mientras el otro hacía otra. Usaban gestos para ahorrar palabras, y en un corto tiempo todo estuvo listo, como la primera noche que compartieron en esa misma sala. En esta ocasión, habían sido los dos los encargados de que todo estuviera en su puesto. Hoy no era Santiago atendiendo a Arturo. El uno atendía al otro y las cosas se fueron dando con naturalidad. Brindaron por cada cosa que se les ocurría. Hacían chistes sobre las personas que veían pasar por la calle y se confesaban gustos y disgustos para seguirse conociendo.

—Hoy sí me gustaría menos luz —dijo Arturo.

Santiago prendió algunas velas y apagó del todo las luces, hubo un rato de silencio, las velas creaban sombras juguetonas en aquella sala. Lo miraba con ternura, asustándose de sus pensamientos, cuando de repente lo escuchó reírse con mucha fuerza, de una manera contagiosa que los unió en un coro de carcajadas de origen poco claro, pero que permitían romper con un silencio que se tornaba eterno.

—Se me está bajando el nivel del alcohol, huevón.

Santiago le pasó el aguardiente. Ya no importaban las copas, se habían acercado lo suficiente como para ganar la confianza de compartir a pico de botella.

—Vivo con una tía —le comentó.

—¿De qué hablas? —dijo Santiago.

—Pues de lo que me preguntaste la otra vez.

Santiago hizo un gesto, como dándose por enterado.

—Te pasaste. Si apenas vas a comenzar a responder las preguntas de la vez pasada, me da la impresión que la noche va ser larguita.

—¿Y le choca?

—Para nada, pero nos va a tocar ir a buscar más güarito —levantando la botella—, a esta ya se le ve el fondo.

Indudablemente, debieron buscar más trago. No tuvieron que ir muy lejos; a menos de cuatro cuadras encontraron las tiendas circundantes al parque del Periodista, donde trasnochaban los viciosos del sector. Regresaron al apartamento con actitud festiva y tarareando canciones.

Siguieron bebiendo a pico de botella. La luz escaseaba y la distancia entre ellos se acortaba, creando el ambiente perfecto para que vinieran más confesiones, algunas jocosas.

—Mi tía es medio putona —le comentó.

—¿Cómo? —le preguntó Santiago, con cara de extrañeza.

—El otro día llegué temprano a la casa y la encontré con uno de los bomberos que estuvo trabajando cuando lo del derrumbe. El man se la estaba clavando en la cocina —dijo, a la vez que se agarraba los genitales.

—Con un bombero... ¡Uy, qué ricura! —dijo entre dientes y en voz baja.

—¿Qué? Hablá claro, huevón.

—Nada, que ella tiene derecho a tener su novio —añadió Santiago rápidamente, tratando de obviar lo que había dicho antes.

—¡Oigan a este! En los últimos tres meses ya me la he pillado con el de la tienda de la esquina y hasta con un mecánico del barrio. Dice que necesita hacerse de unos pesos y que su único instrumento de trabajo es el que tiene entre las piernas. ¡Qué joyita, esa tía mía!

—Huevón, vos le montaste espionaje a esa pobre vieja.

Era obvio que el aguardiente les estaba aflojando la lengua. Las confidencias iban y venían y culminaban con risas y abrazos de borracho. En uno de esos momentos, se encontraron casi uno encima del otro. Arturo se quejaba del calor.

—Ponete cómodo, si querés —le ofreció Santiago.

Arturo se quitó la camisa, exponiendo su atlético pecho, lo cual amenazó la compostura de Santiago, que sintió deseos de tirársele encima. Pero cuando el jovencito empezó hablar de la falta que le estaba haciendo una buena hembra, fue como un freno para Santiago, quien se dijo a sí mismo: "Tanto botar corriente para que ahora me salga machito". Trataba de quitarse de la mente cualquier mal pensamiento, evitando divagaciones y fantasías, simplemente escuchándolo hablar de las muchas experiencias que había tenido con mujeres.

—¿Y nunca se te ha dado por andar en las de tu tía?

Le confesó que estuvo saliendo con una mujer mayor y que, aunque su intención no era sacarle plata, a ella le complacía satisfacerle sus gustos. Santiago lo miraba con una expresión de "¡Sí, cómo no!" y repitiéndose en la mente "papito, ustedes los pelaos de hoy en día, sí que se saben vender".

—Ella fue la que me regaló mi primer celular —se dio un pequeño bache de silencio—. Esta habladera de mierda me está poniendo bellaco.

La esperanza regresaba al anfitrión, quien empezaba a sentir una erección entre sus pantalones. Sentados en el mismo sofá, aprovechaban los comentarios y frecuentes brindis para acortar distancia, llegando a sentirse la respiración, cada vez más fuerte. Santiago miraba con disimulo hacia abajo para ver si también el jovencito daba muestras de excitación. Veía cómo se tocaba, cada vez con más frecuencia, mientras seguía hablando de sus aventuras. La tentación aumentaba y el tema de la conversación perdía protagonismo. El fin justificaba los medios. Quiso tocarlo. Le ofreció otro aguardiente y después de colocar la botella en una esquina, le descansó una mano sobre la pierna. El corazón le daba tumbos por la imprudencia cometida pero se repitió a sí mismo que "el que no arriesga un huevo, nunca saca un pollo". Y, llenándose de ímpetu, le lanzó la bomba de la noche.

—¿Te puedo hacer una pregunta?

—No pues, tan formal. ¿Desde cuándo pidiendo permiso?

—¿Alguna vez has estado con otro hombre?

Arturo, con la mirada brillante, algo oculta por los párpados caídos, y con el pensamiento abarrotado de inquietudes, respondió lentamente con otra pregunta, como dándose tiempo para organizar las ideas.

—¿Vos sos del otro equipo, o qué? No parecés.

Hubo un silencio que para Santiago duró siglos.

—¿De verdad querés saber?

Santiago intentó hablar, pero de su garganta únicamente salió un silbido inaudible, débil, casi muerto, por lo que se limitó a asentir con un gesto.

—Pues, hermano, en este mundo a uno a veces le toca hacer de todo.

—Yo sabía —dijo Santiago con el ánimo de no ser escuchado, y su expresión fue como de quien vuelve a la vida.

—Pero pilas con andar de chivato.

—No, cómo se te ocurre —respondió Santiago, sintiéndose en mayor control de la situación.

—Estas cosas no se pueden ir diciendo a todo el mundo. La necesidad tiene cara de perro y a veces por una mamaíta le dan a uno lo que se gana en todo un día boleando jíquera…

El silencio volvió. Otro aguardiente sirvió de puente para más diálogo.

—¿Te decepcioné, o qué?

Le lanzó un pronto —para nada, —y con el ánimo de seguir abonando puntos con el jovencito, le explicó que le gustaba escuchar, y sobre todo cuando quería saber de alguien. Pero Arturo, evitando seguir siendo centro de la situación, cambió el rumbo de la conversación: —¿Y vos, qué? ¿Qué me contás de vos?

Santiago se ocupaba del entorno, renuente a contestar. "En otra ocasión le hago el cuento" decía, mientras se disponía a reemplazar una de las velas, que se estaba acabando; al pasarla por encima de Arturo le dejó caer accidentalmente un poco de cera caliente, haciéndolo gemir de dolor.

—¡Qué pena, hermano! ¿Lo quemé?

—No te preocupés que hasta me gustó.

No lo pensó dos veces para acariciarle el pecho con la excusa de limpiarle la cera. Él se quedó quieto.

—Se me antoja echarte cera caliente —le dijo, con la calma atrevida que brinda el licor y buscando propiciar un juego erótico.

—Dele —respondió Arturo, con un tono sutilmente desafiante y coqueto.

Cerró los ojos para que el dolor le viniera de sorpresa.

El lúdico hombre dejaba caer gotas de cera sobre aquel pecho fuerte que se encrespaba y gemía a cada contacto. Después de verter cada gota, lo acariciaba con los labios. Titubeaba por momentos, pues no estaba seguro si aquellas caricias eran bienvenidas del todo; se detuvo para contemplarlo por un rato. Arturo abrió los ojos y notando que Santiago vacilaba, lo miró fijamente sonriendo.

—Perdoná, me estaba imaginando un montón de travesuras contigo —dijo Santiago, buscando con la mirada una ratificación para seguir apostándole al juego que había iniciado.

Arturo le respondió: —tranquilo, mijo, pa' las que sea.

Ese "pa' las que sea" era la invitación que había estado esperando desde la primera noche que lo vio en la taberna en Sabaneta. Volvió a jugar con la cera de las veladoras. Cada gota dejaba una marquita roja sobre aquel recio pecho y cada marquita recibía el alivio de una lengua húmeda, acariciante y juguetona. Las gotas fueron bajando. De repente no hubo más gotas de cera caliente, solo caricias sobre aquel torso desnudo. Lo notó excitado. Le aflojó la correa. Le bajó la bragueta. Ayudado por Arturo mismo, le deslizó los pantalones. Y allí estaba, frente a frente con ese rincón mágico de los hombres. Lo acarició hasta hacerlo desaparecer en lo profundo de su garganta. En los intervalos para tomar aire, se lo pasaba por el cuello regocijándose en la grandeza de aquel miembro del que se aferraba como quien lo hace a un trofeo que acaba de ganar. Y luego, antes de volvérselo a tragar, degustaba con la lengua la secreción que exudaba la punta. Nadie pudiera decir que la rigidez de aquellos genitales obedecía a algo diferente al deseo.

Se le antojaba besarlo, pero recordaba a don Tomás, quien enfáticamente le advirtió que estos muchachos reservaban eso para sus novias. Lo desnudó por completo e hizo lo propio con él mismo. Arturo se dejó acariciar todo el cuerpo, pero siempre recostado sobre su espalda. Santiago sentía que apretaba las nalgas cuando trataba de ponderar por esos lados. El mensaje fue dado: por ahí no se podía jugar. Arturo, ratificando su rol de macho le propició un par de nalgadas.

—Tenés buen culo. ¿Querés que te la meta?

Santiago permaneció en silencio. No acostumbraba a llegar a ese punto cuando tenía una aventura y era algo que regularmente tenía reservado para Ángel. Pero Ángel se había ido y no tenía a quien darle cuentas, por lo que, aún sin responder, se fue dando la vuelta con sutileza, respirando con mayor fuerza cada vez que él le acariciaba el abundante trasero. Este mensaje también estaba claro y Arturo lo entendió perfectamente, por lo que sin titubeos buscó el lubricante y los condones que estaban en una esquina de la sala. Aunque claro en sus deseos, el cuerpo seguía rígido, a causa de los muchos días faltos de pasión, por lo que el jovencito debió añadir juegos que permitieran la relajación, dejándole estampada las palmas de las manos en las blancas nalgas, que terminaron pareciendo un lienzo rojo vivo. Todo se dio para una función en la que el placer se mezclaba con pizcas de dolor.

Hubo sexo y aguardiente por mucho rato. Después vino el hambre. Asaltaron la nevera. Comieron salchichas frías, pan sin tostar, y tomaron gaseosa. Permanecieron frente al refrigerador con la puerta abierta para seguir barriendo con lo que se les atravesara. Le dieron al queso y hasta a un par de presas de pollo que sobraron del día anterior. Cuando se sintieron saciados, intercambiaron un par de palabras y se retiraron a descansar; cada cual buscó su espacio, Santiago, la habitación y Arturo, el sofá de la sala.

Santiago se acostó pero encontró difícil conciliar el sueño, optó por recordar los momentos más ardientes de la noche, provocándose así una nueva erección. Se acarició los genitales, mientras revivía en su mente el sexo desaforado que convirtió la noche en una apasionada despedida. A pesar de mantener viva la excitación, no lograba llegar a la eyaculación. El cansancio se lo impedía y ya su pene comenzaba a mostrar signos de maltrato. Entendió que debía descansar.

Antes de cerrar los ojos se recordó a sí mismo que no debía darle un significado romántico a lo sucedido. Ya se lo habían advertido. El enamoramiento no tiene cabida en estas situaciones. No dejaba de ser un negocio para estos muchachos. Al día siguiente, tendría que encontrar la forma de darle su liguita antes que este se la cobrara. Quería hacerlo de forma que no destruyera la magia de aquella noche. "Si estoy pagando para disfrutar de un cuerpo, por qué no añadirle algo de fantasía", pensó.

***

Las horas de descanso fueron pocas. Se levantó como eléctrico; daba la impresión que tenía un segundero en la mente, que le señalaba la escasez del tiempo. Debía terminar de empacar; bueno, en realidad el apuro obedecía a otras intenciones: una manera de cansar el cuerpo, para que los pensamientos fueran pocos y para que los sentimientos que dan vida a tristezas, no tuvieran tiempo de florecer.

Coló café; lo compartieron en silencio. Fue difícil no recordar la primera mañana juntos. Hoy tampoco hubo muchas palabras, pero los gestos fueron más amables.

Corrió a la habitación. Separó el dinero que estipuló justo para compensar los servicios recibidos. Regresó rápidamente al comedor, para entregárselo. No deseaba dilatar el momento de la transacción, pues la imagen de Ángel, que irrumpía en su mente con cara de reproche lo acosaba, sumiéndolo en la vergüenza.

Entregó el dinero escondiendo la mirada; temía que sus pensamientos lo delataran. En principio, Arturo objetó recibirlo, pero terminó aceptándolo, argumentando que el trabajo estaba flojo y que le habían cancelado un par de noches. Esto ayudó a que Santiago cesase de castigarse. Ahora se esforzaba en redefinir sus recuerdos: "Conocí un hermoso chico, quien sin mayor complique me brindó una noche de mucho placer. Yo no le ofrecí ni villas ni castillas y sin embargo, él pareció divertirse tanto como yo" pensaba, mientras seguía preparándose para salir.

Arturo se mostró sincero en su despedida y en el —te voy a extrañar, —que le dijo mientras lo ayudaba a tomar el taxi camino al aeropuerto. Esperó paciente a que Santiago se acomodara; se acercó a él metiendo la cabeza por la ventanilla del carro, ante la mirada de impaciencia del taxista, que ya deseaba arrancar. Le dijo: —Cuídese, hermano, me trae cositas cuando vuelva, —y bajando la voz le susurró al oído— la próxima vez me contás cómo fue que te torciste.

Aquella despedida tuvo el sabor de que las cosas continuarían de algún modo, y ese pensamiento lo llenaba de ilusión. El camino al aeropuerto le sirvió para repasar los acontecimientos del viaje. Se sentía un poco mal por el disgusto con Jairo, pero después de la noche que vivió, dedujo que bien valió la pena. Dejaba sembrada la ilusión de volver a ver a Arturo, al igual que a Manuel —el joven con la mirada intrigante— que le despertaba muchas inquietudes. No estaba muy seguro, pero apostaba a que Manuel también era uno de esos hombres que vivían dos mundos.

El Bonheur

No creía que pudiera responder con exactitud a la pregunta que le susurró Arturo en el oído cuando se despidió de él en el taxi que lo llevaría al aeropuerto. No recordaba con exactitud qué acontecimientos sucedieron después de aquella tarde frente a la bahía de Miami, cuando un compañero de escuela irrumpió en su sexualidad, y lo condujo por un camino de placeres que hasta entonces permanecían ocultos por su inexperiencia. El único indicador del que tenía memoria, en cuanto al tiempo transcurrido, era que el semestre en la *Miami Senior High School* había terminado, y que ahora cursaba otras materias.

Lo que sí recordaba era una noche en la que sin planearlo mucho terminó de farra en el *Bonheur*, un lugar "de ambiente", como se conocían las discotecas y bares en los que se divertían los "gays". Disfrutaba de la atención que recibía en estos sitios, pero era cauto, ya que no aceptaba invitaciones de las personas que allí conocía. Le bastaban los coqueteos y los roces casuales que recibía; eran suficientes para avivar sus fantasías de cada noche.

No fue sino cuando terminó con Matilde que aceptó seriamente sentirse atraído por los hombres, pero aún frente a tal descubrimiento, continuó la amistad con ella, y meses después la entablaría con el nuevo novio de su ex. Salían a fiestas, a la playa, a comer, en fin, utilizaban cada ocasión para compartir. Se divertían tratando de darse celos, y Santiago poco se esforzaba por mantener ocultas sus preferencias.

Matilde no entendía mucho lo que sucedía, pero el novio, por el contrario, lo confrontó, con ánimo de que se relajara: le contó que estaba al tanto de sus gustos y le prometió que de su boca no se sabría nada. Este secreto dio cabida a que con frecuencia hablaran en forma que solo ellos entendían. El recién salido del ropero procuraba roces y juegos que lo excitaban mucho. Nunca sintió que el novio de Matilde le abriera del todo las puertas para que las cosas llegaran a mayores, con excepción de un par de ocasiones en que fue un pelo más allá para disfrutar de juegos disimulados y arriesgados. En una ocasión, estando los tres en la playa, mientras la niña del paseo tomaba el sol con los ojos cerrados, permitió que el chaperón amigo le acariciara tímidamente los genitales, lo cual le provocó una erección. Todo sucedió con mucho sigilo, pues estaban en un lugar público y él le pertenecía a su exnovia.

En otra ocasión, olvidaría por algunos minutos los votos de fidelidad que seguramente le había hecho al "pedazo de hielo" que tenía por novia —usurpando los términos del exnovio para referirse a Matilde—. Sucedió una tarde, después de horas de piscina, en las que el pobre hombre debió soportar manoseos disimulados que prendían las cosas pero nunca las apagaban. Santiago había experimentado en carne propia ese tormento y quizá por eso entendía tan bien el suplicio de su amigo, es más, lo compadecía. Reblandecido por la situación del arrecho novio, y ante la lasciva mirada que le hizo estando en la zona de duchas, Santiago, desafiando los riesgos de ser descubierto, se lanzó sobre el pene de su amigo para estimularlo con fogosidad. Sentía deleite, pues robaba algo que era de la mujer que nunca supo acallar sus ansias. Aquello fue un desquite simbólico, o quizá una manito dada a alguien con quien se sentía plenamente identificado. No se detuvo en su cometido hasta sentir que de aquel pene, caliente como la lumbre, manaba leche hirviendo a borbotones. Eso fue quizás lo más atrevido que recuerda de esos primeros años en los que empezó a aceptar el gusto por otros hombres.

La vida en plenitud

En ruta hacia Miami tuvo una sensación extraña. Le agradaba la idea de volver a ver a su familia, pero en casa no iba a estar Ángel. En este año sin él habían sido varios los viajes que había hecho, tratando de aturdir sus recuerdos con los ruidos de las turbinas de los aviones, los llamados de altoparlantes y las voces de muchos que, como él, parecían deambular por el mundo sin conocer en realidad adónde querían ir. Sentía una necesidad de gritar sus sentimientos, pero optaba por plasmarlos en su agenda personal:

"Hace tiempo que siento la necesidad de reflexionar, de detenerme un momento y replantear mi vida, pero nunca me doy la oportunidad de hacerlo. Siento que estoy en una carrera sin un destino en particular. A veces es como si me diera miedo prestarme a ese proceso. Me he envuelto en tantas cosas distintas, y me he impuesto tantos retos, que no tengo claro si lo que estoy haciendo es un esfuerzo ejemplar, o si por el contrario he perdido el sentido verdadero que se le debe dar a la vida. Lo que sí es cierto, es que mis deseos por superarme en ningún momento han puesto en duda el deseo de siempre buscar el bienestar de aquellos a quienes tanto quiero. Mis sentimientos y el amor que profeso por mi familia son sin duda lo más cristalino y lo más verdadero que vive en mí.

Tengo miedos e incertidumbres que quizás me llevan a distorsionar mis esfuerzos y hacen que viva más en el futuro, sacrificando muchas veces el presente. Necesito darle a mi vida un giro que me permita disfrutar más de mis seres queridos y de mí mismo. He sido bastante responsable y me he impuesto grandes retos; muchos, los he logrado. A veces he dejado de vivir plenamente, pero aun así prevalece un sentimiento de satisfacción sobre cómo he llevado la vida. Hoy me nacen deseos de ser más excéntrico y menos complicado, y creo que la manera en que me estoy comportando últimamente, demuestra la forma en la que desafío mi propio destino.

Estoy dejando salir un poco ese loco que he querido tener escondido durante gran parte de mi vida. Quiero encontrar mayor goce en lo que hago. Tomar más riesgos, sin olvidar que cada cosa que hago tendrá una consecuencia que no siempre será fácil de aceptar. Quiero ir poco a poco, enterrando miedos y resucitando sueños. Quiero viajar con frecuencia, trabajar menos y ganar más. Quiero reír y tratar cosas nuevas. Quiero crear mis propios esquemas e ignorar las cosas que otros quieren imponerme para llenar sus propios vacíos o porque quieran reflejar sus miedos sobre mí. Quiero ser un mejor amante, y reírme más de mis fracasos, especialmente ahora, en esta etapa decisiva que estoy viviendo.

¡Es hoy cuando debo disfrutar!

Mirando atrás puedo ver claramente las tristezas y las necesidades, pero también los esfuerzos, y los frutos que han dado mi dedicación por el estudio y el trabajo. Los relatos y reflexiones de personas mayores con quien he compartido son una llamada de atención para que utilice mi vida de hoy para el disfrute. Ya vendrá el día en que yo también tenga que sentarme a contemplar el pasado, a mirar fotografías, a leer mis diarios, y a conversar por horas con los amigos que logre tener a mi lado.

Quiero seguir viviendo mi vida a pleno. Espero que mi fe siga intacta y me permita seguir siendo la persona que soy".

Había olvidado el mundo a su alrededor mientras escribía y por la catarsis se sentía más ligero. Llevaban más de una hora de vuelo y sin embargo, apenas se había dado por enterado de las personas que había a su lado. Tuvo la tentación de hablarle a alguien sobre su vida y lo que deseaba hacer con ella. Pronto se dio cuenta que ni siquiera las personas cercanas a él podían ayudarlo o comprender lo que él estaba sintiendo. Trajo a su mente la imagen de Ángel y sin darse cuenta susurró un "te extraño". Dio gracias por estar sentado junto a la ventana, porque le permitía esconder su rostro para ocultar las lágrimas imposibles de detener. Tras un rato de reflexión, recapacitó sobre la necesidad de darle un vuelco a su existencia, y entre sollozos y recuerdos tomó la decisión de llegar a Miami solo para preparar su regreso definitivo a Colombia. "No más viajes. Este mar de Miami, estas palmeras gigantes, este sol tan radiante que tantas veces fue testigo de mis salidas con él, se tienen que quedar en el pasado".

Al llegar a Miami tuvo otra sensación extraña. Recordó las muchas veces que Ángel lo había recibido en el aeropuerto después de un viaje de trabajo. Sin pensarlo, lo buscaba en las personas que se aglomeraban en la sala de espera. Experimentaba un vacío, un abandono, una incertidumbre. De a ratos caminaba rápido, como empujado por los demás, y en otros momentos muy lentamente, como dando tiempo para que el fantasma del amor perdido apareciera.

Llegó al apartamento arrastrando los pies, con los hombros caídos y sumido en el desánimo, y así abrió la puerta, con gran sigilo, como anticipando la bofetada de la soledad y de los recuerdos escondidos en la oscuridad. Prendió la luz, y cada esquina le recordaba a Ángel. Estuvo tentado a volver a apagarla pero, en cambio, deambuló por cada rincón moviendo las cosas, quitando el polvo, y haciendo ruido al caminar, como para espantar fantasmas y matar la realidad apremiante de espacios vacíos, faltos de calidez. Notó las plantas secas y faltas de vida y pensó que se parecían a él. A pesar de no haber comido durante muchas horas no sentía hambre, y no quería llamar a nadie. Con la energía dilatada por los recuerdos, se recostó en la cama y no despertó hasta sentir el calor del sol de Miami que se metía entre sus sábanas.

Se dio a la tarea de arreglar todo para regresar a Colombia. Era un viaje que ya varios de sus amigos y familiares habían hecho. La falta de oportunidades de trabajo en Estados Unidos estaba provocando que muchos volvieran a sus países de origen. Era lo que había escuchado decir, y aunque no tenía datos concretos que apoyaran estos comentarios, los utilizaba para justificar en parte la decisión que había tomado. Los bienes raíces eran su pan de cada día, y algo de cierto había en el desplome económico que estos estaban causando. Sentía algo de incertidumbre al pensar que quienes le querían se fuesen a oponer a lo que iba a hacer y decidió mantener sus planes en secreto. Todo tomaría más tiempo de lo que anticipó originalmente. Sabía que tenía que hacer cambios. Vender algunas cosas, regalar otras más, empacar las imprescindibles, almacenar las que podrían servir para algo en el futuro, y deshacerse de las que guardaban recuerdos que avivaban la tristeza por la partida de quien tanto seguía amando.

Revisó con cuidado su presupuesto, para no pasar necesidades. Meses más tarde pensaría que, en realidad, había hecho cuentas alegres en esa ocasión. Y lo que creyó que podría hacer en un par de semanas le tomó un poco más de tres meses.

Fueron muchas las ocasiones en las que estallaba en llanto, sin poder descifrar con claridad el motivo. Hablaba por teléfono solo lo necesario, cortó las visitas, y no volvió al cine, que era uno de sus pasatiempos favoritos. Le costaba levantarse por las mañanas, estando acostumbrado a adelantársele a la alarma. Le costaba atender eventos sociales, los cuales eran esenciales en el mundo de los bienes raíces. Tuvo días en que se pasaba el día en calzoncillos y camiseta interior, y le daba poca importancia al aseo personal. Las afeitadas dejaron de ser a diario. Poco importaba si la ropa estaba bien planchada o si la corbata le combinaba con el resto de la ropa. En una ocasión escuchó, en conversación de pasillo, que se referían a él como ermitaño, depresivo, y medio loco. No sentía siquiera deseos de refutar los comentarios que hacían sobre él.

Durante los días que antecedieron al viaje, le costaba concentrarse. En la agencia en la que trabajaba le pidieron que tratara de adelantar el cierre de negocios pendientes y transfiriera responsabilidades a otros agentes. Le pareció justo con ellos, con él, y sobre todo, con los clientes, que eran los más perjudicados con su comportamiento.

Trató de ser medido con el equipaje. El tener apartamento equipado en Medellín facilitó mucho las cosas. Quiso llevarse algunas de las alcancías de su colección: una pequeña ambulancia que le dieron por muchos años de voluntariado en la Cruz Roja; otra, que era una réplica de las cajas grandes para colocar el correo, comunes en las calles de Estados Unidos. Fue un obsequio de Ángel, el día que juró lealtad a la bandera americana con motivo de su nacionalización. Y finalmente, empacó una, que tenía forma de caja registradora, que había comprado con Ángel cuando se propusieron ahorrar para comprar el apartamento que tenían en Miami. Varias veces las empacó y desempacó.

Quería enterrar los recuerdos de una relación muerta, pero le costaba separarse de objetos que habían marcado momentos importantes de su vida. No gustaba de coleccionar por el simple hecho de tener muchos objetos que se parecieran o que tuvieran un mismo propósito. Comenzó a compilar alcancías sin proponérselo; en muchos casos la idea vino de otros. Cuando decidió hacerlo por iniciativa propia, era porque le inspiraban algo especial. Cada una tenía un significado; si no lo traía con ella, se lo buscaba, para que siempre fuera recordada como algo más que un simple objeto: era una forma de darles vida.

Pero "vida" pareció ser la que le robó a su madre cuando dijo: —Mamá, me voy a probar suerte a Colombia.

Advirtió cómo los ojos de su madre ganaron brillo por las lágrimas tímidas, a pesar de que evitaba la mirada, ocupándose de una y otra cosa. Ella quiso decirle algo, pero el esfuerzo de no llorar le ahorcaba la garganta. Sin embargo, la fuerza del llanto fue mayor y debió buscar un pañuelo para ocultarse el rostro. Él se acercó y la abrazó: —Será por un tiempo corto —le dijo.

Parecía ignorar que el tiempo, a la edad de su madre, se definía de otra forma; que las madres tenían un sentido para conocer a sus hijos y que ella sabía que ese viaje representaba una huida y no la búsqueda de la prosperidad. La sabiduría de los años le había enseñado a aquella madre que no se puede huir de un recuerdo. Que para su hijo representaba quizás el equipaje más pesado que llevaría consigo. Con esfuerzo, para no agrandar su llanto, levantó la mirada y se conectó con los ojos de su hijo, que tanto se asemejaban a los suyos, para darle un consejo de despedida: —Mijo, hay que aprovechar las horas de luz, porque cuando llegue la oscuridad, no sabrás dónde poner los pies. —Y luego, le echó la bendición.

No te busco más

Pensando mucho algunos días y negándose a hacerlo del todo algunos otros, se dio el día del viaje. No quiso que nadie lo acompañara. Llegó al aeropuerto con suficiente tiempo para evitar contratiempos. Sentía el cuerpo pesado, como embalsamado, y pensamientos intrusos lo ruborizaban por lo que estaba haciendo. Trató de darse ánimo repitiéndose que era un valiente por poner en marcha sus ideales, por no estancarse en eternos planes y por dar el paso sin pensarlo dos veces.

Durante el vuelo cambió la historia de muchos otros viajes, no hubo reflexiones, no escribió sobre sus metas, no censuró sus actos. Intercaló momentos de no pensar en nada con periodos breves de sueño. Llegó sin afanes; esperaba que le pidieran las cosas, no trataba de adivinar ni de anticiparse a los acontecimientos. Notaba que algo ya estaba empezando a cambiar dentro de sí, o que quizás el cansancio, a la fuerza, lo estaba convirtiendo en una persona menos complicada.

Tuvo poco contacto con amigos y familiares durante sus primeros días en Medellín. Estuvo tentado de buscar a Manuel, de llamar a Arturo, de averiguar sobre Fabián a través de don Tomás, pero no lo hizo. Necesitaba aclarar sus pensamientos y formularse propósitos para su nueva vida. Poco a poco se fue dando cuenta de que las cosas son muy diferentes cuando se está de vacaciones que cuando se vive permanentemente en una ciudad.

Salió de Medellín cuando entraba en la adolescencia y a pesar de que había mantenido cierto contacto con la ciudad eran muchas las cosas que desconocía. Urgía que aprendiera a manejar el sistema de transporte masivo: que conociera las rutas de metros y buses y del recién inaugurado tranvía, para dejar de depender exclusivamente del taxi. Esta se había convertido en su casa y debía cocinar en vez de comer en restaurantes todo el tiempo. Tenía que darse a la tarea de buscar un empleo y en fin, atender una serie de necesidades propias del cambio de vida.

Las cosas se fueron dando poco a poco, descubriendo, como si de nuevo estuviera aprendiendo hasta lo más básico. Disfrutaba poder preparar sus alimentos y le parecía todo un logro desplazarse en transporte público; pequeños aciertos que afianzaban su confianza para abrirse camino en otros aspectos.

El laboral fue uno de ellos. Afiliarse a una agencia de bienes raíces fue toda una odisea, tuvo días de intensa frustración, y debió asistir a varias capacitaciones para ponerse al día con las normas de trabajo en ese campo. Descubrió lo poco protegida que estaba esa industria y la cantidad de agentes improvisados y poco diestros que existían. Sentía alivio de saber que contaba con algunos ahorros y que no dependía económicamente, por lo menos en un principio, del empleo que estaba por comenzar.

El primer día en la agencia, Santiago revivió las angustias de los muchos primeros días de trabajo, e inclusive de escuela, del pasado. Sin embargo, esta ocasión tenía algo diferente, pues a pesar de haber nacido en Medellín, nunca había trabajado en Colombia. Le tranquilizaba saber que el contrato era en calidad de independiente y con base en comisiones, y que por lo tanto le permitía manejar el tiempo a su antojo (algo que demostraría ser un arma de doble filo). Fue adoptando responsabilidades paulatinamente, y con la convicción de que la gente es gente en cualquier parte del mundo, se fue dando a sus tareas.

Regocijado por lo que había conseguido en lo laboral, decidió tomarse un respiro, saliendo a caminar por el parque Bolívar. Había tratado de no pensar mucho en ese tema, pero la mirada que Manuel le había dado la última vez que se encontraron continuaba viva en su mente. Al no encontrarlo, recapacitó en que quizás lo mejor era desistir del reencuentro. Estuvo tentado de llamar a Jairo, para ir a visitarlo, pero la duda sobre si seguía enojado lo hizo cambiar de planes.

***

Poco a poco se fue adaptando a su nuevo empleo. Empezó a hacer amistades; entre ellas, Ricardo. Tenía veintiún años y servía como conductor en la agencia. Dentro de sus responsabilidades, estaba la de acompañar a los asesores y clientes a visitar las propiedades con las que negociaban.

Se sintió atraído por su espontaneidad, su sonrisa, sus ojos negros, su piel canela clara, sus *jeans* apretados, sus nalgas grandes, su estatura alta, y por la juventud palpada en la piel. Era atento, hablaba con la mirada, y tenía la costumbre de terminar cada frase con una sonrisa sutil, lo cual hacía que las horas transcurrieran con rapidez y las tareas de campo se tornaran placenteras.

Santiago logró cerrar su primera venta después de un mes de arduo trabajo; se sentía victorioso, no tanto por la retribución económica como por su significado, poder desempeñarse profesionalmente en un ambiente totalmente nuevo. Además, le permitía eliminar el miedo, nacido del comentario de muchos, que aseguraban que en Colombia, cuando se está llegando a los cuarenta años de edad era casi imposible conseguir trabajo.

Fue motivo de orgullo y dio pie para querer celebrar, y ¿por qué no hacerlo con Ricardo? Se preguntó; después de todo él, detrás del volante, había sido testigo de todas las peripecias que contribuyeron a este primer acierto laboral.

—Hay que hacer algo especial, ya que al fin me gané unos pesos en este país. ¿Por qué no nos distraemos un rato?

El jovencito aceptó la invitación, que incluyó comida y unos cuantos aguardientes.

—¡Qué parche tan bacano! —Comentó Ricardo con cara de complacencia y desinhibido por los tragos.

La celebración fue corta, pero sirvió para que cada uno conociera un poco del otro. Santiago fue parco con sus comentarios. Quería estar seguro de qué terreno pisaba antes de dar cualquier paso. Ricardo, hablando sobre la relación con su novia, comentó que no era nada en serio, como nada en serio habían sido muchas otras antes.

—Y usted, don Santiago, ¿está casado?

—No. No hace mucho terminé una relación que me dejó medio maluco como para empezar otra.

Ricardo habló de sus pasiones, entre ellas viajar, y le contó con gran entusiasmo sobre sus frecuentes viajes a Nueva York y Miami.

—También he estado en España y en Francia. El mundo es muy lindo y quiero conocer lo que más pueda.

Escuchaba con asombro los relatos del conductor sin dejarse tentar, resguardando con esmero datos sobre sus aventuras y su vida en el exterior. Lo hacía por razones de seguridad: era el consejo de algunos familiares que lo asustaban con historias macabras sobre lo que podría sucederle. Acostumbraba responder a los comentarios sobre su acento, que era una mezcla entre paisa y costeño, diciendo que creció en la costa caribe.

Aquella tímida celebración terminó con un apretón de manos y un "nos vemos en la inmobiliaria". Santiago no se hacía ilusiones, pero calificó el encuentro como uno en el que pudo abrir una pequeña ventanita en la vida de Ricardo, que le permitió conocerlo mejor.

Esa noche al llegar al apartamento lo primero que hizo fue buscar una de sus alcancías. Escogió la réplica de la cajita registradora. La abrazó como si fuera a Ángel a quien abrazara.

Juntos habían aprendido la importancia de ahorrar. Sacó algo del dinero de su primera venta y lo puso en la alcancía. No se percató de en qué momento comenzó a divagar. Los recuerdos de Ángel eran tan reales que por segundos llegó a confundir la realidad con los sueños; imaginó las cosas al revés, seguía viviendo con su pareja de toda una vida, y los días en Medellín eran producto de sus fantasías. Sintió un escalofrío que le recorrió todo el cuerpo y un miedo de perder lo que consideraba el tesoro más grande: la salud emocional.

Percibió que se había puesto melancólico, y temiendo volver al laberinto en el que estuvo durante el tiempo que antecedió a su mudanza, guardó la alcancía y se fue a la cama para repasar los eventos del día, como acostumbraba a hacer con cierta frecuencia. Se recostó sobre el espaldar de la cama, con sus ojos claros abiertos, como perdido entre las imágenes que traía a su mente. Formaba parte de un ritual que le permitía separar aciertos, reconocer fallas, y renovar estrategias. Un ruido en la ventana lo sustrajo de sus pensamientos. Se arrodilló en la cama para mirar con cuidado lo que sucedía, mientras maquinaba en su mente un plan, si fuera necesario buscar ayuda. Vio que algo se movía, y a pesar de que era evidente que no era una persona, siguió a la expectativa mientras se acercaba.

—¡Oh, Dios, es un gato!

En efecto, era un gato blanco que parecía descansar en el borde de la ventana. No trató de adivinar la procedencia del felino, simplemente observó su frondoso pelo blanco y sus cristalinos ojos verdes. Asumió que era un enviado de su desaparecido amante, que deseaba estar con él en este día tan importante. Ángel adoraba los gatos, y tuvieron varios durante el tiempo que compartieron sus vidas.

"Ellos saben cuando alguien los quiere. Lo pueden oler en tu piel. Los gatos del mundo entero se comunican entre sí, y a cualquier parte del mundo que vayas, te protegen, porque entienden que eres su amigo", acostumbraba Ángel a decirle.

Este recuerdo lo tranquilizó, infundiéndole una sensación de amparo; además, aquel animalito ciertamente parecía dispuesto a velar su sueño.

Pasaban los días sin lograr darle un poco de aventura a su cama, y aunque dedicaba horas a planear salidas con algunos de los muchachos que conocía en Medellín, siempre terminaba poniéndose trabas para no seguir con lo planeado. Hasta masturbarse encontraba aburrido. En las tardes, llegaba fatigado de recorrer el parque Bolívar con la mente puesta en encontrarse con Manuel. La tarde de un jueves, dio su ultimátum con palabras que sugerían el reencuentro con su vocablo paisa: "Si no querés dejarte encontrar, andate pal diablo porque yo ya no te busco más".

Llamó a don Tomás para desahogarse. Le comentó sobre sus logros en el campo laboral, y en la primera oportunidad que tuvo de cambiar el tema, le habló de lo frustrado que se sentía en las cosas vanas del sexo.

—Creo que me estoy mariquiando más de la cuenta, a veces hasta me provoca volver a tener novia.

—Vos cómo que bailas al son que te toquen, ¿no?

—Últimamente no estoy tan seguro. ¡Qué tal uno en la cama con una vieja y que no se le pare! ¡Uy, no, qué vergüenza!

—¿Y por qué no ensayás primero con una patisuelta cualquiera? Esas peladas están acostumbradas a todo, son comprensibles, poco juzgadoras, y fieles a los secretos de sus clientes. Yo hasta te puedo presentar una que está bien bonita y casi de estreno en estas tareas.

Volver al camino original

La idea hizo mella en la mente de Santiago. Un par de lunas más tarde se encontró con ella. La reconoció en la cafetería por la descripción fiel que le había dado don Tomás, y por la indumentaria que ella le describió un par de horas antes, cuando hablaron para confirmar la cita. Se afanó a presentarse para no dar tiempo a arrepentimientos o campo a mayor angustia.

—Hola, soy Santiago.

—Mucho gusto. Vida.

El contratante pensó: "¡Qué bueno, por lo menos no tiene nombre de putica!" Mientras ella, con una coquetería lo suficientemente disimulada para no llamar la atención, le hacía un gesto para que se sentara.

Era mucho más bella de lo que imaginaba. Encontraba inverosímil entender cómo una mujer tan agraciada no optaba por mayores glorias, y cómo lograba permanecer ajena a hombres adinerados que le pudieran ofrecer mejor vida.

Después de intercambiar algunas frases a medias, y compartir pensamientos a través de señas y miradas, acordaron irse al apartamento de Santiago. Ambos mostraban nerviosismo de adolescentes en una primera cita. Al entrar, el anfitrión sugirió apagar las luces, y ella, con un suspiro sosegado, gesticuló su aprobación. Acto seguido, encendió un par de velas, para luego sentarse a mirarla de frente.

—Quiero hablarte antes de que pase cualquier cosa.

Adentrarse en el relato le infundió fuego en la sangre, sentía calor, prendió el ventilador, y el aire alborotado del cuarto convirtió las llamas de las veladoras en sombras danzantes. Le habló de sus novias cuando todavía no alcanzaba la mayoría de edad. Ella, inexpresiva, trataba de hilar las palabras del hombre, ausentes de a ratos por el ruido del ventilador.

—Un día permití que algo pasara con un amigo —le dijo con la voz entrecortada, temiendo una reacción hostil.

—¿Estabas borracho?

—No, para nada... Después de eso, vinieron otras experiencias y una cosa me fue llevando a otra; cuando menos pensé, se me había olvidado para qué eran las mujeres.

—¿Qué pinto yo en todo esto? —preguntó ella con una expresión de inquietud.

—No estoy seguro, tal vez quiera volver al camino original, el correcto.

—El primer camino, por el simple hecho de ser el primero, no es suficiente para calificarlo como correcto.

—Puede ser, pero me gustaría sentirme como todos los hombres del mundo, que pueden salir orgullosos por las calles de la mano con sus mujeres.

—En algunas partes del mundo ya se da ese fenómeno entre hombres. En cualquier momento lo veremos por estos lados.

—También envidio tener un hijo, y sentir que soy importante para alguien.

—No creo que yo sea la clase de mujer que pueda darte lo que buscas.

—Lo que busco es volver a reconocer el terreno, saber si puedo funcionar o no con una mujer.

—Yo creo que todo eso podes averiguarlo sin tener que contratarme. Si empezás a salir con mujeres, te vas a dar cuenta si te siguen gustando. Hasta bailando un bolerito te podes dar cuenta si todavía tenés futuro por ese lado.

Permanecieron en silencio. Ella lo miraba con ternura. A él se le escapaban las palabras, fijaba la mirada sobre la llama de una vela, como deseando prenderse fuego para borrar el bochorno que lo acosaba. Ella parecía entender el calvario que él vivía y quiso aliviar en algo su dolor:

—Para descubrir si se te para, creo que estamos hablando de más. Empecemos y en el camino nos vamos dando cuenta de qué pata cojea el burro.

Sonrió tímidamente, dando muestras de complacencia frente al buen humor de la jovencita. Acercándose suavemente, empezó por besarle el cuello. Luego resbaló las manos hasta toparse con unos erguidos y abundantes senos, que le recordaron a Susana y a las muchas películas que nunca vio, debido a la fijación oral, que en aquel tiempo se concentraba en los pezones de su novia. Le quitó el vestido lentamente, hasta dejarla sobre el sofá, solo con pantis.

Ella le quitó la camisa mientras él se descalzaba. Vida, al notar la braganta de su cliente algo elevada se dispuso a bajarla, pero Santiago la detuvo, pues no se sentía preparado para estar desnudo del todo.

Continuaba con la intención de resucitar al hombre dormido haciendo caricias: deslizando las manos por el vientre plano de Vida, acariciándole las nalgas, luego las piernas, para llegar lentamente hasta sus genitales. "¡Qué pasa!" Sintió algo extraño en sus manos, algo faltaba. El vacío y la sensación de contacto con un mutilado le provocaron deseos de huir, pero logró controlarse y así vencer la tentación de escapar. Sentía miedo y su leve erección ya no existía. Agradeció que el cuarto estuviera oscuro, para esconder en la oscuridad la cara de desilusión y la vergüenza que se apoderaba de todo su ser.

—Estás sudando.

Él no podía entender cómo. Tiritaba de frío y pensaba que debía ser el mismo que sentían los que morían. Acababa de enterrar las ilusiones de volver a ser quien fue en sus años de juventud. Separándose bruscamente, se fue a una esquina a esconderse la cara entre las manos y a llorar por un largo rato.

Desde el sofá, Vida lo miraba, y daba la impresión que las lágrimas del agobiado cliente le despertaban recuerdos, pues había adoptado una expresión contemplativa. Santiago parecía cesar su llanto cuando ella apenas lo empezaba. Los sollozos le llamaron la atención; se fue dando vuelta hacia ella lentamente y percatándose de lo que sucedía, adoptó una expresión de incredulidad. Esta vez era él quien la contemplaba recreando conjeturas.

"Yo sé el porqué de mi llanto, y debe ser claro para ella también; después de todo se lo acabo de contar. Pero ¿por qué llora ella?", se preguntaba a sí mismo.

Se acercó lentamente cuando ella atenuaba el llanto para preguntarle: —¿Y a vos qué mosca te picó?

No le respondió, se echó a reír como quien acaba de liberarse de una gran presión y él se contagió con la risa. Meses más tarde recordarían ese carcajeo como el que dio inicio a una amistad que los uniría por mucho tiempo.

Buscaron refugio en el silencio; en ese relajante estado que permite librarse del martirio de tener que responder a cada palabra con otra que tenga sentido y que no hiera a nadie.

Luego se vistieron, tomaron un par de aguardientes y finalizaron la transacción con la tarifa acordada.

Doblegaron el silencio al despedirse. Dejaron en el aire muchas inquietudes, y sin embargo, el adiós fue el de dos amigos que habían compartido un rato; no establecieron agendas ni compromisos.

Un artista emergente

Transcurría su segundo mes en Medellín. El contacto con familiares y amigos había sido poco, por lo que se le antojaba visitar a Jairo. Al verse, se dieron un abrazo que fue más fuerte que las palabras para borrar cualquier malestar creado por las contrariedades del pasado. Jairo, antes que se lo preguntaran, puso de manifiesto que Arturo ya no trabajaba en la taberna; que se había ido a vivir a Cartagena con un americano que conoció.

Santiago guardaba la esperanza de volverlo a ver para responder la pregunta de "¿cómo fue que te torciste?" que le había hecho en el viaje anterior, justo antes de salir para Miami. Conversaba, a la vez que entretejía conjeturas sobre el actuar de Arturo, que al igual que su tía se había dado a la vida fácil, enterrando en aquel derrumbe de Bello muchos de los sueños que tuvo de niño. "A veces no es que no tengamos otra salida sino que es la única que queremos ver", pensó.

—Espero que las marquitas que le hice con la cera caliente de aquellas velas nunca se le borren, y le recuerden siempre que jugué con su cuerpo —repetía para sí mismo buscando en esas vivencias consuelo para lo que presentía perdido.

Luego de darle muchas vueltas en la cabeza al tema, concluyó que quizás era lo mejor para todos. Valoraba mucho su amistad con Jairo y no quería que un lío de pantalones se fuera a interponer entre ellos.

Se pusieron al día con las cosas de ambos, pero no pasaría mucho rato antes que retomaran el tema de las conquistas.

Santiago confesaba su preocupación por lo que consideraba la escasez de hombres más fuerte que había tenido en un buen tiempo. Y como ·manera de enfrentar la situación, hablaron de ir a algunos de los sitios gay de Medellín, plan que implementaron de inmediato, pero que de igual manera dejaría solamente decepciones.

—Qué manada de locas las que hay aquí en esta ciudad, y todas son como chiquiticas, como que les hubieran quitado el tetero antes de tiempo —comentaba Santiago.

—Aquí pa' ver pelaos lindos, no se puede ir a estos sitios. Es mejor conocerlos por ahí, como en los centros comerciales o en las barras normales —le sugería Jairo.

Fue en una de esas barras normales que conoció a Farid: delgado, de tez blanca, pelo negro lacio y largo, ojos cafés, labios rosa, y de pecas en la cara, las cuales después descubriría multiplicadas en su espalda. Por lo que pudo observar, era aficionado a la música, y controversial en algunos de sus puntos de vista.

Estuvo observándolo por un buen rato antes de dirigirle la palabra. La suerte lo favoreció, pues estaba justo en la mesa contigua, lo cual facilitó miradas, brindis a distancia y hasta coqueteos solapados, aflorados por el licor.

El lugar, a pesar de ser pequeño, era bastante acogedor. Tocaba principalmente música romántica acompañada con videos de décadas anteriores. Era común ver a los clientes tarareando canciones, a otros burlándose de la moda de los asistentes, algunos con tragos en la cabeza, tratando de cantar más duro que el propio artista, y no faltaba quien se ponía de pie para entonar con dedicatoria incluida para alguno de su mesa, y los más osados, para los de las mesas vecinas.

Farid llamaba su atención por la manera que tenía de relacionarse con las personas con quienes compartía. Discutían los tratados de libre comercio de Colombia con Estados Unidos, la Unión Europea y algunos países asiáticos.

Farid defendía su opinión opuesta con más sentimiento que argumento. Cuando le faltaban palabras con las que hacer valer su punto de vista, elevaba la voz, y trataba de ganar adeptos a su filosofía haciendo contacto visual con las mesas contiguas y gesticulando de manera tal que invitaba a otros a escuchar su parecer. Así fue que se empezaron a tejer redes entre la mesa del uno y del otro. Cuando menos lo pensaron, estaban brindando juntos.

Cuando los compañeros de farra de Farid decidieron terminar la noche, este aceptó tomarse un par de aguardientes más en compañía de Jairo y de Santiago. Su tono de voz se tornó suave, ya no hacía falta llamar la atención ni defender ninguna ideología. Fue cauto en sus comentarios, quizás para no dar una mala impresión, o quizás porque el trago tenía ese efecto en él. Hablaron más su sonrisa, sus apretones de mano cuando coincidían en ideas, o su brazo sobre el hombro de Santiago cuando entonaba una de las canciones típicas del lugar.

Al cantar, cerraba los ojos y levemente inclinaba hacia arriba la cabeza, como quien busca, en la oscuridad del pensamiento, el rostro de quien se ama. Jairo quiso darles algo de espacio y se retiró, con la idea de comprar unas arepas y unos chorizos que vendían justo a la entrada de la barra y que eran tradición para rematar una noche de tragos. Cuando se vieron solos pareció que por un momento habían enmudecido, y para cuando ya habían logrado romper el miedo de hablarse, llegó Jairo con comida para todos. Y el silencio volvió a imperar en la mesa, pero en esta ocasión por aquello de que no se debe hablar con la boca llena.

Santiago tenía claro que la noche estaba llegando a su fin, por lo que ensayó en su mente múltiples formas de tratar de mantener contacto con Farid: pidiéndole el teléfono o el correo electrónico. Pero temía ser obvio. Vinieron las despedidas, el tiempo se acababa, cuando inesperadamente Farid rescató la situación al informarles que el próximo miércoles sería noche de karaoke y que pensaba concursar. Los animó a participar o por lo menos a que lo apoyaran. Existía algo de dinero para el ganador y "un artista emergente siempre necesita plata", les dijo.

Cuando se despidieron de Farid, fueron a caminar un rato para intercambiar ideas.

—¿Vos qué crees, es o no es? —preguntó Santiago.

—Yo pienso que sí. Él, bobo no es y debió imaginarse algo, sino, al son de qué le estamos gastando traguito y comida. Esos pelaos de hoy en día son muy pilosos. Lo que hay es que saberles llegar y yo creo que vos no lo estabas haciendo nada mal. Así es la cosa aquí, hermano.

Santiago caminaba pausado, con los ojos como viéndose con Farid, y con una expresión en la cara de estar oyendo violines. Cuando los comentarios se habían hecho varias veces y Santiago parecía absorto, Jairo concluyó que ya era hora de tomar cada uno el taxi para su propia casa. Santiago había perdido la noción del tiempo y aunque el cuerpo pedía descanso, la fuerza del corazón parecía renovada.

Esa noche le volvieron las ganas de masturbarse. Se acostó desnudo, cubierto únicamente por el resplandor de la luna. Siempre necesitaba algo de luz, si no era la del satélite, sería la de una vela, pero el verse en pelotas, entre cada abrir y cerrar de ojos, formaba parte de la magia que le alimentaba la calentura y le avivaba el orgullo por su sexo, agigantado más en su percepción que física o anatómicamente. Imaginaba jugar con el pelo de Farid, morderle sus pequeñas orejas, y hacerle cosquillas con la lengua. Limitaba las fantasías a meros juegos preliminares y conscientemente evitaba imágenes de sexo puro, pues pensaba que eran de mal agüero, y que por lo tanto era mejor reservarlas para una vez concretada la relación. Temía que no conquistarlo le causara una gran decepción.

Por esa misma razón nunca fantaseó con Manuel. Se encendía solo con sentir que él lo miraba desnudo con esos ojos color miel.

Ricardo era otro enigma, le excitaba que fuera algo prohibido, y que pudieran jugar con insinuaciones en la oficina o propiciar roces: con este sí tuvo fantasías algo más elaboradas y cargadas de riesgo y de placer. Imaginaba que lo tocaba mientras manejaba, que irrumpía en su braqueta en los lugares menos pensados. Que se lo mamaba dentro de las propiedades que iban a mostrar, tanto adentro como en patios y jardines. Llegó a imaginarlo desnudo en la oficina, acostado sobre su escritorio, mientras le devoraba el miembro. El miedillo le hacía recordar la vez en la que se dejó llevar por la calentura en aquella butaca frente a la bahía de Miami, o las veces que acarició los senos de Susana cuando iban al cine, o las veces que se escondía con Ángel por los arbustos de la playa del faro para matar las ganas fortuitas de la adolescencia, o las muchas pajitas que se jalaban en el carro. Pensaba que algo de turbio existía en su mente. Todos estos recuerdos eran nacidos de situaciones apremiantes y quizás sin proponérselo buscaba el peligro en cada nueva experiencia: como quien juega a morir.

Trajo al pensamiento el cuerpo atlético de Arturo, la noche que el jovencito, con fuerza, lo arrinconó en el mueble para hacerle sentir toda su masculinidad. Los juegos con aquellas velas, los imaginó esta vez sobre su piel. Le parecía escuchar los quejidos que esa noche diera el sensual mesero con cada gota de cera caliente. Ahora imaginaba ser él quien recibía el castigo del fuego y gemía de dolor. Sentía que le provocaban una corriente que le llegaba hasta las sienes y que por momentos lo hacía sentir como suspendido en el aire, con el cuello ligero, y los pezones engrandecidos y rígidos. Con una mano acariciaba su pene y con la otra se rozaba el resto del cuerpo.

Eran los mimos de Fabián, Arturo, Ángel, y de muchos otros que en encuentros ocasionales, habían coincidido en aquella piel. El placer iba creciendo con cada recuerdo y escalaba como caballo desaforado en ruta hacia una cima, cuesta arriba. A la señal de afloje del caballo, cambiaba de jinete y sentía por sus partes el torrente de sangre caliente, y murmuraba: —Llega caballo, llega, un par de trotes más. —Ya casi sin aire, con la espalda sudada, la garganta seca, divisaba aquella cima infinita, con nubes danzantes y aire de tranquilidad—. Llega caballo, llega hasta la cima. —Mordía los labios resistiendo la trepides del cuerpo, trataba de controlar la agitada respiración, y mantenía los ojos cerrados con fuerza. Ya conocía bien ese destino y sentía el placer de la llegada a la cima: la paz que provoca el derrame del volcán del sexo, tan parecida a la que describen los que dicen haberse adentrado en el túnel de la muerte—. ¡Ah... Qué descanso!

En sus manos, piernas y vientre quedaron huellas blancas del trotar de aquel caballo. Una vez alcanzada la respiración y como si tuviera enfrente a cada hombre con los que había compartido su intimidad, dijo: —Aunque no estén aquí, huevones, me siguen sacando la leche.

Pa' las que sea, papá

La semana laboral comenzaba una vez más. El ver a Ricardo le servía de aliciente. Descubrió que los días se hacían más cortos cuando lograba incluirlo en su rutina de trabajo, algo que no podía darse a diario, ya que las responsabilidades del conductor eran con varios de los agentes de la inmobiliaria. El miércoles coincidieron en labores. La tarea era mostrar un pequeño apartamento amoblado que estaba para la venta. La dueña se había mudado a Bogotá para aceptar un empleo. El cliente tardaba en llegar, permitiéndole al agente de bienes raíces conocer un poco más del sensual chofer, eso sí, evitando ciertos temas de los que prefería no hablar. "No voy a preguntarle cosas que yo mismo no me atrevo a conversar", pensaba. Optó por la superficialidad, comentar sobre pasatiempos y hobbies. Fue honesto al hablar de sus alcancías y de su amor por los gatos, sin entrar en detalles.

Ricardo habló de su pasión por el fútbol y contó que desde niño lo habían mandado a la escuela del Nacional, lo cual hizo que se convirtiera hoy en día en suplente.

—En cualquier momento me integran a la nómina del equipo. Ya vas a ver cómo me van a caer las mujeres encima.

Santiago tenía poco que contribuir a la conversación, por lo que se notaba atento a la oportunidad de cambiar de tema.

—¿Qué vas hacer esta noche?

—Entre semana no hago mayor cosa.

—¿Querés ir a karaoke?

—No, hermano, yo para cantar soy más bien malo y además, estoy sin plata.

—No tenés que cantar si no querés, la idea no es emborracharse y el par de tragos que nos tomemos los pago yo.

—Qué pena con vos, pero a lo bien, yo sí te acepto.

***

Al llegar a la taberna, se le juntaron a Santiago las imágenes de la última vez que había estado allí. Unir en un mismo lugar a dos hombres que le inspiraban sexo, era una escena que le provocaba una sensación extraña, además de una tembladera. Se agobiaba con tantas incógnitas, pero ni los tremores provocados por la situación lo disuadían de tentar al peligro. No sabía mucho de uno y del otro, por lo menos en el ámbito personal, y desconocía la posición de ambos frente a las relaciones entre hombres. Tantas preguntas sueltas, en un ambiente nada propicio para el diálogo, solo daban cabida a mayores incertidumbres.

—Qué lugar tan bacancito —dijo Ricardo.

La luz era escasa, a un costado estaba una pequeña plataforma que servía de escenario, a un lado la pantalla que proyectaba las letras de las canciones, y un par de luces colgaban del techo y alumbraban las reducidas tablas donde posarían las estrellas de la noche. Ricardo miraba a las mujeres del lugar y hacía comentarios típicos de hombres. Santiago le escabullía algunas preguntas con la excusa de que la música no lo dejaba oír.

Farid hizo su entrada al lugar justo en el momento en que anunciaban la inscripción al concurso de Karaoke. Pasando por la mesa de Santiago dio un saludo breve pero cálido, para luego acercarse a la barra a tomar un aguardiente y seguir de correría por el lugar, visitando conocidos. Parecía ser popular allí, o había traído barra para que lo apoyaran con su aplauso. Después de un buen rato, pasó de nuevo por la mesa de Santiago.

—Sentate y contanos qué vas a cantar, —preguntó Santiago, a la vez que le servía un aguardiente.

—Sorpresa. Pero cuidado si se me van antes de que empiece.

Santiago cayó en cuenta de que no los había presentado.

—Disculpá, es un compañero de trabajo.

Se presentaron con un choque de puños, típico de la nueva generación.

—¿Te gusta cantar? —preguntó Ricardo.

—La vida es una canción y a todos nos gusta cantar, lo que pasa es que a algunos les da pena hacerlo en público, pero en la casa cuando están solos dan tremendos conciertos, ¿sí o no?

Se creó un ambiente agradable y fiestero. Algunos aguardientes más tarde, empezó el concurso.

La primera participante fue una mujer bastante gorda que casi se cae del improvisado escenario. Tenía unos zapatos altos, un vestido corto, un escote profundo, y muchos gordos saliéndole por los lados. Farid, al verla, comentó: —Mirale los tacones a esa vieja, si pudieran hablar le gritarían (cantando): ¡Abusadora! ¡Abusadora!

Ella escogió una canción de despecho, y parecía estar dedicándosela a uno de los hombres con los que compartía la mesa, pues se acercaba a él como para que no quedara duda. El no mirar la pantalla le daba profundidad a su interpretación, pero le quitaba precisión en las letras.

El segundo, fue un hombre bajito de piel trigueña y con un sombrero que le ocultaba la cabeza. Cantó una ranchera. Daba la impresión de que era el sombrero el que cantaba, pero por lo popular de la canción, logró que gran parte de la concurrencia lo ayudara con el coro.

Unos cuantos más desfilaron por aquella tarima hasta llegarle la hora a Farid.

Era uno de los menos ebrios, o por lo menos de los que lo demostraba menos. Le hizo una introducción a su canción, y así logró que una gran mayoría le pusiera atención.

Entonaba y seguía bien la letra. Escogió una canción romántica, que le permitió moverse con sensualidad, jugar con su pelo lacio, mojarse los labios coquetamente y levantar las manos permitiendo que su vientre aplanado asomara.

Santiago propiciaba aplausos dentro de un receptivo público, que especulaba eran embriagadas que fantaseaban con el joven artista. "No sería raro que a más de uno aquí se le suban los tragos y se les moje la canoa viendo a ese papito cantando y moviendo el culito como lo está haciendo", pensó.

Sintió el triunfo de Farid como suyo. Temió haber sido un poco obvio frente a su amigo conductor pero, quizás llevado por los tragos, determinó que ya iba siendo hora que supiera en las que andaba. A pesar de ser una idea no expresada, el peso de ocultar algo comenzaba a desaparecer. Ya dentro de él se estaban dando las condiciones para sentirse libre de actuar en congruencia con sus ideas y sus deseos. "Yo ya estoy muy viejo para estarme escondiendo de culicagaos, a mí nadie me da nada, al que no le guste como soy, que se largue pal carajo", pensó.

Cuando Farid regresó a la mesa, Santiago lo felicitó con un abrazo, escudándose en los tragos para acortar distancias. La verdad es que estaba mucho más alerta que la vez anterior, pero su estado de ánimo le permitió ser más atrevido.

—Vos sos como bueno para animar fiestas, deberías darme tu número de teléfono para invitarte un día a que pases por mi casa —le propuso Santiago.

—Claro que sí, hermano, ¿tenés con qué anotar?

Santiago se disponía a sacar el teléfono celular para escribirlo en la memoria, pero Farid se tuvo que disculpar porque algunos amigos de una mesa cercana lo sacaron a empujones para que brindara con ellos. Ricardo, con cara de intriga y cierta picardía le preguntó —¿Te cae bien el mancito ese? — Santiago hizo un gesto, dando a entender que sí, y trató de no darse por enterado de la sal y pimienta de la pregunta.

—Hay un par de peladas como buenas, pero todas están acompañadas —comentó Ricardo.

—¿Y qué de tu novia?

—La dejé. Las mujeres salen muy caras. Es mejor tener amiguitas con derechos. Las saca uno cuando se puede, se entiende a lo que se va, y nadie espera mucho del otro. Es lo mejor que se ha inventado.

Santiago, sintiéndose ajeno a ese mundo, se esmeró en escuchar cada palabra y descifrar cada gesto. Había salido de una relación estable con otro hombre, y sus técnicas de seducción eran arcaicas. Utilizaba su falta de propiedad en estos menesteres para justificar su incursión en los círculos del oficio más antiguo del mundo: uno en el que empezaba a vislumbrarse el papel oculto de algunos hombres, que de clientes, pasaron a sexo servidores. En un instante de lucidez descubrió lo tarde que era e hizo señas para que le trajeran la cuenta.

Se disponían a salir cuando repentinamente apareció Farid para llevar a Santiago a una esquina y decirle: —Disculpá que los haya dejado solos, pero es que unos amigos que no veía hace tiempo prácticamente me secuestraron, súper intensos esos huevones, pero mirá, acá está mi teléfono, llamame cuando querás y nos ponemos esta ciudad de ruana, pa' las que sea, papá.

Santiago escuchó sin tratar de interrumpirlo. Esa disculpa le sonó a invitación. Se limitó a aceptar la tirilla de papel, a mover la cabeza en señal de aceptación, y a sellar el encuentro con un fuerte apretón de manos. Farid le reiteró: —Me llamás pues, yo veré. —Y permaneció en la puerta de la taberna, con una sonrisa en los labios hasta que los vio doblar la esquina.

Comenzaba la lluvia y como era costumbre, los taxis parecían desaparecer con el aguacero. Llegar hasta el centro no sería tan complicado, lo que facilitaba las cosas para Santiago, pero transportarse al Municipio de Bello en medio de un gran chubasco representaba casi un imposible para Ricardo.

Pasaron muchos taxis, la gran mayoría ya con pasajeros y algunos otros que, aunque desocupados, simplemente seguían derecho. Ya casi a punto de perder las esperanzas, lograron tomar uno. Acordaron quedarse en el apartamento de Santiago.

La fuerza de la lluvia había calado en sus cuerpos, parecía despertarlos y ofrecerles la oportunidad de un poco más de tertulia, la esperanza de encontrar refugio y el deseo de librarse de la ropa mojada. Cuando entraron al apartamento se quitaron los zapatos y la ropa. En segundos se encontraron en calzoncillos, toalla en mano, divirtiéndose de una forma algo infantil, como si festejaran el giro que dio la noche.

El dueño de casa preparó el sofá cama y el convidado se acostó sin pensarlo dos veces, y su rostro adoptó una señal de alivio. Una vez bajo las sabanas, se quitó los calzoncillos, se volteó a un lado del mueble y los colocó en una silla, para permitir que se secaran. Santiago no pudo evitar seguirlo con la mirada y advertir parte de las abundantes nalgas lo cual hizo que lo imaginara desnudo. Le pareció que la sábana lo abrazaba y la envidió, lo sintió tan cerca, pero a la vez inalcanzable. En el medio estaba el miedo al rechazo, la ética del trabajo, y el no saber si él también estaba "pa' las que sea". La incertidumbre lo atormentaba y prefirió despedirse e ir a dormir. —Buenas noches, —le dijo sin esperar siquiera a escuchar una respuesta.

Por la mañana el tiempo era escaso. Se dio la rutina de los días de semana: bañarse, vestirse, tomar café, tratar de anticipar los documentos que se necesitarían en la oficina. En ese ir y venir hubo segundos de beneplácito: un torso desnudo, unos labios frescos, y un espacio compartido. En fin, despertar juntos y comenzar las labores acompañado del enigmático Ricardo. La sensualidad que saturó los rincones de aquel apartamento se había metido como una nube en la memoria de Santiago, hacía confuso distinguir lo deseado de lo vivido, y daba vida a querer apretarlo y reclamarlo como suyo.

Desde ese día tuvo que aprender a controlar estos deseos repentinos de abrazarlo o agarrarle una nalga. El reto era mayor en la inmobiliaria, donde cualquier descuido tendría testigos y consecuencias laborales para ambos. En una ocasión estuvo a punto de cometer una imprudencia de esa índole; corrió a su oficina mientras se repetía en voz muy baja: —huevón, vas a salir metiendo las patas.

***

Esa tarde, de camino al apartamento, se apeó en la estación del parque Berrio, con las antenas bien puestas, pues había tenido varios intentos frustrados de llegar a intimar.

—Hoy sí me tengo que echar un polvo —pensó— este celibato no hay quien lo aguante.

Al bajar las escaleras del metro observó a varios en plan de trabajo. Hubo uno que le llamó la atención. Lo miró disimuladamente, para tantear el camino, hasta que se dio una conexión visual. Ambos se mostraron serios, por precaución. Santiago miraba alrededor, asegurándose de que estuviera solo, y que no hubiera policías a quienes les pudiera parecer sospechoso que él estuviera allí. "Si me preguntan, digo que estoy esperando un amigo", pensó, como quien planea una defensa. Sintió que el corazón le latía un poco más fuerte. "Si me pongo nervioso, no lo voy a disfrutar".

Buscando ocuparse con algo, descubrió un lugar en el que vendían café. "Buena idea, me compro un tinto". Lo pidió, se acomodó de lado para echar el azúcar y poder seguir teniendo contacto visual con el muchacho. Por estar mirando, casi derrama el café, sabía que estaba algo nervioso. Sonreía tímidamente, alternando la mirada entre el chico y el café. Se retiró a una esquina para tomarse el tinto, y entre cada sorbo levantaba la vista para ver qué hacía el muchacho, quien no tardó en corresponderle con una sonrisa. Advirtió que le temblaba la mano, quizás por el inminente encuentro con el putico, quien caminaba en dirección suya. Se apresuró a terminar el café para evitar echárselo encima.

—¿Entonces qué? —le preguntó el muchacho.

—Aquí, matando el rato.

—Ah, igual que yo, ¿qué propone, o qué? —dijo mientras lo miraba con cierta malicia y mordiéndose sutilmente los labios.

Santiago, con un poco más de control, lo detalló cuidadosamente, sin ser demasiado obvio ante las muchas personas que por allí pasaban, o que, como él, se asentaban con uno u otro propósito. El muchacho estaba un poco pasadito de libras, pero lo compensaba con una cara hermosa, de facciones muy finas, y con una piel tierna, que iba ser fácil recorrer con sus labios.

—Me imagino que estás en plan de trabajo —le dijo Santiago, a la vez que lo iba mirando de arriba abajo y haciendo una discreta parada en la bragueta abultada del muchacho.

—Pues sí, hermano, no hay de otra —le respondió, mientras se acomodaba suavemente sus partes íntimas.

—¿Y cuánto cobras?

—No, lo que dicte su corazón.

—No, hermano, yo no tengo mucho corazón. Eso se presta para problemas después —le dijo Santiago— y qué, ¿sos completo en la cama?

—Lo normal, nada de cosas raras.

—Pero podemos hacer de todo, porque hay mancitos muy aburridores, parece uno que estuviera en un campo minado, no sabe uno dónde se puede parar.

El muchacho le respondió, riéndose, —no, yo soy todo terreno, pa' las que sea.

Acordaron un precio y Santiago se lo llevó al apartamento.

Entraron al dormitorio y sin preámbulos se fueron quitando la ropa. De aquellos *jeans* apretados salieron un par de nalgas que parecían gritar al ser liberadas de la estrechez de los pantalones. Santiago las acarició. Le encantaba llenarse las manos con la anatomía de aquellos con los que intimaba. Era por eso que favorecía los pechos grandes en las mujeres, las nalgas abundantes, y los penes de buen tamaño. Un pensamiento intruso le trajo la sensación de ausencia de la vagina de Vida, pero rápido se sacudió esa imagen que noches atrás lo había hecho estrellarse con su realidad. Acarició aquel cuerpo con toques de ternura y muchos otros de pasión. Sintió que era bienvenido en cada rincón, excluyendo la boca, que seguía estando fuera del límite, algo que sin hablarse, se intuía.

Las cosas se fueron dando sin hablar, y como demostraban los gemidos y las palabras sueltas que alimentaban la temperatura del sexo, ambos parecían disfrutar por igual. Santiago lo abrazaba, su pecho colindando con la espalda del muchacho, y lo sentía grande, algo que le agradaba, por tener más parecido con su propio cuerpo. Sentía que se alimentaba de su juventud. El comprar caricias por unos minutos le daba una sensación de poder y de estar haciendo algo pecaminoso pero deliciosamente satisfactorio. Con solo estirar la mano pudo alcanzar un preservativo y lubricante. Todo el apartamento estaba preparado para que los instrumentos para el sexo estuvieran a unos cortos pasos. La gran mayoría, en pequeños cofres, y otros en gavetas o detrás de algún libro o adorno. Las caricias fueron dando paso al sexo que domina, que se adentra en el otro hasta sentir que algo de sí mismo se pierde. Y como si sentirlo no fuese lo suficientemente excitante, lo magnificaba con la vista, utilizando espejos en los que disfrutaba verse ensartar su grueso pene, obligando al esclavo de su sexo a doblegarse como contorsionista. Se desquitaba de muchas fantasías, que durante días no lograban escapar del pensamiento para formar parte de la realidad.

La culminación llegó antes de lo que Santiago hubiese preferido. El esfuerzo lo postró en la cama. Yacía sobre su espalda con la mirada fija en el techo y una sonrisa en su rostro, tratando de recobrar fuerzas. Mientras tanto el muchacho se iba vistiendo lentamente, entraba y salía del baño. Luego se sentó en silencio a esperar su paga. La mirada del muchacho hizo que se espabilara. Apenado, se hizo a un lado para quitarse el condón. Buscó el dinero para pagar. Lo trajo aguantándolo con la punta de los dedos y le hizo un gesto al muchacho de que iba para el baño.

—Fresco, haga lo que tenga que hacer.

Entró a ducharse; unos minutos después, alcanzó a escuchar la voz del muchacho seguida por el ruido de la puerta que se abría y se cerraba. El agua no le permitió oír bien, pero en efecto, cuando salió del baño notó que él se había marchado. Le pareció muy extraña la actitud del muchacho y tuvo la impresión que algo había pasado. Al rato, después de darle vueltas en la cabeza a la situación y vueltas al apartamento, descubrió que le había robado una de las alcancías que trajo de Miami, la que tenía forma de ambulancia. Experimentó unos deseos enormes de ir a buscarlo y reclamarle, pero el buen juicio y las fuerzas rezagadas se unieron para impedírselo. Puso la frente sobre el cristal de la ventana de la sala, la que daba hacia la avenida Oriental. Desde allí, impávido, observó a los transeúntes, como esperando ver al muchacho de las nalgas grandes que le robó su alcancía. Solo le interesaba poder dar con quien, no contento con su paga, le arrebató algo valioso para él, pero de escasa fortuna para alguien más. La pequeña ambulancia no guardaba dinero, ni plata, ni oro, pero sí, en cambio, un sinfín de tiras de papel con escritos nacidos de momentos de reflexión, de consejos del doctor Londo, de recomendaciones que había escuchado de guías espirituales, que había leído en recetarios del alma, o que le llegaron a través del sueño.

Lo que hizo el muchacho le molestó bastante, pero quizás en un esfuerzo de autoprotección trató de menguar el incidente en su mente, y destacó en su pensamiento el sexo poco complicado y energizante que le había dado aquel muchacho, de quien ni siquiera recordaba si en algún momento le había preguntado el nombre.

"Creo que primero le pregunté cuánto cobraba, antes de averiguarle su nombre. Me distraje con lo del precio y nunca acabé sabiendo cómo se llamaba. Es como cuando uno ve un buñuelo bien rico dando vueltas en el aceite caliente, uno lo desea, hasta se babea, paga lo que cuesta y luego se da gusto comiéndoselo. Esa va ser mi venganza, recordarte como un buñuelo que compré y me comí".

El ventanal perdió transparencia a causa del vaho fuerte que provocaban los pensamientos agitados y las murmuraciones apresuradas. Parecía que había perdido la noción del tiempo. Su respiración dibujada en el cristal se mostraba como un lienzo, quiso arrancarse del pensamiento ese final inesperado y con su dedo índice escribió, con la esperanza de que aquel ladroncillo sin nombre lo pudiera leer desde donde estuviera: *"Hit the road Jack"*.

Razones para llorar

Llovía fuerte en Medellín. La tarde parecía un cuadro, repleto de sombras en las que su autor borraba su obra con tintas blancas y grises, que no lograban esconder del todo el relieve de las montañas, que se vislumbraban como hilos negros que no se sabían dónde empezaban o dónde acababan. Aquel cuadro parecía moverse y Santiago lo miraba con tanta fuerza que se hacía parte del paisaje, y en su mente danzaba como lo hacían aquellas nubes, con un vaivén que le despertaba recuerdos. El ruido del viento, de la lluvia sobre la ventana, de árboles agitados, y de relámpagos atrevidos se confundía con el maullido de los gatos blancos de Ángel, el llanto provocado por la experiencia fallida con Vida, y los gritos de placer del sexo comprado. "La mente es como una pantalla gigante de cine, por la que pasa la película más importante del mundo, la de nuestra propia vida. Una película que siempre está cambiando; a veces muestra, a veces esconde; y nos hace llorar, no tanto por lo que vemos, sino por lo que sentimos. Cuando el dolor es muy grande, es mejor enterrarlo hasta que un volcán dentro de nosotros lo saque a la superficie", pensaba.

Recordó las lágrimas de Vida y la promesa que le hizo de algún día contarle el origen de su lamento. Caminando como sonámbulo buscó el teléfono y sin pensarlo mucho, marcó. Ella le reconoció la voz tan pronto contestó y de inmediato le vinieron al pensamiento imágenes dramáticas de la noche en la que se conocieron. Trató de ser cauta, lo cual estaba en total conflicto con su refrescante espontaneidad. Él notaba el esfuerzo que ella hacía para no mencionar algo que pudiera herirlo y quiso rescatarla cambiando rápido de tema.

—¿Por qué no vienes a visitarme?

—¿En qué plan? —respondió, a la vez que hacía una mueca al pensar que podía haber sido indiscreta.

Se sintió hueca, sin sentimientos y avergonzada por su reacción. La culpa la empujó a ofrecer rápidamente su amistad y le terminó diciendo: —vos me caes bien y fresco si querés ser amigo mío, no tenés que preocuparte de la tarifa, la amistad la doy gratis.

Imaginaba la incomodidad que podría estar experimentando la jovencita y supo justificarla. Estuvo tentado de conversar sobre el incidente del día en que se conocieron, pero pensó que era más prudente que cualquier diálogo de ese tipo se diera en persona. Sin mayores tapujos, reiteró la invitación para esa misma tarde.

—Con este aguacero no hay quien salga —le respondió.

Él ofreció pagarle un taxi. Vida no tuvo mayor argumento para una negativa.

***

Cuando llegó se saludaron con un beso, como si hubieran sido amigos desde siempre.

—Y ¿qué se te dio por llamarme? —le dijo, mientras se acomodaba en el sofá— pensé que ya no te volvería a ver, dicen que cliente satisfecho vuelve, y ese creo que no fue tu caso —dijo mientras trataba de distraerse con la decoración de la sala.

Pensó: "Creo que sigo metiendo la pata, pero ya no me recrimino más. Si este man quiere ser mi amigo, tendrá que irse acostumbrado a mi forma de ser".

—Oye, ¿En qué nube andas? Te he preguntado ya tres veces que si quieres tomar algo.

—Ando elevada. ¿Tenés jugo?

—Solo de naranja.

—Está bien.

Se dirigió a la cocina para traer el jugo. También trajo una bandeja con galletas y queso.

—Tengo pocas amigas y vos me caíste bien.

—¡Gracias! Lo que sí no me va a caer muy bien es esta combinación de jugo con queso y galleta —dijo jocosamente.

—¡Qué pena!

—¡Bobo, es charlando!

—¡Ah bueno! —En tono algo ceremonioso— me gustaría pedirte que no hablemos de lo que pasó la otra noche. No tengo agallas para tratar de tener sexo con ninguna mujer y quizás eso sea lo mejor.

—Quién te entiende, aseguras no querer hablar del tema y luego me lanzás esa bomba.

—Creo que las lágrimas que derramé esa noche ahogaron lo poco de hombre que quedaba en mí.

—¡No seas huevón, Santiago! Demasiado drama porque no se te paró ese bicho. Vos no sabes cuantos hombres conozco que pasan por la misma y no lo toman tan a pecho —le aseguró ella, mostrando su dominio en esos menesteres.

—Eso te quieren hacer creer. Los hombres nos definimos por cómo ese pedazo de nosotros nos haga quedar. Por eso es que sufrimos cuando no se nos para.

—No, pues, el fin del mundo. ¡Qué ridiculez!

—O cuando nos dicen que lo tenemos pequeño y que conste que no es mi caso —le dijo, riéndose con picardía.

—Ya empezaste a adularte. Típico hombre —señaló ella jocosamente.

—No, para nada. Olvidémonos de mi funesta estrellada. Lo que sí quiero saber es por qué la lloradera tuya de esa noche, eso sí me lo tenés que explicar.

—Deja eso así también, ¿por qué sos tan morboso? —dijo ella, con una actitud un poco evasiva.

—Quiero conocerte mejor y además es que me quedé intrigado. No es para menos; trata de recordar lo que sucedió esa noche —se da a la tarea de describir lo que sucedió en esa ocasión haciendo uso de ademanes exagerados— estoy llorando como la hueva más grande de este mundo, y de repente te veo a vos chillando. Lo primero que pensé es que te estabas burlando de mí, y cuando vi que era en serio, el que dejó de llorar fui yo, pues alguien tenía que mantener la calma, ¿no?

—Oigan a mi papá —exclamó ella—, vos poco control tenías ese día.

Sonriendo sutilmente, fueron adoptando una mirada ausente de escaso parpadeo, que daba la impresión de que estuvieran viendo imágenes de aquella noche. Luego, avivando la expresión, se detallaron en silencio, como si empezaran a verse por dentro, donde se esconde el porqué de muchas cosas.

—No sé qué me pasó esa noche, soy una llorona.

Se movió hacia un lado como tratando de esconder el rostro. Él se arrimó, le volteó la cabeza lentamente y le hizo un gesto, dejando saber que esperaba la verdad. Volvió a eludirlo.

—Lloro viendo las telenovelas.

Vuelve a buscarle la mirada pero ella insiste con evadirlo.

—Y hasta chillo con los noticieros…

—¡Cómo no! —exclamó Santiago.

El silencio se dejó sentir. Vida fijó la mirada en la llama de una vela, que parecía iluminarle los recuerdos que tanto reclamaba Santiago. Con voz chiquita, en un tono melancólico que trataba de esconder con una sonrisa tímida, dijo:

—Razones para llorar no me han faltado, pero prefiero derramar lágrimas por trivialidades que por mis propios dramas. Después de todo, el llanto provocado por las heridas del alma deja huellas imborrables.

—Te vas a poner a chillar y no voy a enterarme qué fue lo que te pasó —le dijo él, en un tono jocoso, tratando de levantarle el ánimo.

—A vos te gusta el drama —le dijo, mirándolo con ternura a los ojos y haciendo un esfuerzo por sonreír.

Volvió a fijar la vista en aquella llama y dijo:

—A mí me ha tocado duro, para empezar cuando nací pensaron que estaba muerta; dice mi mamá que tenía la piel azulita y que no respondí a la primera nalgada, por lo que al doctor le tocó darme varias palmadas, que se fueron haciendo más intensas, hasta que pegué el primer berrido. Así que, acabadita de nacer, un hijueputa me dio mi primera muenda. Cuando no paraba de berrear, las enfermeras me llevaron a los brazos de mi mamá y le dijeron "tiene vida" y de ahí fue que me vino el nombre, Vida.

—Pero bien, estás en este mundo dando la batalla —le dijo Santiago, para tratar de darle ánimos.

—Pues sí, pero lo peor ha sido la batalla, como vos decís. El hijueputa de mi padrastro me quiso hacer el trabajito como regalo de quince. Pero le supo a mierda. Casi le quiebro la cabeza. Y mi mamá —se santigua, mirando hacia arriba— que en paz descanse, se puso de parte de él. A la larga fue por puro miedo. Ese desgraciado se propasaba cada vez con mi mamá. Ella siempre lo defendió, pero yo muchas veces escuché las peleas y le notaba los brazos todos vueltos nada.

Santiago buscó cercanía y una vez sentado a su lado, le tomó la mano para besarla en muestra de apoyo. Ella, mirándolo a los ojos continuó su relato:

—Ni me atrevo a decirte lo peor.

—Deja las cosas así, no digas más. No quiero que te hagas daño.

Sonriendo agradeció la comprensión, a la vez que volvía a refugiarse, a perderse en la llama de la veladora:

—Ya qué más da. Mejor que me conozcas tal como soy. Me hace bien poder hablarlo con alguien. No me he atrevido a decírselo a nadie y ya el secreto me está quemando por dentro.

—Pero si él no logró abusarte, qué te pudo hacer que fuera más horrible —comentó Santiago en un tono suave, como tratando de no avivarle penas.

Ella, que se encontraba con la cabeza inclinada hacia abajo, como extraviada en sus pensamientos, fue levantando la cara lentamente, sus ojos cristalinos dejaban ver una gran tristeza, y lágrimas tímidas, aplastadas por sus manos en un afán de ocultarlas, le dejaban el rostro brillante, sirviendo de espejo a la llama juguetona de la vela que le había dado ímpetu para el desahogo. Buscaba fuerzas para continuar:

—Me robó el derecho a ser mujer. Me maldijo con que nunca ningún hombre podría estar conmigo.

La miró extrañado, con deseos de hacerle muchas preguntas, pero con algo de asombro y mucho de precaución, prefirió poner cara de incógnita.

Adivinando sus inquietudes, agregó:

—Me imagino lo que estás pensando, que esa maldición no se puede dar en una prostituta. Pero así fue, yo solo empecé con esto hace menos de un año.

—¿Y?

—Después de lo que me pasó con ese desgraciado, no hice más que esquivar a los hombres. Cuando cumplí los veinte traté de conocer a alguien, pero las cosas no se dieron. Estoy a punto de convertirme en una solterona amargada.

—Quizás no has conseguido un marido, pero quien te haga lo otro me imagino que sí —dijo él, a la vez que ella le hacía gestos para que la dejara explicarse.

—Hace alrededor de un año perdí el trabajo, las cosas se me pusieron peludas, y se me ocurrió hacerle caso a una amiguita y así fue que terminé en este plan. Pensé que era una forma de matar dos pájaros de un tiro: conseguía algo de plata y aprovechaba para matar las ganas. Pero en este año de labores he tenido casi veinte clientes y ninguno me ha hecho el daño. Parece que el golpe que le di a mi padrastro en la cabeza asustó a los hombres del mundo entero. ¿Será que me lo ven en la cara? O tal vez es la maldición, ese hijueputa me sigue haciendo la vida imposible. Lo cierto es que me estoy perpetuando como virgen y no es por convicción.

—Pero ¿a qué vienen tus clientes si no te hacen nada?

—Siempre es algo diferente. La gran mayoría hablan y hablan hasta que uno de los dos se marea o se queda dormido. Otros vienen a llorar y a contar sus penas. Otros están tan borrachos que no pueden hacer mayor cosa. Y sin ánimo de ofenderte, otros me han salido maricones y conste que no estoy hablando de vos.

—No te preocupes, no me hago rollo con eso. Lo que sí me sorprende es ver que los hombres estén pagando más por hablar que por culiar. Eso sí está muy jodido.

Aprovechaba cada oportunidad para, con palabras o gestos, aliviar la tristeza que ella expresaba: no estaba siendo fácil, por lo que cedió al silencio, pero no por mucho rato, pues de repente regresaron los sollozos y esta vez, algo más sonoros. Bajando la guardia que la mantenía con el llanto atrapado, desparramó lágrimas hasta que pudo vislumbrar el alivio. Tomó aire, y sintió que podía volver a respirar sin dificultad. Santiago, percibiendo la mejoría, se acercó para abrazarla con ternura.

Ya con mayor control, preguntó:

—¿Pensás que esa maldición nunca me dejará ser mujer?

—Las maldiciones solo se dan si uno lo permite. Sácate esa idea de la mente. Ya llegará el día que alguien te haga mujer y ojalá que no sea un cliente, sino un noviecito que se merezca esa primera vez —comentó, en un tono paternal.

Ella lo escuchaba atentamente, luego dijo:

—Ya poco me importa la parte romántica, primero me gustaría saber si puedo complacer a un hombre en la cama; bueno, y tampoco está de más saber si puedo pasarla bien. Hasta ahora no ha sido el caso.

Santiago la observaba sorprendido por la historia:

—Yo le cambiaría el orden a tus pensamientos. Hay que ser un poco egoísta en esto del sexo y pensar en uno principalmente —con expresión de asombro— imaginaba que ya lo había visto todo, pero hoy vine a conocer una puta virgen.

Las confesiones se fueron dando de parte y parte. Ella comentaba que no perdía las esperanzas de cambiar de vida, mientras él hablaba de sus experiencias con hombres, de que había pagado en varias ocasiones por sexo, que estaba aturdido de su relación anterior, que tenía miedo a enamorarse, y que lograba robar juventud en cada cuerpo mozo que conseguía.

—Con cuidado, hermano, en una de esas te enamoras —le advirtió.

Él hizo un gesto dando a entender que no, y ella, aprovechando el tema, lanzó una pregunta para desviar la atención sobre su situación.

—¿Y te has putiao mucho, o qué?

—Ni tanto —le contesto él— hay un pelao con el que trabajo que me gusta. Tiene unas nalgonas divinas, pero creo que no le tira a nada con hombres.

—Que vos sepas. Hoy en día los manes están que le dan a todo.

Algo pensativo:

—Qué tal si lo invitamos un día y vos te lo llevas a la cama. Haces de cuenta que es un cliente, yo te pago.

—¿Y vos qué ganás con eso?

—Yo sé que no mucho, pero por lo menos me lo gateo.

—Eso sí son muchas ganas de verle el culo a ese huevón. Y vos sos pinta, no tendrías que pagarle a nadie. Lo tuyo es puro vicio.

—Se sufre menos cuando se escoge a ojo, vives la experiencia, y luego si te veo no me acuerdo —anotó él, con una expresión algo melancólica y pensativa.

—Santiago, eso me huele a cobardía. Puro miedo de enamorarte. Estoy curtida de verlo en mi negocio: los hombres tienen miedo de sentirse esperados por alguien, de sufrir por alguien, de sentir que pierden el control cuando la pareja les pide algo con una simple sonrisa o con un gesto.

Vida notó nostálgico a Santiago y pensó que quizás había tocado una fibra sensible, por lo que trató de disimular diciendo: —Fresco, quién más que uno mismo para saber dónde le duele.

Escucharon música, hablaron de temas menos transcendentales, y planearon el encuentro con Ricardo. La noche los sorprendió, la lluvia seguía, aunque un poco más menuda, y cuando el cansancio los sometió, él se fue al cuarto y ella al sofá cama.

Rey de los cretinos

Hizo una cita para verse con Farid la tarde de un jueves después del trabajo. Pensaba que era un buen día, por ser víspera de fin de semana. El jovencito sugirió la taberna donde se habían conocido, pero quien convidaba prefería un lugar que se diera más al diálogo y no tanto a la bebida. Farid propuso que no fuera en apartamentos o lugares encerrados, e hizo alusión a que era mejor donde se sintiera la energía del fin de semana. Como no parecían ponerse de acuerdo, quedaron en encontrarse en el parque Bolívar y ahí decidirían adónde ir. Mientras esperaba, Santiago no pudo evitar el recuerdo de Manuel. Aquel ambiente siempre se lo evocaría. Miraba en cada dirección y confundía la cara de quien buscaba con la de los muchachos que asediaban el lugar. Tuvo que hacer un esfuerzo para concentrarse en el rostro que tenía enfrente, de tez blanca, ojos cafés, pelo largo y lacio, labios color rosa y con una manera de caminar que parecía ser al ritmo de alguna música que llevara por dentro.

Al encontrarse, se saludaron con un apretón de manos y en pocas palabras acordaron recorrer las calles mientras decidían qué hacer. Anduvieron por el paseo Junín hasta llegar al edificio Coltejer, donde hicieron una izquierda para transitar por la avenida La Playa. Conversaron sobre la noche de karaoke. Recordaron entre risas a algunos de los participantes. Atravesaron la avenida Oriental y pasaron frente a la Clínica Soma, donde trajeron a Santiago al mundo. Se detuvieron un rato en aquella esquina; le explicó que en esa clínica también había trabajado por muchos años su padrino Jaime Alfonso Trujillo, quien era médico oftalmólogo. Relatar ese doloroso incidente le provocó un cambio de semblante súbito, que despertó tanto alarma como curiosidad en Farid. Con la voz entrecortada, comentó el secuestro de su padrino, a quien mataron aun habiendo pagado el rescate.

—Estoy seguro que fue un crimen de envidia y de odio. Lo mandó a matar el mayordomo de la finca, el mismo hijueputa al que se le dio confianza y un empleo, para que ni a él y ni a su familia les faltara nada. A veces, a quien mejor tratamos es quien nos traiciona. Este mundo está hecho una mierda —concluyó, en un tono suave pero sentido.

Farid le colocó el brazo sobre el cuello y dejó que un tierno abrazo dijera lo que le quedaba difícil poner en palabras. Santiago así lo entendió y se dio cuenta que no era la conversación adecuada para la energía de fin de semana que buscaba su amigo.

Pasaron en frente de una tienda que vendía entre muchos otros artículos comestibles, todo tipo de licores nacionales e inclusive por copa. Se tomaron un par de aguardientes. Pareció más un cáliz de redención que un trago que se toma por placer, pues el lugar no contaba con mesas, lo que los obligó a beber de pie y al lado de otros clientes que pedían huevos, arepas, pan, cigarrillos y varias otras cosas que sacaban a los residentes del sector de apuros.

Luego caminaron en dirección a un grupo de personas que se divisaban a unos cuantos pasos y que parecían estar de ocio, oyendo música y conversando. Eran, según Farid, "la gallada", amigos que en las noches coincidían en aquel lugar: un pequeño parque de forma triangular que se conocía como el parque del Periodista.

La luz era escasa. El ambiente parecía ameno. Uno de los lados del triángulo incluía un par de tabernas con más clientes afuera que adentro, pero que aportaban el licor y la música, que se confundía con la de una camioneta que parecía querer imponer sus propios ritmos. —Esto parece una convención de *jipis,* —señaló Santiago. Farid se reía de los comentarios y de la expresión de asombro dibujada en la cara de su amigo. Con la noche, llegaban en gran número jóvenes de todo tipo, algunos con pelos largos, otros con la cabeza rapada; la gran mayoría, adornados con collares y pulseras. En una esquina vio un hombre que operaba un pequeño negocio en una caja de madera sobre ruedas, vendía golosinas, cigarrillos, goma de mascar, y minutos de celular. No había pasado mucho rato cuando ya Farid había saludado a varios de los que allí se reunían y había tratado con poco éxito que Santiago entablara conversación con algunos de ellos.

Pensaba que sus treinta y nueve años ya empezaban a distanciarlo del mundo bohemio de aquellos jovencitos; se sentía fuera de lugar e incapaz de competir por la atención de Farid, especialmente ahora, que lo veía compartir con aquel grupito, con quienes, además, disfrutaba un tabaco de marihuana.

Farid se hizo parte de ese círculo estrecho, de lejos se vio cómo la silueta de su cara se confundía con el humo. Sacaba un poco la cabeza para pedirle a Santiago que se acercara y compartiera, pero este le hacía gestos de negativa.

Santiago sentía que la oscuridad se profundizaba, el parque cundido de corrillos, botella en mano, tabaco en boca, que dejaban ver con cada aspirada fogatas minúsculas que parecían cocuyos iluminando la noche. El viento despejaba algo del humo que cubría el corazón del parque, y la luz de un poste ponía al descubierto una niña danzante, un niño jugando futbol, y una bicicleta solitaria convertidos en escultura por un artista, y en testigos de la decadencia por esos giros del destino. El abrazo repentino de Farid lo sacó de su estado contemplativo.

—¿Estás bien?

—Sí, todo bien, pero sabe qué, yo me voy yendo —dijo Santiago, no muy seguro de quererlo hacer.

—¿Te molestó que me diera un toque?

—No, para nada, un día de estos nos fumamos uno.

—Si quiere lo hacemos ya —le contestó con una sonrisa de tranquilidad.

—No, es que mañana tengo una cita temprano y prefiero irme a descansar.

—Me gustó verlo, llámeme cuando quiera —le dijo Farid, de una forma sutilmente coqueta.

Asintió y se marchó rápido, como con miedo de arrepentirse y quedarse. El apartamento estaba a unas pocas cuadras de aquel pequeño parque. Caminó taciturno y cada paso requería de gran esfuerzo, como si de repente todo su cuerpo se hubiera convertido en roca. Tuvo una sensación de estar viviendo en la época equivocada, como si parte de su vida se hubiera borrado, como si su juicio se empobreciera y no le permitiera acertar en sus decisiones. Cada paso suscitaba cuestionamientos que le provocaban una sensación de vergüenza. Le daba la impresión de que no llegaría nunca, que el taco que le apretaba la garganta terminaría por ahorcarlo. Al entrar al edificio, saludó con un "hola" seco, mientras a paso rápido y con la mirada esquiva se adentraba en el ascensor. Quien lo viera pensaría que tenía unas ganas urgidas de ir al baño, pero en realidad lo que buscaba era la oscuridad de su sala, el refugio donde pudiera volcar toda su frustración. Lloraba y lloraba, moviéndose por toda la sala como quien ha perdido la razón, tropezando con los muebles y lanzando frases derrotistas sobre sí mismo.

—Soy un iluso. Ni siquiera sé qué es lo que quiero, lo que busco de mí, lo que busco de los demás. Soy el rey de los cretinos.

Parecía calmarse de a ratos, pero solo para coger impulso y seguir llorando un poco más. Lo hizo hasta sentir que había derramado todas las lágrimas que tenía en el cuerpo. Sabía que en el alma podía producir muchas más, pero el cansancio lo sometió. Sentía la garganta seca y maltratada por los gritos lanzados en cada esquina de aquella sala. Buscó una botella de agua de la nevera y se la bebió sin siquiera parar para tomar aire.

Respiró profundamente disfrutando del silencio, que no era más que la ausencia de su llanto, y experimentó una sensación de paz. Su cuerpo completo se alivianó, devolviéndole agilidad a sus hombros y relajación a su cuello. Revivía la sensación con que culminaban sus amores a solas al sentir que eyaculaba emociones. Se arrastró hasta encontrarse dibujado en un espejo: se veía triste, con el rostro cansado, los párpados caídos y la piel agrietada por las huellas del llanto desmedido. Y los ojos bañados por riachuelos de sangre, la nariz inflada y enrojecida, la tez roja descolorida y los labios como tostados por el sol.

Necesitaba de la oscuridad para esconder su dolor, del descanso para ganar fuerzas, y de sus ángeles de la guarda para recobrar la esperanza. Se acostó, cerró los ojos, abrazó la almohada, y rezó, como lo hacía cada noche antes de dormir.

***

El sol sobre su cara le recordó la grandeza de la naturaleza y la oportunidad diaria de volver a dar la pelea. Mientras se preparaba para ir a trabajar, repetía mentalmente, y a veces susurrando, una serie de afirmaciones nacidas del deseo de superación. Afirmaciones que adicionalmente usaba como antídotos ante derrotas, y limpiezas espirituales en contra de los miedos y preocupaciones que con frecuencia lo acechaban. Se propuso que iba a disfrutar de la vida sin ponerle mucho corazón: "Voy a vivir el momento sin pensar demasiado y voy a buscar experiencias pero sin enamorarme. El que se enamora pierde. Lo manipulan y terminan haciendo lo que les da la gana con él. Antes de que jueguen conmigo, seré yo quien juegue con otros. De algo me tienen que servir la experiencia y los años de vida".

Cada pieza de vestir que se ponía, iba acompañada de aserciones imaginadas como capas protectoras del espíritu y del alma, y pensadas para apoyar sus planes. Recordó su pequeña ambulancia, lamentando no tener en dónde guardar los propósitos de este renacer. Poco pensaba en el efecto que tendría en los demás el remedio que adoptó para su alma. El egoísmo parecía ser parte de la formula, al igual que lo eran la frialdad y la apatía. Erraba al tratar de blindarse contra el dolor que traen ciertos amores, ignorando que las heridas abiertas crean malestares que alteran el buen juicio y sumen a la persona en estado de perenne confusión.

Mientras iba a la oficina experimentó una sensación de complacencia y agilidad. La adopción de su nueva forma de ser lo despojaba de actitudes que le permitían moverse con menos resistencia. El viento, acostumbrado a tambalearlo de frente con la fuerza de sus ráfagas, ahora parecía acariciarlo suavemente por la espalda, para ayudarlo a caminar. Cuando vio a Ricardo lo repasó de una forma casi coqueta ,y al saludo diario le añadió un —tenemos que hablar.

Se dio a la tarea de hacer unas llamadas, para mostrar una casa finca en el sector del Poblado. Cada línea ocupada lo enviaba por una ruta totalmente ajena al trabajo. Al culminar la mañana había concretado la mayor parte de los detalles del plan diseñado junto con su amiga para seducir al apuesto chofer, pero poco había hecho por mostrar la casa finca. Por primera vez en muchos días dispuso de tiempo para almorzar fuera de la oficina. Sin proponérselo, terminó comiendo con Ricardo en un pequeño restaurante frecuentado por algunos empleados de la inmobiliaria. Pidió uno de los platos del día, sin pensar en si se excedía con las calorías. Comió carne de cerdo asada, acompañada de arroz blanco y frijoles con yuca, y de sobremesa, mazamorra con bocadillo de guayaba. El joven se mostraba atento a los movimientos y comentarios de su compañero, como queriendo descifrar algo que le parecía diferente en él.

—¿De qué me quería hablar, don Santiago? —preguntó con un tono sobrio, para no alimentar curiosidades en los que circundaban el lugar.

—Nada importante, —respondió, manteniendo la misma tonalidad por motivos similares a los del jovencito.

De regreso a la oficina, pesado y soñoliento, se sorprendió en varias ocasiones durmiendo durante unos instantes mientras leía algo o planeaba actividades propias de su oficio. Repitió viajes al baño para lavarse la cara y fueron varias las tazas de café que tuvo que tomar para mantenerse despierto. El almuerzo abundante, al que no estaba acostumbrado, le estaba robando fuerzas. A sus inquietudes personales se sumaba el letargo de su cuerpo, haciéndole casi imposible adelantar responsabilidades.

Ricardo se le apareció en la oficina con cara de intriga: frunció el ceño, arrugó los ojos, subió la nariz y levantó las manos con las palmas hacia arriba, como quien inquiere con cautela, para no llamar la atención. Santiago le hizo un gesto para que entrara y cerrara la puerta.

—¿Qué pasó? —preguntó con cara de curiosidad.

—Es que te quiero invitar a un *Happy Hour* en mi casa, pero prefiero que no se den cuenta acá en la oficina. No paga que se convierta en otra reunión más de trabajo —le comentó en una voz baja mientras acercaba el cuerpo hacia Ricardo para que le pudiera escuchar.

—Mañana trabajo, hermano —susurró Ricardo.

—¿Todo el día? —preguntó Santiago, en un tono alto, olvidando el sigilo que se había propuesto.

—No, solo medio día —dijo, pensativo, y después de un corto silencio, añadió en un tono suave—, sabe qué, va pa' esa, aunque sea por un rato.

Ricardo se retiró, cuidando los pasos para no llamar la atención ante la mirada traviesa y la sonrisa complaciente de Santiago, quien a juzgar por su respiración agitada y su abultada bragueta, desde ya empezaba a fantasear con el cuerpo desnudo del conductor.

Pico de colibrí

Luces bajas, candelabros en varios rincones, y una mesa con piscolabis y licores formaban parte de la decoración. Los invitados fueron pocos: Vida, Ricardo y Jairo. Las expectativas nacían y morían con tanta rapidez que terminaría por no aferrarse a ninguna. Se decía a sí mismo: "¡Qué sea lo que Dios quiera! La idea es pasar un rato bueno y si se dan las cosas me divertiré con esta travesura".

Jairo llegó primero, con inquietud dibujada en el rostro, y Santiago, tomándolo de la mano y casi a estrujones, lo sentó en un sillón para ponerlo al tanto del plan. El discípulo mostraba intenciones de hacer preguntas, pero el preceptor parecía adivinarlas todas y casi sin tomar aire lo iba empapando de lo que estaba por suceder. En uno de esos ineludibles momentos en los que el mentor debió hacer una pausa para tomar aire, el pupilo aprovechó para empujar un comentario:

—Sos un loco, y tenés que calmarte, porque te ves demasiado nervioso.

Santiago, mirándolo con cara de extrañeza, tuvo la intención de ametrallarlo con palabras. Jairo soplaba viento suave para invitarlo a la relajación. Y en un esfuerzo para que su buen amigo bajara el ritmo de sus emociones, movía las manos repetidamente hacia abajo, dando la impresión de ser un conductor de orquesta en busca de una nota suave. Santiago terminó cediendo: se sentó derecho, cerró los ojos y respiró profundo por un par de minutos.

—Ahora sí, estoy listo para lo que traiga la noche. ¿Qué pasará con Vida que no llega? ¿Será que la llamo?

Ante el signo de aprobación de Jairo, hizo la llamada.

—Dice que está a una cuadra.

Unos minutos después Vida tocaba a la puerta. El dueño de casa la presentó con Jairo y de inmediato repasó los planes. El tiempo no daba para grandes detalles, Ricardo había llegado.

Los pocos invitados tenían cara de expectativa. La expresión tímida y algo paranoica de Ricardo ponían de manifiesto su sensación de extrañeza. Mirando a su alrededor y con una sonrisa suave preguntó: —¿Esperamos más gente? —Hubo un pequeño silencio, que todos sintieron largo. Santiago le clavó los ojos a Vida, pero no pudo emitir palabra. Jairo prefirió no darse por aludido y con un gesto de desconocimiento se dio vuelta y se distrajo con lo que acontecía en la calle. La mujer sintió que era su hora de actuar.

—No, papito, esto se trata de algo íntimo —le dijo, a la vez que lo tomaba de la mano y lo llevaba hacia la mesa donde estaba el licor.

Santiago aprovechó para unirse con Jairo; juntos, de espalda a los demás, usaron gestos y palabras entrecortadas para comentar lo que estaba sucediendo. Ricardo sonrió de nuevo al escuchar las palabras de la mujer. Parecía menos tímido y una luz de picardía emanaba de sus ojos. Mirando hacia la pareja de hombres y sin decir una palabra insinuó que entre ellos podría existir algo. Vida fue rápida en entender y aclarar las cosas: —creo que son muy buenos amigos, aunque no de la clase que te estás imaginando.

—Yo no he dicho nada, —aclaró, con una sonrisa conciliadora.

—No hacía falta que lo dijeras. Más bien, dime, ¿qué quieres tomar?

—Un aguardiente está bien.

Sirvió para ambos, y se dispuso a usar sus mañas para que él se quedara a conversar. Él le comentó que era un gran deportista, hincha del Independiente Medellín, y que estaba en la lista de espera para ser parte de los suplentes del equipo. Vida fue diestra en llevar la conversación por temas que no la comprometieran, y en cada oportunidad posible lo envolvía en coqueteos.

La pericia para tenerlo aislado de los demás tuvo su interrupción, pues los invitaron a comer una picada traída por Jairo y negarse no sería bien visto. Durante la tertulia, propia de la situación, se veía al anfitrión inquieto, esforzándose por controlar frases sarcásticas o insinuantes que lo pusieran en evidencia frente a su invitado estrella.

Vida no tardaría en volver a separar a Ricardo del grupo. Nunca lo descuidó, aun comiendo mantenía una mirada inquebrantable hacia él. Sin hacer mucho escándalo, terminaron ausentándose de la sala. El apartamento era pequeño y Santiago sabía que solo había un lugar donde pudieran estar: el cuarto. Jairo entendió que esa era la señal para partir y así lo hizo. Se despidieron en voz baja y con un corto abrazo.

Ricardo, al percatarse de que estaba en el cuarto del dueño de casa, abrió los ojos, tomó aire con los labios medio cerrados, hizo un gesto con la mano derecha, moviéndola rápidamente de arriba abajo, dejando sonar los dedos, como en señal de que violaba aquel espacio. Ella le hizo un gesto para tranquilizarlo, a la vez que le daba un aguardiente, que sumado a muchos otros, le provocó desinhibición, actitud permisiva, dificultad para discernir entre lo que estaba bien o mal; y sobre todo, lo hacía vulnerable a insinuaciones coquetas.

Vida, en plena lucidez para implementar su plan, se quitó el chaleco, usando el calor como pretexto y ensalzada por las expresiones exageradas de agrado que manifestaba su pareja, se dispuso a crear el ambiente propicio. Apagó la lámpara de

techo —por lo que a la habitación la iluminaban únicamente
la luz que emitía la pequeña llamarada de un candelabro que
simulaba una flor amarilla y que estaba en una mesa, a un lado
de la cama— y la que entraba por la ventana: una combinación
de la claridad del cielo y los postes que iluminaban la avenida
Oriental. Luego ajustó la puerta y el ruido de la sala se hizo
lejano.

El diálogo requirió menos palabras y más gestos, suspiros,
y caricias visuales que dieron paso al desprendimiento sutil
de sus ropas. Sin preguntas y sin ideas claras sobre a dónde
los llevaban sus impulsos, se encontraron desnudos uno frente
al otro: olvidando el mundo alrededor. Vida, desconociendo
que aquello era un simple juego, se adentraba en los ojos del
muchacho buscando el milagro que había estado escudriñando
por mucho tiempo, y él parecía responder. Acariciándola con
los ojos, para luego hacerlo con sus manos, sintió una piel
cálida que cada vez subía más de temperatura. Quiso apaciguar
aquel fuego con la frescura de los labios, llenándose la boca
con sus pezones erguidos, pero ella supo deslizarse como
una serpiente buscando su presa y terminaría aferrándosele
a las nalgas, secuestrando en su boca aquel falo en el que
buscaba redención. Recorría con fuerza su cintura, subía para
acariciarle los fuertes pectorales para luego volver a bajar para
reencontrarse con el enardecido miembro del muchacho que
le avivaba las ganas de sentirse mujer. Él se acercó a la cama,
se acomodó en el lecho y puso una almohada en el espaldar
mientras ella empezaba a acariciarlo desde los pies hasta llegar
a su pene, con el que se rozaba los cachetes y la nuca antes
de hacerlo desaparecer en su boca. Permanecía con los ojos
cerrados mientras ella lo seguía mimando, pero de repente
la rigidez de sus genitales desapareció. Aun esmerándose con
las caricias, él no respondía y mantenía los ojos cerrados,
abandonando el cortejo y poniendo de manifiesto que aquel
cuerpo ya poco placer podía dar. Para Vida, la escena era

familiar, pero aún sin fundamentos, tenía la ilusión de que las cosas serían diferentes. Caminó lenta, como si el abatimiento le causara pies de plomo, y llegó hasta la ventana del cuarto, para luego sentarse con la mirada perdida en la desértica calle.

Santiago había estado observando a intervalos. Le pareció que entre ellos estaba naciendo algo que no le pertenecía, por lo que en ningún momento sintió morbo: lo que allí estaba sucediendo le inspiraba más ternura que cualquier otra cosa. En realidad, fue poco lo que alcanzó a ver; renunció al dimensionar lo desmedido de sus actos; se sintió sucio y experimentó vergüenza de su infame treta. Pensaba que debía pedirle excusas tanto a Vida como a Jairo por ponerlos en una situación tan incómoda, y anhelaba que Ricardo nunca se llegara a dar cuenta.

La ausencia extendida de ruidos lo llevó a fisgonear de nuevo. Notó con extrañeza la mirada perdida de Vida y no lograba aclarar en su mente lo que sucedía, por lo que con mucho sigilo y preso de vacilaciones decidió entrar en el cuarto para averiguarlo.

—¿Ya?

—¿Ya qué? —respondió, con la voz seca y sin dejar de mirar hacia la calle.

—¿Todo bien?

—Me imaginé que estabas de mirón —le respondió ella con tono de reproche.

—Me dio la impresión de que las cosas se tornaban serias entre ustedes y preferí dejar mis narices fuera de todo esto —le aclaró él, sospechando que algo no había salido bien.

—No te perdiste de mucho. Míralo —volviendo la cabeza hacia el cuerpo desnudo de Ricardo— ahí tenés tu plan.

Santiago lo miró con sigilo, queriendo plasmarlo en su pensamiento, y volvió la mirada hacia Vida lentamente, buscando tiempo para encontrar palabras, gestos, justificaciones o frases de perdón, pero aquellos ojos, que divagaban en la calle como buscando huir de la realidad, y aquel cuerpo desnudo testimoniando frialdad y dolor le espantaron sus propósitos y simplemente permaneció a su lado en silencio, el lenguaje con el que menos faltas se cometen.

La percibía amargada, rabiosa y a la vez algo débil y confundida. A pesar del cariño que le inspiraba, le infundía un poco de temor, sin embargo sentía la necesidad de expresarle apoyo. El hecho de que estuviera desnuda no evitó que se acercara por detrás para abrazarla fuertemente abarcando hasta sus senos, y ella, en vez de rechazarlo, se aferró a sus manos para besarlas, sentía que la apoyaban, que pertenecían al único hombre que parecía entenderla. Inmerso en la humedad de los labios de Vida y en las lágrimas aguantadas por el tiempo, la siguió abrazando con gran fuerza hasta advertir suspiros y palabras de desahogo.

—Volvió a pasar huevón, volvió a pasar, yo nunca seré de ningún hombre. La maldición me sigue persiguiendo.

—Una vez escuché que las flores usaban su color para atraer al único bicho que les podía ofrecer su polen —la tomó por el mentón para conectarse con su mirada y regalarle una sonrisa en señal de apoyo, buscando ayudarla a salir del túnel en el que parecía quererse esconder—, quizás eres una de esas flores estrechas en busca de un colibrí con un pico muy especial —le dijo, con la intención de consolarla.

—O simplemente soy una flor marchita y descolorida —le contestó ella, con el ánimo aún por el suelo.

—O quizás sea una bendición que no se haya dado nada. Quizás es tu madre que desde el cielo te está cuidando para que tu primera vez sea con alguien que te merezca o que va a ser importante en tu vida —le insistió Santiago.

Vida lo miraba pensativa e incrédula preguntándose cómo este hombre le podía decir cosas con tanta profundidad y con tanto sentido, si apenas se conocían. El silencio predominaba. Separándose lentamente, se dio vuelta para mirarlo a los ojos y decirle: —Sos un bacán, vos no me has tocado la vagina pero sí te metiste en mi corazón. —A lo que él sonrió, tímidamente. Se dio a la tarea de vestirse mientras él aprovechaba para repasar sigilosamente el cuerpo desnudo de Ricardo antes de salir del cuarto.

Minutos más tarde, Vida apareció en la sala, caminando como sonámbula hacia la puerta, seguida por el creador de la artimaña que por minutos la envió a los altos senderos del placer para luego, y sin misericordia alguna, lanzarla a un pantanal en el que vería agigantado el martirio de muchos años. Trató de convencerla para que se quedara, pero insistió en marcharse; supo comprenderla y la acompañó a tomar un taxi.

De regreso al apartamento, tuvo deseos de llorar para desahogarse, pero Ricardo estaba cerca y no quería testigos. Eso sí, sabía que el abatimiento no desaparecería tan fácilmente, por lo que recurrió al elixir de los despechados, al aguardiente. Se acercó hasta la mesa donde aún quedaba una botella y la agarró, con deseos de no abandonarla, y para amenizar la noche, colocó algo de música romántica. Se dedicó a tararear canciones para mejorar el ánimo, sentirse acompañado, recordar con las letras sus romances, y para espantar el sueño. De a ratos se daba una vuelta por el cuarto para revivir la imagen de aquel cuerpo desnudo, atormentándose con tentaciones que dolorosamente lograba vencer. "Estás borracho, marica", se repetía a sí mismo.

Siguió bebiendo hasta advertir que la botella mostraba su fondo y además, ya no lograba seguirle la letra a las canciones. Se acostó en el sofá de la sala y al no lograr conciliar el sueño, sin pensarlo mucho, se fue al cuarto y se emparejó desnudo al lado de Ricardo que con su respiración lo arrulló y lo indujo al sueño sin permitir que pensamientos de lujuria se interpusieran.

Horas más tarde, Ricardo despertó sobresaltado. Miraba hacia los lados, tratando de entender lo que había pasado;

al descubrirse desnudo, buscó una sábana rápidamente para cubrirse. El estruendo que formó despertó a Santiago, quien al percatarse de que estaba desnudo haló de la otra punta de la sábana. El joven no salía de su asombro. Se miraba el cuerpo como tratando de buscar huellas que le dieran indicios sobre lo sucedido y miraba a su amigo concibiendo preguntas que no se atrevía a hacer.

Santiago trató de evadirle la mirada, dándose tiempo para encontrar una excusa o una explicación sobre la indescifrable situación y el jovencito, igualmente estupefacto, se aguantaba la sábana con una mano y con la otra se tocaba la cabeza como tratando de recordar.

—¿Qué pasó con la tipa esa que estaba aquí anoche? —le reclamó Ricardo.

—¿De cuál tipa hablas? —le respondió Santiago, tratando de ocultar lo que había sucedido. Lo hacía como manera de proteger a Vida.

—Yo podría estar borracho pero estoy seguro que aquí había una mujer anoche, lo que sí no sé es cómo diablos terminé desnudo en la misma cama con vos. Yo no estaba en mis sentidos, algo me tuvieron que haber puesto en el trago.

Santiago, buscando distancia, se levantó con gran rapidez sin importarle que estaba desnudo y le dijo con gran ofuscación:

—Vos sos muy estúpido. ¿En dónde crees que estás metido?, ¿En una casa de putas, o qué?

Ricardo, con voz trémula y cuerpo tembloroso se esforzaba en buscar argumentos:

—Yo no estoy loco y sé que aquí había una mujer toda chusca que se puso fresca conmigo.

A Santiago parecía hervirle la sangre por la acusación y por el miedo a sentirse descubierto en su plan. Cómo justificar el que los dos estuviesen desnudos en la misma cama cuando tampoco él escapaba a la confusión. Miedos e incertidumbres giraban a mil en su cabeza y apremiado por el tiempo que no tenía buscó con rapidez argumentos para justificar sus actos o por lo menos para desviar la atención.

—Vos sos la persona más mentirosa que he conocido en mi vida. Desde que nos conocimos no has hecho más que decirme mentiras. Un día decís que tenés novia, otro día que la dejaste, un día eres jugador profesional del Nacional y cuando se te olvida sos del Medellín —le reprochó a todo pulmón.

Se levantó como rayo de la cama, con mirada atónita y manos temblorosas, tiró hacia un lado la sábana y olvidando que también estaba desnudo, adoptó una posición de ataque a la vez que le recriminaba en voz alta:

—¿Y al alcalde quién lo ronda? No es que seas el más honesto del mundo tampoco. Crees que no me doy cuenta de la mariconería con la que andas conmigo. Te haces el muy machito pero estoy seguro que tenés tu guardado.

Santiago, sintiendo el peso de sus artimañas, adoptó posición de defensa.

—Yo no ando hablando tanta mierda como vos que te querés creer lo que no sos. Y si lo que estás tratando de insinuar es que soy gay, pues sí. ¿Y qué? Eso es muy distinto a estar diciendo mentiras.

—Lo que sos es un maricón, lo decís en inglés para que se oiga más bonito —le respondió Ricardo casi ya sin argumentos.

—Qué necesidad tenés de decir que has viajado por medio mundo. Que conoces Estados Unidos y varios países de Europa si a la hora del té no sos más que un chofer que gana el mínimo —añadió Santiago, entrando en un estado de furia.

Ricardo no tuvo argumentos, pero sí unos deseos de entrarle a puños y llevado por el impulso le atinó un golpe en el estómago, a lo que el atacado respondió agarrándolo del cuello, más para calmarlo que para lastimarlo. Los reclamos, de parte de ambos, se siguieron dando, entrecortados e interrumpidos por las manoteadas que venían del uno y del otro.

—Para vos es muy fácil vivir la vida que tenés, pero para mí, huevón, es más fácil imaginarme una mejor —le gritaba Ricardo, mientras seguía forcejeando.

Santiago, siendo más de palabras que de fuerza bruta, continuaba a la defensiva, indiferente a la golpiza, que consideraba un merecido castigo a su superchería. Las recriminaciones perdieron resonancia y las pataletas, la agresión. Adoptaron una posición como de escultura romana, desnudos, con la piel brillante, bañados en sudor, y con Ricardo en posición fetal acobijado por los brazos de Santiago secándole la frente.

Un rato después, Ricardo empezó a emitir murmullos débiles, acompañados de un llanto que daba señas de un estado de mayor tranquilidad. Santiago interrumpió el silencio de varios minutos con una invitación para que se trataran con mayor respeto y honestidad. La tregua tomó su tiempo. Requirió de miradas intensas que parecían provenir de cuestionamientos internos, pero finalmente sellaron el pacto de no agresión con un fuerte abrazo y un tímido beso en la mejilla.

Fue poco lo que hablaron esa mañana. Ricardo se retiró al baño y permaneció en la ducha por un rato largo, perdido en sus recuerdos, recostado a un lado como falto de energía, anhelando quizás poder flotar sobre las aguas a merced del viento que lo llevara a momentos más placenteros, a los lugares que siempre soñó, y donde los reclamos de su amigo no se volvieran a escuchar.

Santiago pasó varias veces por los lados del baño para asegurarse que estaba bien. En uno de esos viajes, entró y sin decir palabra le dejó una toalla al alcance. Este gesto le permitió al joven conductor ganar conciencia de sus obligaciones. Se secó con cierta parsimonia, evitando alborotar el viento, y de igual manera actuaba el dueño de casa, que caminaba por el apartamento tratando de no pisar fuerte, más bien de volar. Quiso ofrecerle de desayunar, pero temía una respuesta que pudiera poner en peligro el frágil convenio al que habían llegado. Una vez listo, Ricardo se despidió con un "adiós" frío y con la mirada extraviada. Santiago emitió su despedida con timidez y en un tono silencioso; estaba seguro que no lo había escuchado. Acercándose a la ventana, vio cuando salía del edificio y sintió la tentación de gritarle una súplica de perdón o de decirle algo lindo que le levantara el ánimo, pero su buen juicio lo acompañó y prefirió conformarse con poder verlo desde arriba, sintiendo que algún efecto, bueno o malo, se producían entre sí. Y como muchas otras veces en las que reaccionaba a situaciones apremiantes rescatando lo positivo, y de ser preciso, inventándolo, pensó: "No sé qué, pero presiento que algo nos une".

En la tarde, al salir del edificio, el portero le comentó de un paquete que le habían dejado, lo aceptó algo intrigado, y por aquello de la seguridad, prefirió abrirlo allí mismo. Era la alcancía en forma de ambulancia que aquel chico sin nombre le había robado. La que guardaba los recortes con propósitos, afirmaciones, y palabras de aliento propias y de extraños que en muchas ocasiones le servían para alimentar su espíritu o inyectarle algo de ánimo a sus días tristes. Tenía una nota que leía:

"Vos estás loco, a quién se le ocurre meter un montón de papelitos en una alcancía, lo peor es que, de desocupado, me puse a leer todas esas maricadas y terminé hecho mierda. Esa locura tuya puede ser contagiosa. Pero fresco, no quiero tirarme más tierra con las metidas de pata que doy cada vez. Ahí te devuelvo tu juguete y a lo bien, espero que no me guardes rencor. Si me ves por ahí no me putiés, dejá las cosas así. Yo estoy tratando de ser mejor gente y esos papelitos tuyos me comieron el coco. Más bien, si nos vemos, metemos mano otra vez, y vas a ver que voy a estar de lo más seriecito, sin huevonadas como la que te hice ese día. Todo bien, todo bien".

Se acercó hasta la puerta, esperando poder verlo en los alrededores del edificio. Luego regresó a conversar con el portero, para hacerle preguntas, tratando de averiguar algo que le permitiera dar con aquel muchacho. —¿Pero está seguro que el pelao no le dijo nada más? —Volvía y preguntaba—. No, don Santiago, nomás me pidió que le entregara el paquete y salió por esa puerta como alma que lleva el diablo, —le respondió el portero, distrayendo la mirada en los gajes de su oficio y en un tono que denotaba algo de impaciencia.

Miraba la nota por todos lados, notando la ausencia de la firma, "mucho marica, no firmó, sigo sin saber cómo se llama este huevón".

Subió al apartamento y colocó la alcancía en su mesita de noche, al lado de sus otras dos alcancías: la pequeña cajita registradora y la réplica de una caja de correos americana.

El niño de Amagá

Volvió a intentar ir de paseo. El sol se empezaba a ocultar y las opciones en el centro a esa hora se reducían, por lo que optó por una caminada cerca y un rato de ocio en el parque Bolívar. Lo recorrió con una parsimonia inusual en él, mirando cada cosa como si fuera la primera vez. Nunca tuvo la ocurrencia de leer las acotaciones de las diferentes esculturas, pero esta vez le llamó la atención una en particular, que estaba al costado de la estatua del libertador Simón Bolívar, era de Choquehuanca y leía: "Con los siglos crecerá vuestra gloria como crece la sombra cuando el sol declina".

"¿Quién será Choquehuanca?", pensaba, "tiene nombre indígena. ¿Será algún súbdito de Bolívar? Cuando pueda lo busco en Google".

Lelo en sus pensamientos, lo aterrizó un "hola" que lo sobresaltó y le hizo escapar un "coño" y unos gestos que en su mente calificó como una "botada de plumas". Ese saludo inicialmente lo confundió con sus diálogos internos, pero rápidamente pudo comprobar que procedían de alguien con quien venía soñando hacía mucho tiempo, Manuel.

Permaneció atónito, creyendo que lo imaginaba, se limitó a mirarlo, sin palabras para concretar el saludo. Manuel se mostraba amable y paciente, permitiéndole el tiempo que fuera necesario para ser correspondido en su presentación. La sonrisa entre tímida y nerviosa de Santiago le sirvió a Manuel para dar el próximo paso.

—Hola, me llamo...

—Manuel —le dijo Santiago, interrumpiéndolo— te llamas Manuel.

—Sí, así me llamo —afirmó, con una sonrisa de complacencia— ya veo que se acuerda. Yo, en cambio, guardo el recuerdo de su cara pero no estoy muy seguro de su nombre —le dijo, de una forma sutilmente coqueta.

—Que te acuerdes de mi cara ya es bastante, pero bien, mi nombre es Santiago —le dijo, mostrando halago— estabas perdido —añadió, con el ánimo de extender el diálogo.

Manuel llevó la mirada a un sitio del parque, como queriendo evadir detalles:

—Sí, estuve medio embolatado... Cosas que me tocó hacer.

Un bache de silencio se dio. Esta vez fue Manuel el que rescató la conversación:

—Estabas algo entretenido con el caballito de Bolívar —dijo, en un tono jocoso.

—No tenía nada que hacer en la casa y se me dio por hacer turismo acá en el parque.

—Yo soy bien malito para estarme en la casa también —comentó Manuel, validando lo dicho por Santiago.

En medio de la conversación, un hombre de unos cincuenta años pasó cerca de ellos y se detuvo a una distancia prudente, para mantener contacto visual con Manuel. Santiago notaba al jovencito inquieto, no se atrevía a preguntar pero creía adivinar lo que pasaba.

—Si tenés algo que hacer, fresco, yo entiendo.

—No, ¿sabe qué?, no se vaya, espéreme aquí un segundo que ya regreso.

Manuel se acercó al hombre y hablaron por unos minutos, y luego regresó adonde Santiago.

—¿Todo bien? —preguntó Santiago.

—Sí, todo bien. Es un trabajito que tengo para uno de estos días.

—¿En qué trabajás?

—¿Usted es policía, o qué?

—No me trate de usted que me hace sentir más viejo.

—Lo hago por respeto, pero fresco, yo lo trato como usted quiera.

—¡Otra vez el usted!

—Perdoná, pues, pero no me embolatés la pregunta, ¿sos tombo?

—¿Qué tiene que ver una cosa con la otra? ¿O es que vendes droga? ¿A qué viene tanta prevención con ese tipo de preguntas? —manifestó Santiago.

—¿Pero sos o no sos policía? —insistió Manuel.

—No soy policía ni nada que se le parezca, ¿cuál es el misterio? ¿Te puedo hacer una pregunta sin que te ofendas?

Manuel asintió.

—¿Sos prepago?

—Hermano, cállese esa boca, eso hasta feo se oye —otro momento sin palabras se volvió a dar. Manuel añadió, casi a manera de susurro, como si se lo estuviera diciendo a sí mismo— pero por ahí va la cosa —con un tono más animado, la mirada danzante y la actitud relajada, añadió— un día de estos le comento.

—Tengo tiempo ya. Si quiere, nos tomamos algo, lo invito —ofreció Santiago, con ademanes rápidos, para no dar cabida a una negativa.

—Invite a cono, y nos vamos a echar carreta —le sugirió Manuel, sin sospechar lo dolorosa que pueden ser ciertas confidencias.

Llegaron hasta una heladería situada a uno de los costados del parque, Manuel pidió cono de ron con pasas y arequipe mientras que Santiago optó por maracuyá y guanábana. Cada lamida les permitía darse tiempo para detallarse la expresión de los ojos, la fría y dulce humedad de los labios, y el vibrar del aura. Santiago, como afanado, daba mordiscos grandes, y muchas incógnitas parecían invadirle el pensamiento. Se dedicaron a caminar por los alrededores con un andar suave y pausado que en ocasiones impacientaba a quienes transitaban con afán. Trataron de tomar las calles menos populosas. En un principio fue difícil, pero con la caída de la tarde, la ciudad se transformaba. Medellín, de urbe superpoblada, pasaba a tener calles desérticas, que servían de cama a indigentes y que contribuían a la mala fama que muchos le atribuían al centro de la ciudad.

—Entonces, ¿sos o no sos?

—¿De qué hablas?

—No te hagas el tonto que corres peligro de quedarte así.

—Hermano, blanco es y gallina lo pone. Vos me has visto dando mis vueltas, sos un man grande, ¿a qué crees que se paran todos esos pelaos en el parque? Te aseguro que no son nietecitos sacando abuelitos de paseo.

—Pues sí, pero para no equivocarse es mejor preguntar.

—¿Estás buscando servicio, o qué?

—De pronto, pero no ahora… Si te estoy interrumpiendo el trabajo, te voy dejando.

—No, fresco, hoy ya trabajé y me vine, y cuando me vengo me entra pereza.

—¿Y llevas mucho tiempo en esto?

—No, hace unos meses, cuando llegué de Amagá.

—¿Sos de allá?

—Sí.

Manuel se fue tornando pensativo y varios de los comentarios de Santiago apenas los alcanzó a escuchar. Distraído y con los ojos brillantes por las lágrimas disimuladas, caminaba con pasos fuertes que acentuaba sobre el piso, como tratando que el ruido de sus pisadas acallara los gritos de sus recuerdos. Santiago sospechaba que algo se le movía por dentro al jovencito, pero fue prudente y lo acompañó en silencio. Caminaron sin fijar el destino y llegaron hasta Villanueva, un antiguo convento de sacerdotes convertido en centro comercial. Santiago, intuyendo que el ir y venir de compradores y curiosos podría servir de distracción, aprovechó para invitarlo a que se tomaran un café en un lugarcito que encontró acogedor y con mesas lo suficientemente apartadas para que pudieran seguir conversando lejos de la curiosidad de otros comensales. Disfrutaron del café en un silencio relajante. Algo de la espumosa crema se dibujó como bigote sobre los labios rosados de Manuel. Santiago le hizo un gesto para que se limpiara y este de inmediato lo hizo, usando una servilleta que también utilizaría para taparse la boca y así controlar la risa, que en vez de cesar, contagiaba a su acompañante permitiendo que se alivianara el ambiente y se reanudara el diálogo.

—Parece que no tenés muy buenos recuerdos de Amagá.

—Los mejores del mundo, hasta el día en que mi papá se mató en una mina de carbón que se tragó un montón de gente.

—Lo siento. Si querés hablamos de otra cosa.

—Es muy barro dañarle el rato a cualquiera hablando de esto, pero yo prefiero hacerlo con alguien desconocido que hacerlo con mi mamá, que se pone muy mal cuando tocamos el tema. Ella llevaba tiempo diciéndole que se saliera de ese trabajo, que las condiciones de ese oficio eran muy peligrosas, pero la necesidad tiene cara de perro y él no encontró qué más hacer, pobre mi viejo. Nunca nos faltó nada cuando él vivía.

—¿Cómo viniste a dar a Medellín?

—No tuve de otra, el subsidio que nos dieron era poco y no encontraba trabajo en nada que no fueran minas. Mi vieja me prohibió meterme en eso y nos tocó venirnos para acá.

—¿Y cómo terminaste en estas? ¿Ya lo hacías en Amagá?

—No, para nada. Yo traté de conseguir trabajo en otras cosas, pero nada. Un día conocí un pelao que me habló de que había mujeres que les gustaba irse con pelaos y que por un rato en la cama le daban a uno lo que le tomaba trabajar todo un día. Y así me fui encarretando en esta vaina.

—¿Pero a vos te gustan los hombres?

—No, para nada. Lamentablemente, son pocas las mujeres que nos buscan, así que me toca bailar al son del billete. Pero si por mí fuera, no me iría con ningún tipo.

—No, pues, tan macho el muchachito. No te engañes, igual te vas con hombres.

—Sí, pero yo voy hasta cierto punto y cuando estoy en esas me gusta que me pongan porno con viejas para no pensar que me estoy comiendo un man. Y por detrás, ahí sí no hay quien me toque.

—¿Ni aunque te paguen el doble?

—Ni así, yo no sé cómo ustedes se aguantan eso.

—Cuando quiera le digo cómo.

—Déjalo así, que no es tanta la curiosidad.

—¿Oí, sabes quién es Choquehuanca?

—Ni idea, ¿algún amiguito tuyo? Lo mataron con ese nombre.

—Pensé que si ponían una frase de él en pleno parque Bolívar debía ser alguien conocido, y como te la pasas en esa área, me imaginé que algo sabías.

—Ya sabes cuál es el rollo mío.

—Pues sí. ¿Qué vas a hacer mañana? Espero que por lo menos descanses los domingos.

—Planes no tengo, pero en mi tipo de trabajo no se pueden escoger los días libres. Cuando nos necesitan hay que prestar el servicio porque asimismo hay días que no cae nada.

—¿Te gustaría que diéramos un vueltón por el parque Arví? Se pasa bien.

—Bacancito el parche, yo poco conozco de esta ciudad.

—¿A las nueve de la mañana te parece?

—Sí.

—Pues nos encontramos en esta dirección —la escribe en un papel y se la da— y nos vamos viendo, que no quiero que me coja la noche en la calle.

—Fresco, mañana le caigo —se despidieron con un apretón de manos.

Salió a paso largo, sintiendo que por fin podía respirar más tranquilo, sin que se le notara la alegría del encuentro. Caminaba y susurraba cosas en inglés y a veces en español tal como las sentía, sin pasarlas por ningún filtro y dando poca importancia a quien pudiera oírlo: "*I can't believe my luck. Oh, my God, he is so cute...* Papacito, ¿dónde diablos te me estabas escondiendo?"

***

La despertada del domingo fue temprana. Los preparativos eran pocos, pero las ganas de compartir con Manuel eran muchas. Terminó las rutinas de la mañana con cierta rapidez y se sentó con la mirada puesta en la calle hasta que fue la hora del encuentro.

Se saludaron de una manera tímida y en camino al metro estuvieron algo callados, como si se estuvieran dando tiempo para alcanzar la calidez que lograron en el encuentro de la noche anterior.

Una vez en el vagón del metro, se propició el dialogo. El espacio entre ellos era poco, debido al gran número de personas que, al igual que ellos, habían madrugado para disfrutar del domingo. Las preguntas fueron pocas y casi todas en clave, para evitar llamar la atención. Los empujones y frenadas del metro provocaron roces. Santiago los disfrutaba y se dejaba llevar, aterrizando en el pecho de Manuel, acercándose al punto de sentir la calidez de su aliento, de rozar su bragueta con la de él, y de perder el enfoque en su mirada. Poco le importaba no poder ver con claridad, ni tener el corazón latiendo a mil. Tampoco le molestaba sentir la garganta reseca por la respiración profunda y constante, que buscaba desesperadamente no quedarse sin aire. No le preocuparon sus cachetes sonrojados a causa del miedillo que le provocaba tener tan cerca al joven que imaginó tantas veces en sus noches solitarias en aquel apartamento de la avenida Oriental. Sabía que tenía una gran erección y poco le importaba si él u otros en aquel vagón lo notaban. Le parecía que Manuel también estaba sintiendo algo. No estaba seguro si era producto de su imaginación, pero podría asegurar que en unos de esos choques también Manuel tenía una erección. No se atrevía a mirar hacia abajo, pero su cuerpo así lo reconocía. "¡Qué maldita dicha, estoy seguro que este mancito la tiene más parada que yo!" pensaba, a la vez que se esforzaba por no gritar al mundo lo que sentía.

Poca coherencia lograba en la conversación. Lo escuchaba como si su voz viniera de muy lejos. Cada palabra parecía hacer resonancia en su cabeza, y lo enviaba hacia un trance similar al que había experimentado en alguna ocasión, cuando fumó marihuana. Era un éxtasis: se esforzaba para evitar un accidente que lo pusiera en evidencia, pues sentía algo húmedo desprenderse de sus genitales. El grito de Manuel de "ya llegamos" lo ayudó en ese propósito, y pudo controlar lo que parecía inevitable si se seguían dando los roces y los pensamientos fogosos.

Caminó por instinto, como si le fuera difícil salir del trance en el que aquellos roces lo habían sumido. Subió las escaleras aún con la mente perdida y al llegar a la plataforma vio un caserío construido sobre una montaña que parecía ser parte de un gran cuadro. Hacia su derecha le llamó la atención la imagen sobre baldosines de un hombre mayor con boina española, lentes de abuelito, barba blanca, de traje y corbata, pipa en mano y una sonrisa que dejaba ver su dentadura. Se trataba de León de Greiff e incluía una de sus frases, "Porque me ven la barba y el pelo y la alta pipa, dicen que soy poeta…" Se dio vuelta hacia Manuel y lo notó con semblante de disfrute, igualmente adentrado en el panorama.

La fila para abordar el metro cable se les hizo corta, pues se entretenían estudiando la manera de abordar de los pasajeros, para así aprender cómo utilizar este sistema de transporte, que les resultaba novedoso y divertido. Cada cabina del metro cable venía numerada. Santiago detalló que la que estaba a punto de abordar era la 1121 y recordó que ese número le era de suerte. Recibieron el "pase" del encargado de acomodar los pasajeros y a punto de subir, un maullido, como de auxilio, de un gato, hizo que Santiago se detuviera. Manuel, con casi un pie en la cabina del metro cable le hizo una seña para que se apurara, pero este, sin tiempo de dar explicaciones, se volvió y caminó en dirección a un grupo de niños que se divertían haciéndole maldades a un gato. El muchacho lo siguió, aún sin entender lo que sucedía.

Santiago, con voz autoritaria alejó a los acosadores del gato, ante la mirada expectante de su invitado, quien seguía sin claridad al respecto, aunque no por mucho rato, pues fue testigo de cómo su amigo le reclamó al grupo de adultos que acompañaban a los menores, la falta de civismo y de compasión que demostraban al no intervenir en aquel juego cruel. Los niños estaban de excursión y los encargados de custodiarlos eran maestros y otros empleados de la escuela a la que pertenecían. El gato había aprovechado para subirse a una baranda desde la cual parecía mirar y seguir el hilo de los acontecimientos. Santiago lo acarició con la mirada y sintió que el gato le agradecía su buen gesto.

Manuel miraba con curiosidad lo que pasaba y una sonrisa le nació cuando vio la conexión que parecía darse entre Santiago y el gato. De repente se oyó un fuerte estruendo. Hubo chillidos. —¡Son balas! —gritaron algunos. El gato corrió, como imitando lo que hicieron numerosas personas. Algunos curiosos se asomaron por el gran marco que divisaba la montaña.

Rato más tarde se confirmaría la noticia. Había habido una balacera en las calles de los barrios construidos sobre la montaña, alcanzando a una de las cabinas del metro cable, la 1121, causándole la muerte a uno de sus pasajeros. Santiago, enmudecido con los acontecimientos, caminaba a saltos, con la rapidez que el cuerpo le permitía, abriéndose paso entre trabajadores del metro que trataban de controlar la situación, de policías, y de pasajeros que buscaban alejarse del peligro. Manuel lo seguía, librando las barreras propias de las circunstancias.

Fuera de la estación caminaron en silencio por un largo rato. Llegaron a un pequeño parque alejado del algarabío causado por la tragedia. Se sentaron en una banca. Santiago, agachando la cabeza, escondió la cara entre sus manos, sucumbiendo al llanto. Lloraba como lo hizo muchas veces a solas. Olvidaba que estaba en compañía, a pesar que muchas veces sentía que le acariciaban la espalda en señal de apoyo. Manuel permanecía callado permitiéndole a su amigo llorar hasta ganar fuerzas para poder hablar.

—Ese muerto pude haber sido yo. Ángel estuvo conmigo. Él me mandó el mensaje.

Manuel sintió que era tiempo de decirle algo para apoyarlo en este momento tan difícil.

—Me imagino que estás hablando de tu ángel de la guarda.

Santiago sonreía, a la vez que se secaba la cara.

—¡Qué bueno que estás aquí conmigo! No me imagino pasar por este susto solo. Y sí, estoy seguro que mis Ángeles de la Guarda estuvieron hoy conmigo, pero me estaba refiriendo a uno terrenal.

Manuel puso cara de intriga.

—¿Cómo?

—Mi ex se llama Ángel. Es veterinario, y a pesar que no estamos juntos siento que me protege. A través de él aprendí a querer los gatos y siento que me puedo comunicar con ellos. No pongas esa cara, que es verdad.

—No lo dudo, yo vi una película de un man que podía hablar con los animales.

—Sí, yo también la vi. Pero conmigo la cosa no es tan clara. Mira, yo los veo como a un gran ejército, que donde quiera que vaya los voy a encontrar, y que de alguna forma me van a ayudar.

—¿Será?

—Sí, hombre, hoy estuvimos a un segundo de abordar precisamente la cabina del metro cable que fue impactado por esas balas, y si no hubiera sido por el gato que defendí, hubiéramos estado en peligro de muerte.

Manuel lo miraba con algo de incredulidad. Le hizo muchas preguntas, para asegurarse de que era la misma cabina del metro que ellos estuvieron a punto de abordar. Con cada explicación y cada signo de evidencia, iba aumentando su asombro, hasta llegar a sentir que había vuelto a nacer.

Hubo cambio de planes. Caminaron por largo rato hasta que sintieron deseos de almorzar. Santiago invitó. Sin proponérselo, el tiempo que compartían les permitía seguir conociéndose.

—Si tanto querías a Ángel, ¿por qué se separaron? —preguntó Manuel.

—Por tonterías, fueron muchos años juntos y las cosas en la cama estaban muy frías. Me las di de vanguardista y le hablé de fantasías que tenía. Le propuse que hiciéramos un trío para añadirle algo de picante a las cosas.

—Y qué, ¿aceptó?

—Fue poco lo que dijo, pero fue obvio que la idea no le agradó.

—No lo culpo; la propuesta estuvo fuerte.

—Un día cualquiera dijo que se iba. Que le parecía que las cosas entre los dos no daban para más, que ya no se nos movía nada por dentro cuando nos tocábamos. Tenía algo de razón. Yo no supe cómo argumentar.

—¡Te dejó mudo!

—Simplemente lo escuché y lo abracé, como queriendo decirle mucho, pero la voz no me vino. Cada vez que pienso en ese día, me da rabia.

—¡Tenaz! —murmuró Manuel, escaso de certeza sobre cómo demostrarle apoyo frente a la situación.

Santiago parecía revivir el dolor de la separación.

—Rabia de que él no me hubiera confrontado abiertamente cuando le propuse sexo con otro. Rabia conmigo mismo por ahogar mis palabras con su despedida.

—No es fácil hablar de esas cosas.

—Creo que actuamos como cobardes. Nos dio miedo enfrentar nuestras propias furias.

—Uno nunca sabe cómo se van a tomar las cosas.

—Preferimos escondernos en decisiones, sin debatir o expresar lo que sentíamos. Nos faltaron gritos, lágrimas, y todo eso que hace hervir la sangre.

—¿Y qué ibas a conseguir? Posiblemente, hacerte más daño.

—Hubiéramos conseguido enfrentar nuestros miedos y quizá así unirnos con mayor fuerza. Pero bien, esas aguas ya corrieron su curso.

Lucía liberado de un gran peso, como si estuviera esperando que alguien, alguna vez, le hiciera esa pregunta para darse a la tarea de organizar sus pensamientos y echar al viento la frustración por el paso nunca dado, por las palabras nunca dichas. Entonces buscó los ojos de Manuel para pedirle disculpas por la "descarga".

—Fresco, hermano, más bien estoy tomando nota para que no me pase a mí —le respondió Manuel con una sonrisa de aliento.

La mesera les trajo la comida. Manuel se notaba indeciso sobre empezar a comer. Santiago, haciendo un esfuerzo por abandonar los recuerdos tristes, le hizo señas para que comiera.

—No me vas a poner a comer solo, pues. ¡Coma, hermano, que todavía seguimos vivos!

El comentario logró sacarle una sonrisa, mejorándole el ánimo. Comieron, dejando el tema atrás y dándose miraditas de apoyo. Cuando terminaron de almorzar, Santiago pagó la cuenta y aprovechó que tenía la billetera para darle dinero a Manuel.

—Hermano, que pena recibirle plata, vos me has gastado todo y ni siquiera hemos hecho nada.

—No podemos tapar el cielo con las manos, de esto vivís, y me imagino que tenés que llevar dinero a la casa.

Manuel asintió aceptando el dinero.

—Mi Dios se lo pague, yo me encargo que la pases súper la próxima vez que nos veamos. Y prepare aquellas porque lo que les viene es candela. Espero me llames —le dijo en un tono jocoso y a manera de despedida.

—Yo veré, y recordá que tenés mi número, así que vos también me podes pegar un timbrazo —le respondió Santiago, a la vez que se despedía con una tierna palmada en la espalda.

De regreso al apartamento, se encontró con el pensamiento aún nublado. Necesitaba retroceder los eventos del día, determinar su significado, borrar sus miedos, perpetuar lo divino, y luego volverlos a poner en la mente con la tranquilidad que trae la meditación.

Sentado frente a la ventana, fijó la vista en los visitantes de la Oriental de domingo en la tarde. No hizo esfuerzo alguno, el tiempo se encargaría de irle presentando en su mente cada momento de aquella mañana. Sonreía, recordando el viaje en el metro, impregnado de morbo. Las imágenes de la balacera lo seguían atormentando, por lo que evocaba a Ángel para llenarse de esa protección simbólica que le daba su recuerdo. Suspiraba, al sentirse dueño de su vida. Agradeció el estar acompañado de Manuel, y soñaba con la idea de llegar a ser algo más que un cliente para él. Notaba cómo el frío y el calor que provocaban los recuerdos le robaban las fuerzas. Arrastrando los pies, abatido por el cansancio, llegó hasta el cuarto y antes de que su cabeza tocara la almohada, sintió que ya dormía.

Pecoso lindo

La mañana del lunes lo recibió con una energía renovada, actuando con rapidez en su aseo personal, en dejar el apartamento limpio y en la preparación del desayuno. Llegó temprano a la oficina, para ponerse al día con las tareas acumuladas durante épocas de ánimos empobrecidos. Estuvo bastante concentrado, lo cual le permitió un mayor rendimiento y le evitó conversaciones innecesarias. Almorzó algo liviano en su oficina, como acostumbraba y en especial desde su distanciamiento con Ricardo. Hacia el final del día sacó tiempo para llamar a Vida y comentarle por encimita lo sucedido ayer.

—No me gusta que me dejes antojada, necesito que me lo contés todo con lujo de detalles.

—Después te llamo. Aquí las paredes tienen oídos. O si querés, pasá por el apartamento una tarde de estas.

Ella estuvo de acuerdo con visitarlo pronto.

—Yo te tengo que ver la cara cuando me lo contés.

Esa tarde, cuando llegó al apartamento le atormentaba el silencio, la soledad, y la luz de la tarde que se escondía. Pensó en llamar a Manuel, pero desistió, ya que era muy pronto para volver a verlo. A Vida también la dejó quieta, por miedo a que su relato la afectara.

Tuvo la intención de llamar a algún amigo.

"¿Será que le marco a Jairo? Mejor no, va a querer que pegue para Sabaneta a esta hora, ¡qué pereza! ¿Y don Tomás? Ese va a ser otro que me va a pedir que lo encuentre en Itagüí; igual

131

no viene al centro sino a buscar pelaos. Y a Farid, ni hablar, debe andar con muchachos de su edad. No creo que le llame la atención escuchar mis dramas; ahora empiezo a entender a los clientes de Vida, que pagan para desahogarse.

Pensó en alguno de los muchachos con los que había mantenido relaciones, pero encontraba excusas para no llamar y terminó concluyendo que era una noche para estar solo con sus recuerdos.

No lograba sacarse de la mente a Ángel. Añoraba escuchar su voz, ver su silueta de hombre, bueno y protector. Del hombre que conoció cuando todavía la vida era un juego poco complicado, un hombre con el que compartió muchas primeras cosas, el primer auto, el primer apartamento fuera del núcleo familiar, largas noches de sexo, paseos por muchos rincones del mundo, y una eterna lista de acontecimientos familiares de parte de cada uno. Habían moldeado sus vidas mirándose el uno en el otro como si lo estuvieran haciendo frente a un espejo. Tenían gustos similares para vestir y para comer. A pesar de haber nacido en dos países lejanos y de tener características físicas diferentes, tales como el color de ojos y cabello, no faltaba quien pensara que eran hermanos. Quizás esos comentarios repetidos hicieron mella en lo profundo de sus mentes y terminarían sentenciándolos a la convivencia lívida.

El deseo de avivarlo en su memoria lo llevó a escuchar algunas de las canciones que se lo recordaban, *"When I need you"*, cantada por Leo Sayer, era fijo que le sacaba las lágrimas y le calentaba las cuerdas vocales, que, aunque poco afinadas, sonaban con mucho sentimiento: *"When I need you, I just close my eyes and I'm with you"*. Temiendo entristecerse, corrió, como iluminado de repente, a buscar una de las alcancías que trajo de Miami, la réplica de una caja de correos americana, en la que guardaba cartas de su alma gemela, entre las de otros amores extraviados. Abrió la portezuela de la alcancía y sacó unas cuantas, hasta encontrar una de Ángel. La había recibido durante un viaje que hizo a Nueva York, para participar de un congreso al que no lo pudo acompañar Ángel, quien en ese entonces, estaba recién graduado, y apenas en el tercer mes de su primer trabajo como veterinario. Santiago, después de apagar la música, se acomodó para leer la carta en voz alta, con una entonación que remedaba la del autor, como tratando de engañar sus propios oídos:

"Papi, te empecé a extrañar desde la misma noche que llegué al apartamento y no te encontré. Estoy cansao. Hoy no fue el típico día de poner vacunas a perros y gatos. Tuvimos que atender a un elefante de circo que sufrió un accidente, qué crueldad, hacer chavos a costa de maltratar animales. Por supuesto, el servicio fue a domicilio, o mejor dicho, nos tocó ir hasta el vagón de tren donde lo tenían.

Bendito, espero que esta carta te llegue antes de que regreses. Pensarás que pude haberte llamado, pero no quería molestarte y sé que tenías una agenda apretada, además, cuando escribo me salen mejor las ideas. Muñeca y Mono estuvieron maullando por los lados de tu cuarto, endito, se imaginan que no estás acá y te extrañan tanto como yo. Te amo mucho. Queremos verte pronto.

Ángel, Muñeca y Mono".

Sí que llegaría tarde, la recibió meses después, de manos de un familiar con quien se quedaba cuando viajaba a Nueva York. Ángel respondía a impulsos, sin pensar muchas veces, y el incidente con esta carta fue claro ejemplo de ello. Le era difícil comunicar sus sentimientos verbalmente, y por tal motivo recurría a notas escritas, aunque no estuviera de viaje: eran por lo regular cortas pero cargadas de verdades que no podía expresar con palabras. Se las colocaba al lado de la cama, en la mesita de noche. Esa mudez emocional era la que le impedía abordar temas delicados, como sucedió cuando Santiago sugirió otro más para la misma cama.

Absorto en la lectura, a veces reía y a veces lloraba hasta que el timbre del teléfono lo hizo espabilar, miró el reloj instintivamente, haciendo un esfuerzo por recordar si había olvidado algún compromiso.

—A la orden —dijo Santiago.

—Entonces qué, papá, ¿listo para rumbiar, o qué? —se oyó al otro lado del teléfono.

—¿Quién es? ¿Farid?

—Claro que sí, mijo, ¿qué está haciendo? Le tengo alguito para que nos demos un toque.

—¿Estás cerca?

—Acá abajo.

—Subí, y acá hablamos.

Colgó. Segundos después, lo anunciaba el portero y en un abrir y cerrar de ojos estaban frente a frente. Vestía una camisa ancha de rayas, *jeans* desteñidos, tenis, y un pañuelo árabe enrollado en el cuello. En una mano traía una guitarra, y en la otra una botella de aguardiente. Caminaba con cierto tongoneo, como si una musiquita le sonara por dentro; sonreía con picardía, y lo primero que hizo al entrar fue un gesto con la boca, para que Santiago se diera por enterado de lo que traía en el bolsillo de la camisa, un par de cigarrillos de marihuana.

—Vos ya traes nota —aseguró Santiago.

—No, mijo, yo soy así.

—¿Y eso vos por aquí? ¿Estabas desprogramado?

—Mucho desagradecido, esto no es improvisado. Lo que pasa es que soy poco complicado, pero hoy te estuve pensando, y en un par de patadas me organicé para venir a verte.

—Se le agradece.

—Estamos hablando mucho y tengo la garganta seca.

—Dejame, busco copas.

—Vení, te ayudo.

—No, tranquilo, voy yo —saliendo hacia la cocina. Levanta la voz para que se le oiga en la sala—, más bien tóquese una cancioncita, me imagino que por algo trajo esa guitarra. —Vuelve a la sala con las copas.

—Claro, papá. Pero sabe qué, aquí hay mucha luz.

—Calmate, que ya me encargo. Lo primero es primero —sirve aguardiente y brindan. Luego baja las luces y prende velas.

—Ahora sí, hermano. ¿Qué quiere que le toque?

—No sé, lo que te guste a vos.

—Yo lo que quiero es que vos la pases bien. Me tengo que reivindicar con vos. La vez pasada no quedé nada contento con la forma en que te fuiste.

—No hablemos de eso. Yo a veces me complico por gusto.

—Esa noche, hasta ganas me dieron de venirme detrás de vos, pero después pensé que a la larga uno tiene esos ratos que más vale que lo dejen solo.

—Vos no tenés cara de tener ese tipo de momentos.

—¡No, qué va! Eso crees vos —tomó la guitarra para hacer sonar las cuerdas, en las que fijaba la mirada como queriendo esconderse en ellas—, a uno lo ven no más que por encimita. En el fondo, todos las tenemos de sal y de azúcar, ¿sí o no?

—Creo que se dice de cal o de arena.

—No me gocés, vos sabés de qué hablo.

—Percibo algo de tristeza.

—No, debe ser el güaro. No me puedo quejar, tengo salud, tengo juventud, y tengo una guitarra que, aunque prestada, me acompaña y hasta me divierte.

—¿Seguro?

—¿Vos es que no tenés problemas?

—Penas de amor, que son las más malucas.

—Yo pienso igual, pero mi familia se hizo mierda cuando a mis papas se les dio por poner toda la plata que tenían en una de esas famosas pirámides. Por multiplicar el billete hasta empeñaron la casa. Y todo se fue al diablo, parce.

—Eso fue muy teso; tengo entendido que en este país fueron muchos los que tumbaron con el cuentico ese de las pirámides. Como dice mi mamá, de eso tan bueno no dan tanto.

—Sí, hermano, pero lo que no me cala es que no sepamos lidiar con esto en familia. En la casa no se puede ni hablar. ¡Qué fastidio! Todo mundo anda siempre tenso y por eso es que yo trato de estar por esos lados lo menos posible.

—Sentirse mal en la casa debe ser de lo peor, ¿cierto?

—He llegado al punto de no pedir en la casa ni un tinto. Si no puedo llevar lo que me como, prefiero aguantar hambre.

—Estás un poco extremista, ¿no te parece?

—No hay cosa que me moleste más que estar peleando todo el tiempo por cosas materiales. Uno se va de este cagadero sin nada, y nos pasamos la vida jodiéndonos para conseguir una cosa y otra.

—Dicen que la plata no es la felicidad —simplificó Santiago, con la idea de restarle dramatismo a la situación.

—Pues sí, pero no tenerla también es del carajo —dijo Farid, con conocimiento de causa.

—De que hace falta, hace falta.

—Yo creo que el instante es el que vale: pasar un rato chévere, comer algo rico, disfrutar del amor, del panorama, de la gente, ¿vos me calás?

—Sí, sí te calo. Y también calo que te fumaste un tabaco antes de venir.

—Déjate de huevonadas, mejor prendamos uno para que dejemos de hablar tanta mierda, por lo menos mientras chupamos el humo.

Farid prendió el cigarro de marihuana; cerraba los ojos mientras aspiraba y luego lo pasaba. Las rondas del tabaco unidas a los gemidos de placer y a los movimientos de cuello, para liberar tensiones, creaban un ambiente de ritual, de danza del fuego. A punto de que este fuera solo cenizas, Farid sustrajo una humareda que mantuvo en su boca y, tomando la cara de Santiago, con las dos manos se le acercó hasta la boca, para sellar sus labios con los de él y así pasarle el humo a través de una pequeña abertura. Aunque sorprendido, Santiago se prestó al juego, aceptando aquel humo para esparcirlo por sus pulmones con la esperanza de que llegara a cada rincón de su mente y lo hiciera flotar. Se imaginaba a sí mismo siendo un pequeño pájaro alimentado por su madre, olvidando la diferencia de edad que tanto le atormentó la primera vez que vio a Farid fumar con sus contemporáneos en el parque del Periodista. Esta vez compartían la misma nube y sentía que viajaba donde todo podía ser menos complicado.

—¿Estás bien?

—Súper. Hasta el dolor de cuello se me fue.

—Estabas tenso, huevón. Ahora sí te voy a cantar algo —tomó la guitarra para acompañarse.

—Dale.

El joven guitarrista alternaba canciones, en su mayoría románticas, con brindis de aguardiente, que provocaron que el anfitrión terminara haciendo segunda voz. Luego dejaron descansar la guitarra y aprovecharon para fumarse otro tabaco. Santiago declinó en un principio, pero tomó poco para convencerlo.

Farid aspiró primero, para luego pasárselo a su compañero de farra. En el primer intervalo, mientras Santiago fumaba, aprovechó para quitarse los zapatos. Luego haría lo mismo con la camisa y en fin, con cada pasada del tabaco, se quitaba algo de su indumentaria. El pito de marihuana le rindió, pues apenas había fumado medio cuando ya estaba totalmente desnudo, por lo que utilizaría las sucesivas pausas para ir desvistiendo a su amigo. Culminado el tabaco, se encontraron los dos completamente empelota. Farid colocó música suave, para luego convidar al anfitrión a bailar, la excusa perfecta para abordarlo con caricias. El hombre, con la piel como de gallina, se dejaba llevar sin la más mínima pretensión de truncar las manifestaciones de su alocado acompañante, quien le pasaba la lengua por el cuello bajando lentamente hasta llegar a las tetillas, las cuales mordía hasta notar que ganaban rigidez y tamaño. Luego abrieron el sofá cama, para dar paso a otras caricias.

Santiago se dejaba mimar, con el placer de saber que en esta ocasión era otro el de la iniciativa. Disfrutaba sentir caricias húmedas que no esquivaron ninguna parte de su cuerpo. Una faena que dejaría al joven amante exhausto, por lo que caería rendido sobre su espalda, dispuesto a robarle a la noche algunos minutos para el descanso.

Pasado un rato, el anfitrión le ofreció más trago, para luego darse a la grata tarea de corresponderle en sus mimos. Comenzó mordiéndole los dedos de los pies para ir subiendo hasta llegar a sus genitales, percibiendo un calor húmedo impregnado de olor de hombre. Jugaba con su ombligo y él reía, gemía y se retorcía por las cosquillas que le causaba, y en medio de esos juegos lo fue volteando para disfrutar de esa otra parte de su cuerpo, susurrándole al oído —pecoso lindo, te voy a contar todas las pecas que tienes en la espalda. —Contaba, y con cada peca, aprovechaba para pasarle la lengua por la oreja. Luego, separándose un poco, le dijo—: Quedate así, me da mucho morbo verte acostadito, desnudo. —Y Farid lo complació.

Lo acarició hasta el cansancio, llenándose los ojos con aquel cuerpo desnudo, con el que pudo jugar sin sentir que existían barreras. El jovencito parecía inmovible, estampado sobre la sábana, por lo que Santiago decidió dejarlo descansar, emparejándose a su lado, mas sin poder dormir, simplemente acostado, con la mirada extraviada en la oscuridad del cuarto, tratando de conciliar el sueño.

—¿Qué pasó? ¿Se cansó? —preguntó Farid.

—Yo lo hacía dormido.

—Estaba callado, disfrutando. Se siente mejor sin bulla —le aclaró Farid, quien se dio vuelta y se levantó a servir más aguardiente.

Santiago quiso negarse, pero de nuevo Farid lo convenció, insistiendo que era el último de la noche; brindaron por la fortuna de estar juntos.

Sentados en el sofá cama y por iniciativa de Farid, adoptaron una posición de meditación, uno frente del otro, con mínima distancia entre ambos. No cerraban los ojos ni hacían respiraciones profundas, solo se miraban lascivamente hasta que una vez más el joven artista tomó la delantera, iniciando una exploración de su cuerpo, convidando a Santiago para unirse en la misma aventura. —Tratemos de venirnos a la misma vez; que la tuya me caiga a mí y la mía te caiga a ti.

Santiago asintió. En principio lo encontró algo infantil, pero rápidamente y quizás por la permisividad de los tragos, de la yerba, y el alboroto provocado por un cuerpo lleno de juventud se entregó al juego con una sonrisa disimulada y convencido de que aquella experiencia tenía mucho de mágica.

Se sumieron en la faena del placer, con una espontaneidad y una coordinación que permitía que las cosas fluyeran. El clímax fue como lo propuso Farid: terminaron uniendo sus esencias, juntos, en una caricia final de buenas noches en la que jugaron con la humedad depositada en sus cuerpos hasta confundir lo que vino de uno y del otro. Rieron, inmersos en la pesadez que provoca el desfogue, cayeron rendidos: esta vez el sueño se había apoderado de los dos.

***

El timbre del teléfono repicaba insistentemente, colmando la capacidad de aguante de Santiago, que prefirió luchar contra su modorra y contestar, para no seguir soportando aquel ruido que hacía resonancia en su cabeza.

—Diga —contestó, medio dormido y con una voz ronca.

—Perdoná que te moleste, pero es que acá en la oficina te han estado tratando de llamar. Me pareció escuchar que tenías un par de citas.

—*Oh, shit*, qué cagada. Inventate algo, Ricardo.

—No, hermano, yo cumplo con avisarle. No conviene que sea a través mío que estés mandando razones. Llamá vos.

—Sí, sí, tenés razón. Deja, me acabo de despertar y les pego una llamadita. Gracias, pelao.

—No te preocupés, nos hablamos.

Santiago regresó al sofá para acostarse de nuevo al lado de Farid; apretándose la cara con ambas manos, susurró "¡Qué falla!". Farid, aún con los ojos cerrados, acostado de medio lado, murmuró con voz trasnochada, —¿todo bien? —Ahí, más o menos, —le respondió, con la mente puesta en las citas incumplidas y en las llamadas que debería hacer. Farid, todavía en estado soñoliento, extendió una mano y se la puso en la cintura, para jalarlo hacia él. Aquel gesto hizo que Santiago pensara que todo valió la pena y pospuso las llamadas por un rato, pues quería vivir el momento de sentirse acariciado cuando ya ni el licor ni la marihuana eran responsables.

Sabía que fue convincente con las excusas que ofreció a los de la inmobiliaria, como a los clientes a quienes incumplió, pero no corrió con la misma suerte tratando de justificar ante sí mismo su comportamiento. Su ética profesional representaba una razón de orgullo, y atentar contra ella de esta forma le resultaba bastante reprochable.

Cuando el pecoso lindo, como lo llamaban en aquel apartamento, logró despertar, lo primero que hizo fue tomar la guitarra e improvisar una canción haciendo alusión a lo sucedido la noche anterior. Santiago se dedicó a preparar algo de comer; estaba un poco más tranquilo con los asuntos de la oficina y adicionalmente halagado por las improvisaciones del jovencito, que de cierta manera demostraban comodidad con todo lo ocurrido entre los dos. Decidió tomarse el día libre, acompañado por Farid hasta bien entrada la tarde.

—Qué pena con vos, todo el día aquí matando tiempo y ni siquiera te ayudé a recoger todo el desorden que hicimos.

—Tranquilo, yo más tarde me encargo, o sino el fin de semana. Eso es lo bueno de vivir solo.

—Te envidio. Yo me sentí la berraquera acá con vos. ¡Qué pena que me tenga que ir!

—Ya sabe, cuando quiera vuelve.

—¿Lo pasaste bien?

—Increíble, ¿Y vos?

—¿No se me nota o qué?

—Sí, sos muy espontáneo y con mucha chispa.

—Vos lo haces sentir a uno muy bien. Sos un bacán.

—Tenés que tener cuidado con el vicio.

—Yo sé, eso es de vez en cuando, papá.

—Bueno.

—Oiga, hermano, me voy yendo, que quedé en ir a ayudar al bar en donde nos conocimos. Necesito hacer algo de plata.

—Yo salgo con vos, me da un bajón si me quedo acá solo.

—¿Querés venirte conmigo al bar?

—No, ni loco. Yo me doy un vueltón por el parque y luego me vengo a descansar —sacando dinero del bolsillo— tome, le regalo.

—Gracias, parce. Esto me viene bien.

—Venga pues vámonos.

Salieron juntos: el osado jovencito mantuvo el coqueteo hasta en el elevador, en donde arrinconó a Santiago para darle un último beso y una buena manoseada, a la que fue bien correspondido. No les importó salir despeinados y con las braguetas visiblemente abultadas. Eso sí, una vez en la calle, cada uno tomó su rumbo. El más veterano optó por ir un rato al parque Bolívar, le quedaba a un par de cuadras del apartamento y siempre encontraba personas, situaciones, y hasta esculturas que lo entretenían.

Pasó a un lado de la estatua del Libertador sobre su caballo. Notó que existía otra acotación del lado opuesto de la de Choquehuanca, era de Simón Bolívar y decía: "Quisiera tener una fortuna material que dar a cada colombiano, pero no tengo nada. No tengo más que un corazón para amarlos y una espada para defenderlos". "Lo tenemos como el padre de la patria, pero poco hacemos para mantener vivos sus ideales", pensó.

Siguió caminando en dirección a la Catedral Metropolitana. Lucía absorto en la belleza de aquella iglesia, que tantas veces había escuchado que era la más grande del mundo construida en ladrillo. Estuvo a punto de chocar de frente con Manuel, quien venía acompañado de una señora. Reponiéndose del sobresalto, mostró cara de intriga por cuenta de la pareja y se dijo a sí mismo que esperaba que no se tratara de una cliente. Manuel también dejaba ver algo de inquietud, por encontrar a su amigo en horas laborales vagando por el parque, llegando a pensar que quizás estaba sin trabajo o cazando aventuras, conjetura que le causaba malestar. Los distorsionados pensamientos de uno y del otro dieron cabida a minutos de miradas profundas, que a la acompañante del jovencito le parecieron una eternidad. La señora tuvo que dar un suspiro bastante fuerte, para que su presencia fuera validada.

—Qué pena, te presento a mi mamá. —Piensa: "este marica tiene cara de que estaba putiando aquí en el parque. Me le tiré en el parche. Bueno, que le pase por huevón".

—Mucho gusto. Rosa.

—El gusto es mío, señora. —Piensa: "yo sí soy mucho hijueputa malpensado". Le da la mano—, Santiago, para servirle.

—Ma, con él era que estaba el domingo que hubo el tiroteo en el metro cable.

—Divina María Santísima, que me los protegió.

—¡Uy, sí! No sé si Manuel le comentó, pero a mí me dio fuerte.

—Don Santiago, ¿hoy no trabaja? —preguntó doña Rosa, sin terminar aún de persignarse.

—No, me tomé el día libre. Y ustedes, ¿de paseo?

—El que parece de paseo sos vos —dijo Manuel, mirando fijamente a Santiago, quien adoptó una expresión de asombro. Doña Rosa miraba a uno y al otro, tratando de entender lo que sucedía, hasta que Manuel descubre que el juego de miradas y la extensa pausa están inquietando a su madre—, ojalá estuviéramos de paseo. Mamá ayudaba en un apartamento por acá cerca, pero ya no la necesitan, y vine por ella, para llevarla a la casa, porque se pone algo pesimista cuando estas cosas pasan.

—Deje de estar contando esas cosas —y dirigiéndose a Santiago—: Qué pena con usted.

—No se preocupe, yo también usé a su hijo de paño de lágrimas el domingo pasado. Mejor por qué no me aceptan que los invite a tomar algo.

—Ni más faltara incomodarlo, don Santiago —respondió la madre.

—Vamos, no hay ningún problema —insistió Santiago con una sonrisa tierna.

Madre e hijo terminaron aceptando la invitación. Santiago los llevó a una cafetería cerca del parque y merendaron con gaseosa y empanadas. El refrigerio vino seguido de la averiguación típica de las madres cuando conocen a los amigos de sus hijos.

—Don Santiago, ¿dónde conoció a mi muchacho?

—Dígame Santiago, simplemente, me siento viejito con el don.

—¡Qué pena!

—Santiago vive por acá cerca —tomando aire como para que las cosas le fluyeran y mirando a Santiago con cara de redentor— un día yo estaba descansando en el parque y él se sentó en la misma butaca y como buenos paisas terminamos echando carreta.

—Y ¿en qué trabaja?

—En una inmobiliaria, de agente.

—¡Qué dicha! Está bien colocadito.

—Pues se trabaja a comisión, así que las entradas no son fijas. ¿Ustedes cómo se la buscan?

—Cuando se puede, limpio apartamentos u oficinas. Manuelito se las ingenia como puede para ganarse alguito de plata. El papá lo malcrió un poco y no es mucho lo que sabe hacer.

—Ma, yo me puedo defender solito.

—Mijo, no estoy tratando de quitarle méritos —mirando a Santiago— mi niño es muy talentoso. Le gusta componer canciones y hasta canta de lo más lindo, pero en ese mundo es muy difícil entrar; ganarse la vida de artista no es nada fácil. Manuelito puede ayudar en pintura o cositas que no requieran mucha ciencia.

—Maaa...

—En Amagá lo teníamos estudiando, pero desde la muerte del papá, se nos embolató la vida a todos. Me hubiera gustado que entrara a la universidad, pero Dios dijo distinto.

—Yo creo que es hora de dejar tranquilo a Santiago.

—Santiago, si sabe de alguna cosita para cualquiera de los dos, bendito Dios, nos lo deja saber.

—Yo, no es que pueda ofrecerle mucho, pero si le sirve, la puedo contratar por dos días a la semana.

—Usted es un angelito, claro que sí, no más dígame cuando empiezo.

—Le advierto que es algo temporal. Yo la puedo utilizar mientras me entre dinero.

—Dios lo va ayudar. Usted tiene un corazón muy grande.

—Qué pena con vos, Santiago.

—No, tranquilo —dirigiéndose a doña Rosa— déjeme pensar qué días me convienen y le dejo saber a través de Manuel; ya tengo el número.

Doña Rosa inicia la despedida con abrazo y beso en la mejilla y susurrándole al oído su agradecimiento. Manuel le extiende la mano y se la choca con fuerza, a la vez que le da una sutil guiñada y un "gracias" casi mudo pero lleno de sensualidad.

Recordó el adagio de Bolívar, con la sensación de que algo de sus enseñanzas había calado en su espíritu. "También yo quisiera poder darle una fortuna material a quien la pudiera necesitar", pensó. Regresando al apartamento, sintió la necesidad de hablar con alguien sobre lo que había vivido durante los últimos días, y sin pensarlo mucho, supo que Jairo era el indicado para compartir sus aventuras.

—¡Qué bueno que te encuentro!

—¿Qué más, Santiago? Estabas perdido.

—Andaba complicado. Lo tengo que poner al día. Si no estuvieras tan lejos, me encantaría podértelo contar en persona, pero con el cansancio que tengo, va a tener que ser por teléfono.

—¿Y cuál es el misterio?

—No sé ni por dónde empezar. ¿Te acordás del bar de música vieja al que me llevaste?

—¡Ajá! ¿Volviste?

—No después de la vez que fui con el muchacho con que trabajo. Ya te lo había comentado.

—Ah, sí, ¿volviste a ver al mechudito?, ¿cómo es que se llama? Al que le gusta cantar

—Sí, se llama Farid. Pues nada, anoche se me apareció aquí.

—¡Ay, juepucha! Entonces el pelao sí que era entendido.

—Pues como diría Ángel, si no es pato le gusta el agua.

—Pero ¿y qué? ¿Hicieron algo?

—*Nothing like you might be thinking*

—¿Qué sabes tú lo que estoy pensando?

—Dejémoslo en que nos acariciamos un montón.

—¿Caricias? ¿Entonces se quedaron empezados?

—Para nada. Fue lo máximo. El manoseo fue de toda la noche. Y llegada la madrugada nos pusimos frente a frente y...

—¿Y?

—*You know, we jerked off.*

—¿Pero por qué crees que no se dio algo más íntimo?

—Yo no lo veo así. Tuvo algo de tántrico. Lo sentí muy sensual, divertido, especial, y yo diría que hasta mágico.

—Oíste, ¿Querés algo serio con él?

—Si me estás hablando de relación, para nada. Yo todavía ando penando con la anterior. ¿Sabes también con quién me vi?

—¿El de la oficina? Cuando me llamaste pensé que me ibas a contar sobre cómo terminó lo de la fiestecita de la otra noche. Yo inclusive te estuve marcando a la casa y al celular pero nunca respondiste.

—Ya hasta se me había olvidado. Yo estaba con pena con vos por ponerte en ese plan.

—Dejate de huevonadas, que el rato que estuve, me divertí mucho. Usted era el que andaba nervioso.

—Pa' nada. Las cosas no salieron muy bien. Sin querer le hice pasar un mal rato a Vida y el huevón ese y yo terminamos a los puños.

—¡No jodas! ¿Se dio cuenta?

—Creo que sí. Y no hemos hecho ningún esfuerzo por aclarar las cosas. Lo que sí, fue que nos sacamos los trapitos al aire, y apestaban.

—¡Qué barro que te pase eso y tengas que verlo todos los días en el trabajo!

—A duras penas me saluda. Pero hoy tuvo un gesto bueno conmigo. Imaginate que me quedé dormido y le incumplí a unos clientes y el man me llamó. Estuvo bonito eso, ¿no? A lo bien.

—Pues sí. Pero si no era de ese muchacho que me ibas a hablar, ¿entonces de quién se trata?

—De Manuel, del morenito del parque que vi la última vez que vine a Colombia.

—¿El putico ese que me comentaste que en una ocasión lo pillaste montándose en un taxi con un tipo?

—Ese mismo.

—¿Y también con él tuviste algo?

—Lo que tuve fue un susto, el berraco. ¿Vos escuchaste lo de la balacera en el metro cable?

—Sí, lo tuvieron en televisión todo el domingo y el lunes.

—Pues, hermano, yo estuve a segundos de montarme en la cabina que recibió los tiros.

—¿Estás seguro?

—Segurísimo, recuerdo claramente el número de identificación de la cabina, y luego escuché en la radio y vi en la televisión, y después en los periódicos, que se trataba de la misma en la que Manuel y yo nos íbamos a montar. Si no fuera porque me distraje defendiendo un gato, que unos pelaítos habían cogido de juguete, estaría, posiblemente, del otro lado.

—¡No jodas! A vos sí, te pasan unas... ¿Entonces se aguó la fiesta con Manuel?

—Ese día fue de puro drama. Hoy, de casualidad, lo volví a ver. Iba con la mamá.

—Ya conoces a la suegra, entonces.

—Imaginate que se quedó sin trabajo y terminé empleándola dos días a la semana para que limpie aquí.

—¿Y eso será buena idea?

—La verdad, no sé. Yo le advertí que era por un tiempo solamente.

—Bien. Dejaste la puerta abierta por si algo.

—Y vos, Jairo, ¿Cómo has estado?

—Más o menos. Tener negocio no es tan sencillo como uno cree, y en estos días de lluvia la cosa ha estado muy lenta. Lo que sí me tiene muy contento es Guille. En estos días llega de Miami.

—¡Qué bien! tengo muchas ganas de verlo.

—Me ha preguntado mucho por vos. Hoy quedó en llamarme, y ya por lo menos le voy a poder dar noticias tuyas.

—Oíste, decile que le tengo un par en remojo.

—Va a temblar Medellín con ustedes dos.

—Te dejo, entonces, no sea que llame.

—Listo, nos estamos hablando.

—Chao.

Santiago colgó. Puso una almohada en el espaldar de la cama y se acomodó para deshacer sus pasos. Los de la noche con Farid, los del encuentro con Manuel. Buscaba la claridad que se empezó a dar durante la conversación con Jairo. Ahora no sería un amigo el que escucharía sus relatos. Sería su propio pensamiento; al que con decirle menos, sabía más. Era solo cuestión de saberle llegar, para que todo lo que calladamente evidenció, lo dejara salir. Sabía que le permitiría encontrarle algo de sentido a las cosas, las que a veces sucedían a una velocidad que no admitía que el buen juicio interviniera. Se hizo algunos reproches por los excesos, y sobre todo por las irresponsabilidades, que encontraba totalmente contradictorias con la persona que había logrado ser en el ámbito laboral. Terminó dándose una tregua, pensando que nada ganaba con castigarse y sí mucho con tener clara la lección. Del arreglo con doña Rosa, no quiso aventurar conclusiones, y tratando que le dejara de martillar la cabeza, repetía para sí mismo que "el tiempo dirá".

***

La mañana siguiente percibió, en la inmobiliaria, un ambiente tenso. Imaginó que sus compañeros se habían dado gusto haciendo todo tipo de comentarios, pero no tenía muchos deseos de dar explicaciones, pues ya las había dado a las personas afectadas. Resguardado en su oficina, salía solo cuando primaba la necesidad, y en una de esas salidas coincidió con Ricardo, a quien agradeció de nuevo el gesto de haberlo llamado. Este, manteniendo un perfil bajo, le dijo: —No le dé papaya a esta gente, que les encanta comer prójimo. —El encuentro fue de segundos, pero de gran significado para Santiago, pues corroboraba los méritos del conductor. "Si no le importara la amistad, no hubiera hecho nada de lo que hizo. Se hubiera unido a los demás para rajar de mí", pensaba.

Al llegar al apartamento, después del trabajo, lo primero que hizo fue llamar a Manuel y ponerse de acuerdo para que al día siguiente doña Rosa pasara a limpiarle el apartamento. Se mostró agradecido y de acuerdo con la propuesta, pero sus respuestas fueron cortas y algo tajantes, lo cual provocó reclamos de si estaba con algún cliente. El joven no acertaba en el diálogo y hablaba de una forma vaga, como si de repente sintiera vergüenza por lo que hacía. Santiago se apresuró a terminar la llamada, calificándose a sí mismo de inapropiado por la pregunta que hizo, y deseando poder arrancar de sí mismo lo que le parecía estar sintiendo.

Manuel fue lento en cerrar su celular. Preso de una dualidad: Querer colgar o seguir hablando. "¿Qué me pasa? Me estoy sintiendo raro. Se me fueron las luces tratando de responder una simple pregunta", pensaba.

Santiago no quería tiempo para pensar, por lo que tomó una ducha rápida, para ir a caminar al parque Bolívar. Le asustaba pensar que su motivación era ver a Manuel. "Nadie debe interesarme tanto, al punto de sentir celos. No quiero ser dueño de nadie. No quiero pertenecerle a nadie tampoco. En el momento en que se te meten en el corazón, te hacen esclavos de sus caprichos y sus deseos. Empiezas a perder tu voluntad, tu libre albedrío", pensaba.

Caminaba con mucha rapidez y poca atención. Tomaría varios tropezones, una frenada en seco de un auto que estuvo a punto de chocarlo, la mirada inquisitiva de algunos peatones, un corazón a todo trote y una boca reseca, para que se diera cuenta de que algo en su sistema nervioso estaba falto de sincronización.

Consciente de su exaltación, bajó la velocidad de sus pasos e imaginó un mar sereno, deseando contagiarse de su calma;

respiraba profundo y exhalaba aire suavemente, hasta notar que el paisaje poco a poco se colaba en sus ojos, permitiéndole apreciar los alrededores, moverse al paso de los otros, disfrutar de la pluralidad de las personas del parque, y encontrar una butaca en la que sin mayores titubeos se asentó. Adoptando un estado contemplativo, logró abandonar sus pensamientos y simplemente disfrutar de las palomas, atentas a las migas para llenar sus buches, y, en fin, de todo lo que pasaba frente a sus ojos.

Escuchaba que alguien llamaba su nombre. La voz parecía venir desde lejos, pero quien lo pronunciaba estaba justo a su lado. No se daba por aludido, pues el sonido, en la mente de Santiago, debía romper muchas barreras. Un grito a pulmón abierto logró el milagro, haciéndolo reaccionar como si acabase de despertar; para su sorpresa, se trataba de don Tomás.

—Santiago, ¿qué fue? ¿Le dieron burundanga? Llevo rato llamándolo, y usted, como ido.

—¡Ah! ¿Qué tal? ¿Y eso, usted por acá?

—De vez en cuando me doy una vuelta por el centro, y si hay programa en el Lido, aprovecho el buen gesto de la Alcaldía.

¡Ah, sí! Leí que esta noche se presenta la Orquesta Sinfónica de Medellín.

—Un lujo de espectáculo, y al precio que a mí me gusta, gratis. Anímese y vamos.

—Está buena la idea, pero tengo un hambre que parecen dos. ¿Será que comemos algo antes?

—No podemos ir muy lejos, en menos de una hora es la función.

—En la esquina venden un pollo asado muy rico. Lo invito.

—Yo con la dieta que tengo, hace días que no me como un pollo.

—No se la dé de serio, don Tomás, que me han contado que usted no la pasa nada mal.

Caminaron hacia la cafetería, que estaba a solo pasos del Teatro Lido, donde los atendió Mercedes, quien conocía a Santiago por ser cliente del lugar.

—Hacía días que no venía por estos lados. ¿Qué les ofrezco?

—Para mí lo de siempre, pollo con papita hervida.

—Para mí, igual.

—Don Santiago, si se demora un par de días más ya no me encuentra. Me regreso para Manizales —comentó Mercedes.

—¡Qué vaina! Espero que sea para bien.

—Sí, lo es. Me está haciendo falta la familia.

Comieron con algo de urgencia por el compromiso, pero entre las frases aisladas que intercambiaron, se enteraron que la plaza de Mercedes quedaba vacante: Santiago pensó en doña Rosa.

—La mamá de un amigo está desempleada.

—No vayamos muy lejos. Ayer vi a esta niña, Vida, y me dijo que también estaba buscando trabajo.

—En ese caso me inclino por ayudar a Vida.

Hicieron las preguntas pertinentes, tomaron los datos del dueño y expresaron bienaventuranzas a Mercedes en ocasión de su regreso a casa, para luego salir hacia el teatro a las carreras. Después del espectáculo caminaron hasta el apartamento de Santiago. Subieron, tomaron té, hablaron de la Sinfónica, y se pusieron al día en lo del uno y del otro. Don Tomás comentó que había visto a Fabián y que le había preguntado por él.

—Quiere que lo llames. ¿Me imagino que todavía tenés el número?

—Sí, por ahí lo debo tener. Un día de estos cuando se acaben todos los pelaos de Medellín lo llamo —contestó con algo de ironía, dando a entender que no fue muy grata la experiencia.

Concertaron ayudar a Vida con la posibilidad de trabajo en la cafetería y declararon como finalizado el sorpresivo encuentro.

Ternura y una pizca de miedo

En la mañana, doña Rosa se le adelantó al sol, a los ruidosos buses, y a la alarma de Santiago. En cuestión de minutos hizo un reconocimiento del lugar y de lo que allí hacía falta hacer.

—Usted siga con sus cosas que yo trato de no estorbarle, y no se ande tapando tanto que yo no vine a gatearlo. Con un marido y un hijo en la casa, conozco bien lo mucho que les gusta andar por toda la casa en calzoncillos.

—Déjeme saber si necesita algo —le dijo, aún medio dormido.

Llegó temprano a la oficina. Sin proponérselo, hacía méritos para contrarrestar lo incumplido que fue días antes. Cuadró citas para un cliente que buscaba apartamento en el sector de Laureles. Le asignaron a Ricardo para que lo acompañara; era el primer día que pasaban juntos desde la batalla que libraron al desnudo. Se subieron al carro casi sin pronunciar palabra y Santiago inclusive le dio las direcciones anotadas en un papel, pero después que el conductor las estudiara, no hubo de otra que hablar, —¿En ese orden? —Sí, vamos a seguir ese orden —respondió Santiago—. En realidad, están todas en el mismo sector. Hay un par a las que simplemente podemos caminar. Están en la misma cuadra. El joven hizo un gesto dándose por enterado y después de manejar en silencio por un rato, volvió a romper el mutismo:

—¿Y su amiga, está bien?

—Sí, eso creo. Más tarde la pienso llamar.

—Llegué a pensar que me había dado escopolamina.

—Ella no es ese tipo de mujer, y además, qué sacaría con eso, ¿o fue que se te perdió algo?

—No, nada; lo digo por el descontrol.

—Eso fue la cantidad tan berraca de aguardiente que tomaste.

—No estoy haciendo reclamos. Fue simplemente lo primero que uno piensa cuando se da la enlunada que yo me di. Si es amiga tuya, estoy seguro que debe ser buena gente.

—No todos mis amigos son buena gente. Para la muestra, un botón —hace un gesto con la boca sugiriendo que se trata de él.

—¿Y es que sí me seguís viendo como amigo? —dijo Ricardo, con muestras de halago.

—Pues sí.

—Bien por esa —indicó Ricardo, dándose vuelta para terminar de agradecerle con la mirada.

—Voltiá a la derecha y estacioná donde podás —dijo, con algo de nervios, al notar que su amigo conductor no tenía la vista en la carretera.

—¿No tendrán estacionamiento de visitantes?

—Ah, pero muy maluco dejar el carro en un edificio para luego ir a meternos en otro. Recordá que en este sector tenemos tres para mostrar y se puede ir caminando.

—Dejá la lora que este nos queda perfecto —dijo, mientras estacionaba el auto.

Caminaron hacia el primer apartamento de la lista mostrando espontaneidad, camaradería y una energía renovada. El regreso a la cordialidad, y la actitud comedida del joven conductor, le dio bríos al agente para inyectarle entusiasmo a la venta.

Aplicaría la estrategia típica de la industria: llevaría al cliente a un apartamento que, aunque deseado, excedía el presupuesto y luego le mostraría algo contrario a su gusto. Finalmente le enseñaría una propiedad que cumpliera con la mayoría de los requisitos expresados y que no sobrepasaba lo estipulado monetariamente. Surtió efecto: el cliente decidió comprar el que tenía lo que quería y al precio que podía. Acordaron verse temprano en la tarde para redactar la oferta. Santiago sentía un cosquilleo por todo el cuerpo, que se parecía mucho a cuando estaba contento, aunque sin mucha certeza de porqué. Tenía dos razones poderosas, que podrían estar contribuyendo a esa sensación de disfrute: estaba a las puertas de una posible venta y, quizás la más transcendental, había hecho las paces con Ricardo. No quiso buscar más explicaciones por miedo a espantarse la alegría.

Llegaron a la oficina y documentaron las actividades de la mañana. Santiago tuvo el impulso de invitar a almorzar a Ricardo para celebrar pero el tiempo era escaso y prefirió quedarse en la oficina a adelantar labores, pero sí lo convidó a comer después del trabajo:

—Estoy pensando en llamar a una señora que me está trabajando en la casa para que prepare cena para esta noche. Si querés, estás invitado. Lo único que te advierto es que es posible que Vida vaya también.

—No, gracias. Me va a tomar un ratico largo que me pueda volver a ver con ella.

—Entiendo, por eso te lo quise advertir.

—Más bien déjese invitar. Estoy saliendo con una pelada y los papás quizás nos presten la finca.

—¿Estás fantaseando otra vez?

—No, huevón, vos crees que me quedaron ganas de seguirte diciendo mentiras. De ahora en adelante, todo a lo bien, vos te sinceraste conmigo, imposible que yo no esté a la altura.

—Chévere. Después vemos qué hacemos entonces —se despidieron con una mirada renovada por el reencuentro con la amistad.

Se dio a la tarea de preparar la oferta siguiendo las instrucciones de su cliente y luego llamó a doña Rosa para encargarle la cena. Ella aceptó sin objeciones e inmediatamente después lo puso al día sobre el trabajo realizado. Santiago le sugirió que invitara a Manuel y que hiciera suficiente comida para unas dos personas adicionales. Además, le dio recomendaciones sobre el menú y le dejó saber dónde podía encontrar dinero en el apartamento para comprar los ingredientes.

Luego llamó a Vida para convidarla a cenar; respondió que estaba de salida para el centro, ya que la iban a entrevistar para el puesto de la cafetería, pero que de igual manera, esperaba verlo después. Él le advirtió que no hiciera mucho alarde del trabajo ya que la señora que iba a preparar la comida también le había pedido muy encarecidamente que la ayudara con un empleo.

***

Santiago llegó, y para su sorpresa, ya Vida estaba en el apartamento. Se saludaron cálidamente frente a la mirada curiosa de doña Rosa.

—Sigan conversando. En un ratico vuelvo. Me quiero dar un bañito.

—Vaya, papito, que yo me quedo aquí dándole una manito a la señora Rosa.

Se retiró al cuarto para luego bañarse. Mientras se duchaba sintió que abrían la puerta. Metió un grito que se ahogó con el chorro de agua. Pensó que era Vida, pero no, era Manuel.

—¿Qué haces aquí? No te oí entrar.

—Acabo de llegar. Me dijeron que te estabas bañando y como vi la puerta ajustada, vine a saludarte. Acá no se ve nada con tanto vapor.

—Igual, ¿qué vas a ver?

—Las nalgas que me voy a comer.

—¡Oye, respeta, que te oye tu mamá!

—Está entretenida con tu amiga. Se estará imaginando que es novia tuya. ¿Quieres que me bañe contigo?

—Estás loco. Además, acabo de terminar —saliendo de la ducha; toma una toalla para secarse.

—Me da la impresión que estás esquivo conmigo. Pensé que te llamaba la atención, pero cuando nos vemos de lo que menos hablamos es de sexo.

—¿Tú eres o no eres?

—Ya te dije que lo hago porque me toca. Si existieran suficientes mujeres dispuestas a pagar es obvio que preferiría hacerlo con ellas. Espero no lo tomés a mal.

—No, para nada, allá vos con tus cosas, pero sí me jode que todo sea alrededor de la plata. Y ahora soy yo el que te dice que no lo tomes a mal, nada tiene que ver con vos. Pagar de vez en cuando, pasa, pero se me está haciendo costumbre. No soy un santo pero esta forma de conseguir las cosas me está empezando a chocar.

—Vos te ves bien. La verdad me extraña que no tengás a alguien.

—Lo tuve. Ya hablamos de eso; en otro momento le hago el cuento completo. Más bien esperame con tu mamá, que me tengo que vestir.

—Estás como raro —dándole una palmada en las nalgas—, las tenés tan blanquitas que parecen que iluminan. Van a contrastar con este —tocándose la bragueta— que está bien quemadito —sale.

Minutos más tarde coincidieron todos en la mesa. La conversación giró acerca de lo que comían. En un principio, doña Rosa lucía nerviosa, pero los elogios le permitieron despejar las dudas sobre su buena sazón. Vida se mostraba curiosa por la forma de interactuar del par de hombres, pues se miraban con algo de morbo; le era inadmisible que doña Rosa ignorara los pasos en los que andaba su hijo.

En una ocasión Santiago le preguntó al jovencito si su madre conocía de sus actividades, de cómo conseguía dinero para la casa, y este le respondió que era casi imposible que pudiera imaginarlo. —Ella me conoce varias noviecitas, y siempre me ha dado por bien macho, —dijo Manuel en ese entonces.

Santiago era del pensar que las madres siempre sabían de los andares de sus hijos, pero que muchas veces preferían callar, con la esperanza que cambiarían, que se trataba de algo transitorio.

Vida se debatía entre la conversación superficial de la cena y la voz aplastante de su pensamiento. Especulaba que existían verdades tan crueles o tan difíciles de aceptar que se hacía más fácil pretender que no existían. Imaginaba que era muy probable que doña Rosa supiera del actuar de su hijo, pero que mientras no se hablara de ello, todo estaba bien. En un repentino instante de reflexión, comprendió que se distraía con conjeturas que provocaban baches en la conversación. Recapacitando que no era cosa de ella poner en tela de juicio la manera en que otros lidiaban con sus propios calvarios y a manera de espiar sus suposiciones entrometidas, llevaría la conversación por otro lado.

—¿Y ustedes de dónde son? —preguntó Vida, mirando a doña Rosa y a Manuel.

—De Amagá —contestó doña Rosa.

—¿Allá no fue que...?

—Sí, allá mismo —dijo Santiago, interrumpiéndola —pero es mejor no hablar de eso.

—Sí, mija —le acarició la mano a Santiago en señal de que no le importaba contestar —en la mina de San Fernando fue que hubo la explosión y se me llevó a Gilberto, a mi marido.

—Lo siento, señora. No quise ser indiscreta.

—La tristeza sigue siendo muy grande, pero es normal que la gente pregunte.

—Le quedó riquísima la cena —comentó Santiago, con el ánimo de cambiar de tema— ya me estaba haciendo falta una comida casera.

—Sí, deliciosa —añadieron Vida y Manuel.

—¿Y usted, niña, en qué trabaja?

—Pues hasta ahora he estado trabajando en lo que me caiga.

—Literalmente en lo que le caiga —aclaró Santiago, con sarcasmo jocoso.

—¿Y tú, Manuel, en qué trabajas? —preguntó Vida con rapidez, para quitarse la atención de los demás y para desquitarse del comentario de Santiago.

—También en lo que le caiga encima —respondió Santiago con una risa algo burlona, a lo que respondieron Vida y Manuel con miradas interrogantes.

—Él hace cositas por aquí y por allá, lo que le resulte —dijo doña Rosa, tratando de responder por su hijo.

—Sí, a eso me refería, más o menos —añadió Santiago haciendo un esfuerzo para actuar con seriedad.

—Creo que la semana que viene empiezo un trabajo fijo —indicó Vida.

—¡Ay qué bueno! Yo a Dios gracias tengo dos días por ahora acá con don Santiago, perdón, Santiago —inclinándose un poco le dice a Vida en voz baja— a él no le gusta que le hablen de don —recupera el volumen normal de la voz y mantiene la mirada baja, como evitando recriminaciones por lo que piensa decir— si las cosas no mejoran me regreso a Amagá —levantando la mirada y más cómoda con el tema— las viudas de la explosión se pusieron a hacer muñecos y parece que les está yendo bien.

—Yo sí prefiero seguir tratando suerte por acá —comentó Manuel, con el rostro perturbado por las ideas expresadas por su madre.

Doña Rosa se levantó de la mesa para empezar a recoger los platos y Vida se ofreció a ayudarla. Santiago, en cambio, se disponía a ir a la sala, pero cambió de idea a petición de Manuel, quien le pidió que fueran al cuarto, que tenía algo que decirle.

—Esa amiga tuya, ¿qué tanto sabe de vos, o de mí?

—¿A qué viene la pregunta?

—No sé, me parece que nos miraba como raro y decía vainas todas sarcásticas.

—Es una buena amiga. Las últimas veces que ha venido aquí no la ha pasado muy bien y me parece que está haciendo un esfuerzo por tomarse las cosas más a la ligera. No tiene nada que ver contigo.

—¿Ella es prepago?

—Deja de hablar mierda.

—Con ese jueguito de palabras me pareció que eso era de lo que hablabas.

—Era pura broma.

—¿Cuándo podemos vernos a solas?

—¿Estás muy mal de plata?

—No seas tan ordinario. Pa' esa que hasta te perdono la tarifa.

—Cada vez me confundo más. No sos gay, y estás metido en esto por dinero y ahora me decís que no me vas a cobrar.

—Vos has sido muy bacano.

—Lo poco o mucho que he hecho no es con ánimo de retribución.

—¿Por qué me estás sacando tanto el culo?

—Tengo algo de miedo.

—La tengo grande pero no es para tanto.

—Dime de lo que presumes y te diré de lo que careces.

—No es mi caso.

—No, marica, es otra cosa.

—Decime.

—Que te quiera tener para siempre —dijo en voz baja y como pensativo, pero segundos después y como queriendo deshacer lo dicho— pero, sabes qué, olvídate de lo que acabo de decir.

—Me dejas pensando.

—No lo hagas. No nos conviene a ninguno de los dos.

—Me gusta el brillo que tienen tus ojos.

—Me seguís confundiendo. No te pongas con tácticas raras conmigo. Si lo que querés es que te contrate, no te preocupes que yo en cualquier momento tengo una calentura y me evitas tener que ir al parque o a la estación del metro. Solo tengo que llamarte.

—Me estás haciendo sentir más cochino de lo que soy —en un tono sentimental— yo nunca he sentido que puedo hablar de mis cosas como lo hago con vos —algo menos intenso— no le voy a parar bolas a toda la tierra que me has echado hoy —breve silencio. Santiago ha estado mirándolo fijamente como disfrutando cada aspecto nuevo que conoce de Manuel— Disfruté mucho la cena —algo melancólico— volví a tener una noche como esas, cuando mi papá estaba vivo y comíamos en familia.

—Perdoname las huevonadas —dijo, enternecido. Se dieron un abrazo ligero antes de salir del cuarto.

De regreso a la sala encontraron a doña Rosa conversando con Vida, acababan de terminar de arreglar la cocina. Doña Rosa le preguntó a Santiago si necesitaba algo más; respondió que no. Hablaron sobre el pago y el próximo día de trabajo. Luego madre e hijo se despidieron y se marcharon.

—¡Qué traga la de ese pelao!

—No la pegaste.

—¿Qué no?

—No. No le gustan los hombres.

—No le gustaran los hombres pero de que está tragado de vos, lo está.

—¿Qué me estás tratando de decir, que parezco mujer o qué?

—No, lo disimulas bien. Pero con toda seriedad que ese pelao te mira con sentimiento. Hasta me pareció que estaba un poco celoso de mí.

—Él creyó que te lo estabas gozando. Me preguntó si vos eras de la vida alegre.

—¡Qué pelota! ¿Se sintió violado, o qué?

—No, fue por los chistes que hicimos en la mesa. Yo creo que tenía algo de nervios de que a vos se te fuera a salir algún comentario sobre lo que él hace.

—Aclarame una cosa, ¿este es el pelao que se putea en el parque?

—Ajá.

—Entonces, ¿a qué viene eso que no le gustan los hombres?

—Solo los que vienen retratados en los billetes.

—Qué él se quiera creer ese cuento es una cosa, pero que vos te lo querás tragar, ya me asusta.

—¿Será?

—Ay, papito. Y a todas estas, ¿este es del que me hablaste la otra noche?

—Sí, pero cada vez que nos vemos, el encuentro termina con un drama como de novela. La primera vez estuvo a punto de llorar hablando de la muerte del papá, la segunda vez, casi que terminamos en la mitad de una balacera, la tercera vez, la mamá acababa de perder el trabajo. Hoy ha sido el mejorcito día que hemos tenido.

—¿Y de aquello nada?

—Nada.

—Sos raro. Montaste un tremendo show con el huevón de Ricardo y con este que todo puede ser más fácil, te la das de interesante.

—No, simplemente que no se han dado las cosas —pensativo— a veces me parece como si me viera de una forma diferente. No siento que me trata como a cualquier otro cliente, como si lo deseara.

—Cuidado —tocándole la cabeza— presiento infierno en la torre.

—¿Cómo?

—Se la quieren dar como si no estuviera pasando nada, pero mi sentido de mujer no me engaña. Algo se les está moviendo a ustedes por dentro. Ojalá sea para bien.

—Callate, no quiero hablar más de eso, la mera idea me asusta. Más bien, contame, ¿qué te dijeron en la cafetería?

—Decirme, más bien poco. Mirarme, un montón. Ese viejo verde no me quitaba la mirada de las tetas y yo que soy tan buena gente me agachaba sutilmente para que las viera mejor. ¡Pobrecito! Quería evitarle dolor de cuello.

—¿Y?

—La semana que viene me tendrás por acá trabajando en tu dichoso centro.

—Súper. ¿Vamos a celebrar?

—Un día que no sea hoy. Me voy antes que oscurezca más —se levanta a recoger la cartera.

—¿Te llamo un taxi?

—Para nada. Estoy estrenando mi tarjeta cívica, así que me voy en metro.

—En ese caso te acompaño a la estación.

—No hace falta.

—Me voy a sentir mejor y además, me hace falta la caminada para bajar la comida.

—Te acepto la compañía, pero salgamos ya.

—Sí, sí, vamos. —Salen.

Esa noche, Santiago quiso cumplir con el ritual de ordenar sus ideas, haciendo sumas y restas, separando lo dulce de lo amargo, pero el pensamiento extraviado le impedía encontrar sentido alguno. Se rindió y más bien imaginó a Manuel, con sus ojos color miel, con su mirada tierna, con sus esfuerzos por ser macho tosco, con la tristeza apenas oculta por bromas y sonrisas superficiales que al más mínimo esfuerzo mostraban la verdad de lo que mucho le dolía la ausencia del padre, y la poca seguridad en sí mismo para responder por el hogar, por el bienestar de su madre.

Permaneció acostado de lado viendo como en cámara lenta el ir y venir de Manuel. La picardía con la que le tocó las nalgas cuando lo abordó en la ducha, la actitud amable frente a compartir una cena en familia, la cara de niño regañado frente a las bromas de Vida. Cada nuevo encuentro le iba mostrando el interior de un ser que le empezaba a causar gran curiosidad, ternura, algo de admiración, y una pizca de miedo.

Con el rostro de Manuel en vaivén como reflejado sobre aguas inquietas, se fue quedando dormido.

Lo despertó el maullar de un ejército de gatos. Medio atolondrado llegó hasta la ventana de la habitación y los pudo divisar. Iban surgiendo, en gran número, de las bocacalles, como si se hubieran puesto de acuerdo para reunirse sobre la avenida Oriental. Corrió hacia el ventanal de la sala para poder observar desde otro ángulo y cada vez eran más. No vio personas, ni autos, ni otro ser viviente fuera de los gatos. Los había blancos, grises, negros, cafés, con rayas, sin pelo, grandes, pequeños y con ojos de todos los colores que creó Dios. Se dejó llevar al impulso de bajar y ser parte de aquella manada de felinos, sin acatar que estaba desnudo, que era como solía dormir.

Al salir del edificio no vio a nadie, como si de repente la ciudad estuviera abandonada y solo estuviera él en su desnudez, rodeado de la suavidad de las pieles de cientos de gatos. Caminaba entre todos ellos sin pensar en su destino, cuando de repente divisó un hombre joven sin ropas trepado en un árbol, era Fabián y tenía en sus brazos un bebé a quien miraba fijamente y en los labios un cigarrillo de marihuana del que se desprendían cenizas que iban a dar en la frente de la criatura. Santiago trataba de llamar su atención, quería advertirlo del peligro que corría el niño pero sus esfuerzos eran inútiles.

Siguió caminando hasta toparse con otro árbol, de nuevo acariciado por un cuerpo desnudo, el de Ricardo, quien compartía con una joven desnuda de cabello largo y de unos senos descomunales y una silueta que a mitad del cuerpo dejaba ver un pene de dimensión exagerada. Lo llamaba, pero este tenía la mirada fija en aquel cuerpo y se mantuvo ajeno a cualquier interrupción. Santiago se movía intrigado entre los gatos y a unos pasos, escuchó una música venir desde la copa de un árbol. Era Farid, quien tocaba su guitarra, con oídos solo para ella y sordo a los gritos por su atención.

Continuó como sonámbulo, para luego detenerse ante un nuevo árbol a tratar de identificar otro cuerpo desnudo que ni en sueños había vuelto a ver, el de Arturo. Trató de subir, buscando volver a acariciar el cuerpo que tanto placer le dio en una ocasión, pero resbaló una y muchas veces más y terminó acariciando el tallo, con la esperanza de que fuera el puente hacia sus sentimientos.

Siguiendo camino, divisó un gran árbol, se acercó y encontró a Vida desnuda y su cuerpo se confundía con el de un mulato que la hacía suya. Sintió deseos de llamarla, pero prefirió dejarla vivir su momento.

Se sintió fatigado y decidió regresar, pero en su recorrido se topó con otro árbol que se movía con gran fuerza por el viento que lo golpeaba y a pesar del cansancio no pudo evitar la curiosidad, se detuvo, aprovechó para tomar aire, y se dispuso a detallarlo: notó una luz blanca que surgía de la copa, en ella descansaba Manuel con la mirada vacía, la piel pálida y envuelto en sábanas blancas. Experimentó un rubor en todo el cuerpo, sentía que se le congelaban los huesos y a pesar de la sensación de parálisis, buscó fuerzas para correr.

Cruzando una esquina le pareció ver a Ángel. Pensó que se volvía loco, corrió en la dirección en la que lo vio desaparecer. Reencontrándose con él fue testigo de cómo perdía contacto con el suelo y de su espalda nacían dos grandes alas. Le pasó por encima, para luego subir y bajar, jugar con los gatos y arrimarse con gran ímpetu a las personas desnudas que se prendían de los árboles.

Santiago pasaba de la frialdad al calor intenso que reseca la boca, que baña la frente en sudor. Estaba exhausto, con un brillo sobre la piel provocado por la transpiración y el reflejo de la luna, ya sus pies no daban para más y quiso tener las alas de Ángel para volar lejos, pero debió conformarse con mirar al cielo, buscando clemencia, y la recibió en forma de una lluvia fina que al hacerse recia, provocó el éxodo de los gatos. La persecución lo había llevado a las puertas de la catedral del parque Bolívar y allí se acostó, a la entrada de la iglesia, con la boca abierta, para beber del agua del cielo, pero el chaparrón lo acabó de estampar sobre el suelo rocoso hasta sentirse ajeno al mundo. El cielo se iluminaba con relámpagos que por segundos dejaban ver restos de un gran bosque condenado a la muerte por el uso inescrupuloso de toneladas de asfalto, hierro, cemento y ladrillo y sobre el que llovieron cientos de cuerpos desnudos. La estampida de un rayo que cayó con resonancia de tambores de fiestas patronales sobre el suelo árido que conduce a la iglesia, lo sacudió de su estado inerte.

Despertó aturullado, se examinó de pies a cabeza para determinar si estaba completo y luego, algo escéptico, miró hacia fuera; rio a carcajadas, celebrando que todo había sido una pesadilla. Sentía sed, pesadez en todo su cuerpo y trepides en el corazón, lo que lo llevó a pensar que las pesadillas dejaban sus huellas.

Reconocía que las vivencias de los sueños eran por lo general ilógicas, pero que entre lo absurdo se escondían mensajes. Presintió que encontrar algunos de esos significados le podía dar más penas que glorias, por lo que prefirió no prestarse al arriesgado juego de las interpretaciones. Fue hasta la nevera para tomar algo, pasó por el baño, y regresó a la cama esperanzado con poder dormir sin regresar al ensueño angustioso.

***

Pasó el viernes con modorra. Trataba de hablar lo mínimo. Cada palabra que era obligado a escuchar traía consigo un eco castigador que le retumbaba en cada rincón de la cabeza. A menudo se comunicaba con señas, con la esperanza de que los otros hicieran lo mismo. De su iniciativa solo se dio una conversación corta con Ricardo, a quien le contó por encimita sobre la pesadilla, no sin antes pedirle que no le hiciera muchas preguntas.

Luego pidió a domicilio un mondongo que lo ayudara a recuperarse, pero lo que le provocó fue una somnolencia que le hizo difícil mantener los ojos abiertos. Sintió la lengua pesada y hasta hablar se le dificultaba. Canceló el trabajo de la tarde y se disculpó en la oficina, con la idea de irse a descansar.

Reescribir mi historia

Llegando al apartamento, fue directo al dormitorio y se quitó tan solo los zapatos, para luego caer en la cama, sintiendo que estaba hecho de plomo. Ni el sol sobre su cara, ni el ruido de autobuses, ni el grito de vendedores ambulantes lo distrajeron de un sueño pesado y profundo. Durmió cinco horas corridas y de no ser por el timbre insistente del teléfono, hubiese continuado hasta el amanecer. Era Manuel quien llamaba; estaba a unas pocas cuadras y deseaba visitarlo. Santiago le comentó que, aunque andaba algo soñoliento, igual lo atendería.

Tuvo el impulso fallido de bañarse, pero permaneció en la cama, estirándose como gato acabado de despertar. Cuando el portero hizo el anuncio a través del receptor interno, solo pudo lavarse los dientes, pues en minutos Manuel estaría bajo el arco de la puerta.

—Para ti —entregándole una bolsa de papel.

—¿Qué es?

—Pastelitos de guayaba. ¿Estás solo?

—Vamos en orden, gracias por los pastelitos, sí, sí estoy solo, y buenas noches para ti también —coloca los pasteles sobre la mesa del comedor.

—Ya te saludé en el teléfono.

—*Whatever*

—¿*Wa* qué?

—Nada, que todo bien. ¿Y tu mamá?

—Sos su fan número uno.

—¿Pero está bien?

—Bien, en gran parte gracias a vos.

—Buscá lo que querás tomar. Me voy a dar un baño.

Santiago entró al baño y con la costumbre de quien vive solo, dejó abierta la puerta. Manuel bebió algo de agua, luego se desnudó, avanzó hacia al baño tiritando, con un hormigueo en las plantas de los pies, y un rubor algo disimulado por la piel canela y nacido de la incertidumbre del tantas veces escurridizo encuentro. Santiago, con los ojos cerrados y la cabeza inclinada hacia atrás, se acariciaba el pelo y se dejaba arrullar por el agua, adentrado en una especie de meditación; sintió unas manos sobre sus hombros, unas caricias que lo tanteaban, se encogió suavemente pero no se sorprendió; las esperaba, las deseaba. Así se lo había pedido a todos sus santos.

Sentía que sus caricias eran bienvenidas. No hubo palabras, pero sí gemidos suaves, piel erizada, contoneos, manos juguetonas, labios acariciantes, y dos cuerpos en los que no se permitían los espacios. Santiago se dio la vuelta lentamente. Con las manos, retiró el exceso de agua de sus ojos para poderse adentrar en los de Manuel.

Pasaron un buen rato acariciándose con la mirada. —Nos vamos a derretir, —comentó Manuel. Santiago sonrió tiernamente y buscando el jabón, se dio a la tarea de enjabonarlo. Lo hizo con la dedicación con que se baña un niño. Le duchaba las manos, las axilas, el pecho, la espalda, las nalgas, los genitales, las piernas y hasta los pies. Él se reía, en ocasiones por el papel infantil que estaba adoptando y en otras ocasiones por las cosquillas que le producía que le tocaran ciertas partes; el ombligo por ejemplo, por donde poco se pudo asear.

Manuel, mostrando reciprocidad, le pidió que se sentara en el piso para lavarle la cabeza; le puso una gran cantidad de champú, provocando que se crearan cantidades de bolitas de agua. Santiago tenía los ojos cerrados, como manera de evitar que le cayera jabón, y el bañador aprovechaba la posición de desventaja para pasársele por encima entre bromas, divirtiéndose al propinarle cachetadas con su pene. En un esfuerzo por defenderse, agarró al jovencito por la cintura y terminaron en el suelo con los cuerpos cubiertos de champú; la fricción y el agua se juntaron produciendo incontables bolitas que parecían volar en todas las direcciones desde aquella ducha. Jugaron como niños, rieron hasta sentir que les dolía el estómago, y solo se detuvieron cuando ya el agua les enfriaba los huesos.

La suavidad volvería cuando tomaron turno para secarse. El tiempo parecía no importar. Con el ánimo de calentarse un poco, decidieron ponerse una camiseta. Santiago le ofreció algo de tomar o de comer y Manuel aceptó, haciendo la salvedad de que no quería licor.

—Pues si vos no vas a tomar, menos lo voy a hacer yo. Solo no paga —comentó Santiago.

Decidieron tomar leche y comer de los pastelitos de guayaba que había traído Manuel.

—¿Trabajaste hoy?

—Sí, pero no en lo que te imaginas. Le ayudé a un señor a pintar una casa.

—¿Pintar?

—Sí, pintar. ¿Por qué se te hace tan raro? —Con una expresión algo molesta— lo otro lo hago cuando no hay de otra.

—Sí, pero me dijiste en una ocasión que no se ganaba igual.

—Siento como si me estuvieras recriminando por algo y no creo que nos ayude mucho para que la pasemos bien —dijo, cabizbajo y con la voz entrecortada.

—Tenés razón —haciendo un esfuerzo por arreglar las cosas—, igual, te conocí haciendo lo que haces y no tengo ningún derecho a fiscalizarte. Más bien cambiemos de tema.

—Creo que es lo mejor.

—Ah, ¿vos recordás que te hablé de Choquehuanca? —indicó, después de un evidente esfuerzo por retomar el curso perdido en la conversación.

—Vos estás enamorado de ese indio, —mostrando mejor ánimo.

—Ignorante no, papito. Era un abogado peruano que en su tiempo conoció a Bolívar —aclaró con actitud triunfalista, no tanto por conocer la información sino por haber llevado el diálogo por senderos más amables.

—¿Y qué, se hicieron novios?

—No creo. Lo que sí leí fue que escribió un discurso que se hizo muy famoso. Parece que admiraba el trabajo de Bolívar, ya que él estaba metido en cosas similares, para liberar a su país.

—Vos sos curioso.

—Y mucho. Estoy loco por ver cómo funciona eso que tenés debajo de esa toalla.

—¿No lo vio como andaba de crecidito allá en el agua?

Pasaron a la sala, donde Manuel se encargó de colocar música suave y apagar las luces antes de convidar a Santiago a bailar un bolero, que pronto se convertiría en una especie de juego lascivo en el que el jovencito llevaba la delantera. Fue dejando sentir su lengua por el cuello de Santiago provocando que la temperatura en ambos cuerpos se elevara, sumiéndolos en un coordinado desnudo, que permitiría que el pecho del uno se confundiera con el del otro.

Manuel notaba que las tetillas de Santiago se agrandaban por la excitación, inspirándolo a acariciarlas con sus dedos, moviéndolos en círculo, y algunas veces, apretándolas suavemente para robarle un quejido de placer. A Santiago se le antojaría morder las de Manuel suavemente, para seguirle revolcando la sangre, pues también las de él ganaban volumen. Se miraban con ganas de explorarse mutuamente y hasta de devorarse, pero una incógnita parecía detenerlos.

—Sé que tenés tus zonas prohibidas y por eso prefiero que seas vos quien me guíe en tu cuerpo —le comentó Santiago.

—Hoy quiero empezar a reescribir mi historia. Tocá donde querás que si no me gusta, meto un brinco. Sin pena, papá. Yo con vos tampoco voy a tener piedad. Lo que no sepa, me lo enseñás.

Santiago le puso suavemente un dedo sobre los labios, como pidiéndole que no dijera más; que todo quedaba claro y que estaba totalmente de acuerdo con que juntos escribieran un momento de pasión. Tomándolo de la mano lo llevó hasta el cuarto. Quería que la oscuridad absoluta fuera la única testigo de lo que sucediera, por lo que entre sábanas se cubrieron totalmente, para descubrir cada rincón de sus cuerpos sin ni siquiera mirarse. Parecían dos fieras atrapadas en una red; se movían de un lado para el otro dejando escapar gritos apasionados. Llegó el momento en que el calor los atropelló y debieron saltar despavoridos de entre las sábanas con sus cuerpos brillantes bañados por el sudor.

Santiago dominaba a Manuel como quien domina un caballo salvaje. Lo tenía boca abajo, con las manos y los pies extendidos inmovilizados por el peso de su cuerpo y tomando muy en serio la oferta que le había hecho de empezar a escribir una nueva historia. Cada espoleada le desgarraba gemidos profundos al recién estrenado en esa otra forma de sentir el sexo.

No pasaría mucho rato para que el sometido fuera otro. En esta ocasión, la bestia lucía menos arisca y con muchas ganas de ser perjudicada. Dejando de lado rubores innecesarios, le asió el pene con ambas manos. A pesar de llevar rato reconociéndose, le seguía sorprendiendo el tamaño de aquel aparato. Las amenazas eran ciertas, sí que lo tenía grande. Santiago no se le mareó a la tarea. Primero le perdió el miedo dejando que su boca y garganta se lo tragaran. Entendía que por abajo sería mayor el reto y la premonición de dolor, en vez de asustarlo, le desenfrenó aún más los deseos, hasta el punto de ser cómplice en la penetración; aguantándola con sus manos y dirigiendo la acción. Se meneaba furiosamente y sentía como el órgano del jovencito se engrosaba y se enardecía, provocándole ojos vidriosos, respiración forzada por los labios apenas abiertos y una sensación de querer ir al baño. Entraron al unísono en un estado de frenesí. Santiago pedía más y Manuel no se hacía rogar, se sacudía en todas las direcciones, agigantando la sensación de tamaño. Le daba palmadas, jugando a dominarlo, y le lanzaba palabras que ayudaran con la sensación de sometimiento: —tú eres mi putica y me vas a dar todo el culito que yo quiera, —le decía. Y lo obligaba a que admitiera en voz alta lo mucho que le gustaba su gran tranca. La eyaculación les llegó entre apasionados gritos y profundas exhalaciones.

Una vez apaciguadas las fieras que llevaban por dentro, Santiago se sentó, apoyado en el espaldar de la cama, para arraigar sobre su pecho al joven amante, de quien trataba de quitar el exceso de sudor de la cara y del cuerpo. El veterano lo miraba algo incrédulo por lo sucedido, pero aprovechaba para admirarlo llenándose de la sensualidad de su cuerpo; se detuvo en sus labios gruesos y sonrosados, deseando besarlos.

Recordaba la advertencia de don Tomás, pero hacía solo un rato, el directamente implicado le había pedido que no se detuviera ante nada que quisiera hacer. Llenándose de valor fue acercando su boca a la de Manuel, el corazón se le quería salir del pecho y hasta los labios le temblaban. Dudó por un instante y estuvo a punto de echarse atrás, pero no lo hizo. Manuel lo recibió como si él también lo hubiera estado esperando. El beso fue tierno, a la vez apasionado y bastante extenso. Se sumieron en él con los ojos cerrados como para que nada en el mundo los distrajera. Cuando Santiago abrió los ojos, notó que el pene de su compañero parecía estatua. Ya ambos habían eyaculado, pero el jovencito se mostraba urgido de atención adicional y el dueño de la fiesta así lo entendió, por lo que se encargó de repetirle el final feliz.

***

En la mañana, Santiago se levantó primero. Se dispuso a preparar el desayuno. Puso a colar café, a calentar las arepas, y a freír los huevos. En medio de sus quehaceres sintió que Manuel le acariciaba la espalda; quiso darse vuelta pero él se lo impidió a la vez que apagaba la estufa, para luego acorralarlo en un rincón de la cocina sin permitir que le viera la cara. De repente sintió algo frío y resbaladizo entre sus nalgas.

—¿Qué haces? —le preguntó Santiago.

—*Shu...* —susurró. Santiago se dejó llevar; cerró los ojos y permitió que hiciera lo que quisiera con él.

—¡Uy, pica! —exclamó Santiago.

—Ya se te pasa, disfruta.

Santiago olvidó el desayuno y se entregó a aquel juego lleno de morbo, deseando que ese momento no terminara nunca. Tenía razón, ya no se sentía el picor, solo a él, totalmente engrandecido, poseyéndolo en un delicioso vaivén. Extendía las manos hacia atrás agarrándose con fuerza a las nalgas del fantasioso amante. Daba poca atención al dolor que aún tenía, causado por la faena de la noche anterior. Nada lo detuvo para evitar el más mínimo espacio entre los dos. Manuel lo acariciaba por completo y ya no era necesario usar su fuerza para sujetarlo. Ahora era Santiago quien no lo dejaba escapar. Seguía acariciándolo, de a ratos con algo de brusquedad, escupiéndole las nalgas, para luego castigarlo con palmadas a la vez que le lanzaba frases lascivas que alimentaban los jadeos y las gruñidas del penetrado. Movían sus cuerpos como sincronizados, hasta que el aliento caliente, la sangre acalorada y desaforada, los ojos entreabiertos, y los gemidos en creciendo permitieron que juntos expulsaran lo que sintieron como lava de volcán.

El aire les regresaba a los pulmones y los calambres desaparecían lentamente, dando paso a un estado de relajación.

Despedían regocijo por cada poro de la piel: se miraban con picardía y actitud de satisfacción, contagiándose en una prolongada risa. El férvido encuentro era un testimonio a gritos de la fogosa conexión que se dio entre los dos. Deseaban perpetuar el goce, pero la pesadez del cuerpo los obligaba al descanso.

Las horas de sueño no parecieron suficientes para Santiago, que se mostraba pensativo y con pocas ganas de pararse de la cama. Manuel se fue a la cocina y terminó el desayuno que había quedado a medias. Puso la mesa y cuando todo estaba listo, llamó a desayunar.

Era sábado y la tarde apenas comenzaba. Santiago, casi por impulso le propuso a Manuel que se fueran a dar una vuelta.

—¿Te atrevés a ir al parque Arví?

—Yo no tengo problema. Pero de ir, tiene que ser ya, porque se hace tarde.

—Ya estamos listos. Vámonos.

Salieron en dirección a la estación, para más tarde abordar el metro cable que los llevaría al parque Arví. Caminaron a paso largo. La conversación no fluía y Manuel decidió averiguar.

—Te noto callado, ¿estás nervioso?

—No, más bien pensativo.

—¿Y eso?

—Nos portamos un poco mal esta mañana.

—¿Lo decís por lo de la mantequilla?

—No. Eso ardió pero a la larga no fue tan malo.

—¿Y entonces?

—Vos sabes.

—Que no nos pusimos gorrito.

—Exacto.

—Nunca antes me pasó. Y de mi parte sé que no tengo nada que te pueda perjudicar.

—Eso me tranquiliza.

—¿Y vos?

—Siempre me protejo y lo único que tengo es colesterol alto, y eso no se pega así.

—Qué pena, vos con colesterol y yo echándote mantequilla, pero creo que decía que era baja en grasas.

—¡Muy chistoso! Tenemos que tener más cuidado.

—Si nos protegemos con otros, podemos hacerlo al natural entre los dos.

—Me sigue pareciendo riesgoso. Pero por lo menos me saqué esa espinita, que me tenía todo maluco.

—Fresco. Tratemos de no tirarnos el paseo.

—Va pa' esa.

La subida al parque Arví era algo más que descubrían juntos, como horas antes lo hicieron con sus cuerpos. Santiago parecía perderse entre las pequeñas casas sobre las que se deslizaban las cabinas del metro cable. Le causaba gran curiosidad qué se podría estar viviendo bajo cada techo, y se preguntaba las razones que tenían las personas al escoger donde vivir, entreteniendo motivaciones a la migración entre ciudades. Con frecuencia no requería gran esfuerzo responderse esa pregunta, pues en países como Colombia era común escuchar las muchas historias de los desplazados por la violencia y la guerrilla. Notaba cómo aquellas calles se veían tan normales, cuando unos pocos días antes habían sido escenario de una balacera que le costó la vida a una persona. Pensó: "¡Qué rápido se curan las heridas en estas tierras!"

Para Manuel, aquellas casas de ladrillo, muchas de ellas sin terminar le eran demasiado familiares; poco diferentes de las de su barrio de la Milagrosa, donde compartía un cuarto con su madre y donde el uso de la cocina y el baño tenían horario. Prefería dejarse llevar por la experiencia de estar en el aire, disfrutando verse por encima de una gran ciudad, pensando lo maravilloso que sería poder volar; pero después de un sacudón de realidad, supo que subir a esta cabina era quizás lo más cerca que estaría de poder lograrlo. Observaba a Santiago divagando entre las historias de los pobladores de aquellas montañas y sentía un regocijo y una seguridad que no experimentaba en mucho tiempo. No acostumbraba a reflexionar sobre su estado emocional, a cavilar si era o no feliz, y simplemente caminaba en la dirección en la que iba todo el mundo, respirando el aire que le llegaba a las narices. Pero en esta ocasión, la vida parecía tener un propósito y su estrella a seguir era Santiago. Una sensación de bienestar le recorría todo el cuerpo y sentía las sienes como acariciadas por el danzar sutil de las yemas de los dedos, llegando a deducir que era feliz.

La llegada a la estación de Santo Domingo les permitió una pausa en sus pensamientos y un conectar de miradas que transmitían regocijo. Hicieron el transbordo a las cabinas que los llevarían al parque Arví. Este trayecto estuvo lleno de sensaciones e imágenes diferentes. Techos de teja; patios con alambres secando ropas; edificaciones irregulares y a menudo sin terminar; casas sobre riscos, desafiando a la gravedad; muros decorados con propaganda política, comercial, y pandillera; niños correteando; jóvenes jugando al fútbol; mujeres y hombres entrando y saliendo de casas, de tiendas y de otros negocios; perros realengos; gatos dormilones; vendedores ambulantes; fueron todas imágenes que desaparecieron para dar lugar a montañas verdes; a caminos hechos pantanos por las lluvias recientes; a ganado pastando; y a árboles sacrificados para dar espacio a nuevos caminos y a los monstruosos pilares de cemento que aguantaban el metro cable.

La pareja, a medida que se elevaba, se sumía en esa sensación que da la ausencia del sonido. No estaban seguros si era porque se alejaban del ruido de la gran ciudad, por ir en camino a las nubes, o simplemente por la altura, que les tapaba los oídos. Una vez en la cima, justo saliendo de las cabinas, sintieron las caricias de un viento suave y fresco que los animó a respirar con más ganas, y les avivó deseos de perderse entre los senderos para descubrir la magia verde que ofrecía el parque.

Declinaron la visita guiada que se ofrecía a los turistas, por temor a que el ritmo exaltado que experimentaban no compaginara con el del grupo; prefirieron hacer su propio itinerario. Empezaron por probar algunos de los dulces que se vendían en un pequeño mercado justo al lado de la estación. No se pudieron resistir al arroz con leche, a las fresas con crema, y al manjar dulce. La alta dosis de azúcar les dio más bríos para emprender la marcha. Primero se fueron de bajada como lo hacían la mayoría. A derecha y a izquierda fueron descubriendo restaurantes típicos, actividades recreativas, áreas de acampar, y caminos que invitaban a la exploración.

Decidieron adentrarse en uno de los senderos. De nuevo experimentaron la ausencia del ruido, el aire aún más fresco por la abundancia de árboles y plantas que dejaban poco espacio para que pasara el sol. Santiago experimentaba una tranquilidad que le recordaba las sensaciones que vivía junto con Ángel en los bosques de Key Biscayne. La presencia de abejas lo hizo recitar algunas de las cosas que aprendió de su compañero. Sin proponérselo, impartía sus conocimientos sobre los ciclos de vida de los abejorros, mientras Manuel continuaba abriendo camino pero atento a las enseñanzas.

Pisaban terreno suave, de barro humedecido por las lluvias y poco tocado por los rayos solares. Las condiciones no eran las mejores para caminar, y por lo tanto la soledad premiaba. Llegaron hasta una parte donde no podían escuchar ni ver a otras personas y dedujeron que también ellos estaban fuera de la vista de los demás. Estudiaron sus alrededores y luego se miraron con la lujuria a flor de piel. No lo pensaron dos veces. Recostándose sobre un árbol, se besaron con gran fogosidad a la vez que se abrían la camisa y se bajaban los pantalones, olvidándose de todo, menos de ellos mismos. Desnudos, se aferraron a tallos y ramas para no perder el equilibrio; parecían como en danza con la naturaleza, y su baile no paró hasta que sintieron sosegado el deseo ardiente que cada vez se apoderaba de ellos con mayor frecuencia.

Regresaron al apartamento con la ropa empantanada a causa de la aventura en el sendero, y apenas cruzaron el umbral de la puerta, cuando ya estaban desnudos, con la naturalidad del que nada esconde. El dueño de casa debió encargarse de que la ropa de ambos se echara a la lavadora, a la vez que le pedía a Manuel que pasaran la noche juntos. Aceptó, no sin antes reportarse con la mamá. El agotamiento con el que llegaron los obligó a irse a la cama temprano a descansar, sin distraerse por estar desnudos.

En la mañana, el timbre del teléfono, en su momento maldecido por perturbar el sueño de un día domingo, sirvió de alarma. Se trataba de Jairo, quien anunciaba la llegada, en la tarde, de Guille.

—Me tengo que ir. Un amigo llega esta tarde de Miami.

—Todavía es temprano. ¿O es qué me estás echando?

—Mucho bobo. Si querés, podes venir conmigo, y así conoces algunos de mis amigos.

—¿Y cómo me vas a presentar?

—No sé, no lo había pensado.

—¿Y vos cómo es que tenés amigos de Miami?

—Yo viví allá.

—¿En serio? No me habías dicho nada. ¿Y por qué te viniste?

—Por vos.

—En serio. ¿No están mejor las cosas por allá?

—A uno no lo entiende nadie. La gente aquí está loca por estar allá. Y los que están allá, están locos por volver pa' ca.

—¿Y sabés inglés?

—Sí, claro.

—Decí algo.

—¿Qué voy a decir? Se necesita otra persona que me hable para responder.

—No, decí cualquier cosa. Es para oír cómo se te oye.

—*You are the cutest thing that I have had in a long time and sex with you is great.*

—¿Qué dijiste?

—Se lo dejo de tarea.

—No seas huevón, ¿qué dijiste?

—Que estás de puta madre y que culeas riquísimo.

—En inglés te oías más decente —dándole un beso— mi gringo lindo. ¿Cómo se dice que hagamos el amor?

—*Let's make love.*

—*Les mek luv*

—Algo así.

—Entonces ven pa' ca.

—No, ahora no puedo. Tengo que arreglarme para ir al aeropuerto.

—Dale, tenemos tiempo.

—¡Como difícil decirle a usted que no...! Pero una pajita no más, que no estoy para emociones fuertes en este momento.

—Ah, no, dejá eso pa' cuando estés solo. Tocá esto, amaneció hecho un hierro —dijo, a la vez que le ponía la mano sobre su miembro.

Santiago, ablandado por los halagos, se dejó arrastrar por los caprichos lascivos del jovencito, perdió la voluntad para llevarle la contraria; terminaron haciendo temblar la cama una vez más. En un afán quizás impensado por ratificar la versatilidad de Manuel, fue el veterano el que tomó la delantera. Primero le ofreció algo de alivio al vaporoso pene, accionándolo lentamente hacia adentro y hacia afuera de su boca sin perderlo de vista ni por un solo momento, deleitándose con su gran tamaño. Después tomó los testículos entre sus manos, para apretarlos alternativamente entre suave y fuerte, hasta sacar de la mudez a su amante, obligándolo a ganar fuerzas a través de gemidos. Deseaba comérselo todo, pero se resignó a levantarle las piernas, para lamerle el botoncito entre las nalgas que tantas veces se había jactado diciendo que era intocable. Ya esas palabras habían perdido validez; aquel era un fuerte que ya Santiago había logrado traspasar. Excitado sobremanera, empujó aún más las piernas de Manuel hacia adelante, facilitándole la penetración. Lo estuvo embistiendo, sordo a los quejidos de dolor y placer. Cuando el asaltado amante sintió a su pareja engrandecerse y endurecerse dentro de sus entrañas, supo que el punto de la descarga llegaba, por lo que sincronizó sus vibraciones para juntos llegar al desenlace.

Luego vino el desayuno y la despedida. Manuel prefirió ir a pasar la tarde con su madre, y darle espacio a Santiago para que compartiera con sus amigos. Santiago trató de darle dinero, a manera de pago por los días que compartió con él.

—No me hagas sentir mal. Lo que pasó este fin de semana contigo no fue un negocio. No sé cómo se llama, pero no quiero poner esta experiencia junto con las otras que tengo con mis clientes. El que vos hayas estado conmigo y me hayas tratado bien y atendido bien es más que suficiente. Yo espero que vos también me veas distinto que a esos putos que contratas por ahí —le dijo Manuel, con la voz entrecortada y con mucho sentimiento.

—Para mí, fue uno de los mejores fines de semana que he tenido en mi vida, y en ningún momento pensé que lo hacías por negocio. Sin ánimo de sonar cursi, te puedo asegurar que cada parte de mi cuerpo sentía tu energía. Lo de la plata es otra cosa, es la realidad. Necesitas dinero y mientras te lo puedo dar, por qué no hacerlo —manifestó Santiago.

—No, por favor, dejá eso así —le insistió Manuel al borde del llanto.

—Perdoname, Manuel. A lo bien. Gracias por hacerme sentir especial.

Manuel lo miró con ternura y asintió, como señal de perdón. Se despidieron con un beso profundo, que enmendó en algo el sentimiento herido de Manuel.

El confidente

Se encontraron, para juntos recibir a Guille en el aeropuerto, y aprovecharon el trayecto hasta Rionegro para ponerse al día sobre cosas del trabajo y muy especialmente sobre las del amor y el sexo. Las historias de Santiago eran tildadas por sus amigos de levanta braguetas, por la chispa de sensualidad encendida que les imprimía.

—Santiago, vos sos un loco. Sonás como si te estuvieras enamorando de este muchacho Manuel —dijo Jairo.

—Ese pelao es increíble, pero vos sabes que yo no me puedo enamorar.

—Ay, hermano, eso no es algo que uno puede manejar así de fácil.

—¡Uy, no! —Se persignó, con expresión de quien quiere evitar una tragedia.

—Y por la forma de actuar del pelao no se me haría nada raro que él también estuviera sintiendo algo por vos, y sobre todo porque al principio me contabas que él era como medio arisco con eso de ser gay.

—Lo que dices ya me ha pasado por la mente, pero prefiero pensar que no. A lo bien que no quiero hacerle daño.

—Vos sos agradable y buena gente y la mayoría de estos muchachos no están acostumbrados a que los traten tan bien.

A Santiago le decían que era un hombre "pinta", pero no eran ni sus ojos claros ni sus manos suaves lo que mayormente atraía, más bien la llaneza con que trataba a las personas. Por lo regular, sabía cuándo ser firme y cuándo ser divertido, y se esmeraba en respetar las ideas de los demás. Decía las cosas con dulzura pero sin adulaciones, y quizá esa espontánea manera de actuar era la que lo hacía agradable a los demás. Ponía atención en las conversaciones, sin hacer alarde de lo que sabía, tenía, o había logrado. Era divertido con los amigos, pero igualmente en el trabajo utilizaba el humor como manera de romper tensiones. Generoso con los demás, pero tímido al aceptar detalles o simples halagos. Así se lo había dado a entender un buen amigo en Miami, y años después se lo corroboraría el doctor Londo, quien le dejaría saber que esa actitud era una forma de autoestima baja. Por esa razón, trataba de ser consciente de la importancia de ser receptivo a las expresiones de cariño que otros tuvieran con él, entendiendo que no hacerlo era una forma de negar el buen juicio y los actos de aprecio de quienes lo querían.

—¿Qué planes tiene tu hermano?

—Creo que igual que vos, se piensa quedar.

—¡No jodas!

—¡Es que esto, por acá, es la berraquera! —añadió Jairo con una expresión de orgullo.

—En Miami también se pasa muy bien —comentó Santiago, algo melancólico.

—¿No has sabido de Ángel? —preguntó Jairo, motivado por la expresión que vio en Santiago.

—Por ahí me dijeron que quizás se fue para Puerto Rico.

—¿No has tratado de llamarlo?

—Con lo radical que es, habrá cambiado el teléfono, el correo electrónico, y no dudo que hasta su propio nombre. Por mí, que se relaje. No me gusta imponérmele a nadie.

—Increíble que se hayan tirado la relación por huevonadas.

—El otro día soñé con él. Bueno, en realidad, soñé con un montón de gente rodeada de miles de gatos. Ángel salía con alas, como escondiéndose de mí. ¡Qué sueño más retorcido!

—Cambiando el tema— ¿Y en qué piensa trabajar Guille?

—Quiere poner un salón de belleza.

—Ahora sí se nos mariquió del todo.

—Lo quiere bien cachesudo.

—¿Qué es eso?

—Elegante.

—¡Ah!

—Pero acá la cosa está tan mal que la mayoría de las personas se van a las peluquerías de garaje. No creo que haya mucho cliente para lo que quiere hacer.

—¡Llegamos!

Santiago se mostraba inquieto, miraba a los alrededores y se empinaba para tratar de divisar a Guille entre los muchos pasajeros que iban saliendo de la aduana. Había sido su confidente en Miami, y también lo fue de Ángel; tenía la facultad de poder guardarles los secretos tanto a uno como al otro. Había quedado huérfano de padre cuando todavía no llegaba a los treinta años de edad y unos cuantos años después perdió a su mamá, a causa de complicaciones posteriores a una operación que trataba de eliminarle un tumor en la cabeza; fue buen hijo.

Tiene un gran espíritu para las fiestas y le gusta tomar aguardiente rodeado de sus seres queridos. Días antes de la muerte de su madre, reunió a familiares y amigos allegados para que disfrutaran de las empanadas que aprendió a hacer en su natal Jericó. Se las arregló para que su mamá disfrutara a la par que los invitados, sin importar que estuviera en una cama de hospital que habían alquilado, y que por su tamaño no pudieron colocar en uno de los dos pequeños dormitorios de la casa, obligándolos a improvisar la sala como cuarto para doña Adela.

Es muy espiritual, y fiel adorador de María Auxiliadora y del Sagrado Corazón de Jesús. No faltaba nunca a misa, aunque durante la ceremonia daba la impresión que hiciera ejercicio para eliminar el dolor de cuello, pues lo giraba en todas las direcciones, para darse gusto mirando a hombres jóvenes que al igual que él disfrutaban de los rituales eclesiásticos. Cuando iba con algún amigo, no utilizaba su propio dinero para dar la limosna, aprovechaba para pedirle prestado y nunca le pagaba, aludiendo que lo hacía por instilar en otros la ley de los diezmos. Y al salir de la iglesia, no existía santo que lo hiciese recordar en qué había consistido el evangelio.

De niño había sido monaguillo y desde entonces no le gustaba que le hablasen mal de los curas, y con poco argumento los defendía de cualquier suceso negativo que los involucrara. Es de los que piensan que el que peca y reza, empata. Ha tenido periodos de sobriedad, días de no fumar, semanas de hacer el rosario a diario, épocas en las que hacía voluntariado, y fechas en las que llevaba comida a los pobres. Todos estos actos de redención se daban por lo regular después de farras, noches de borracheras que desencadenaban orgías, o sexo en playas, parques y baños públicos.

Tiene capacidad para ver luz en la oscuridad. Su actitud positiva le ha permitido cosechar buenas amistades. Con su dedicación al trabajo ha logrado bienestar, haciéndose de su casa propia y de un buen carro. Además, ha dado muchos viajes de placer, y ha contado con la plata para cortejar a jovencitos en sus viajes a Colombia. Sufrió muchos reveses en la época en la que abusaba del licor: accidentes que, por la gracia de su María Auxiliadora, ha podido vivir para contarlos. En ocasiones aparecía en sitios desconocidos o despertaba sin artículos personales, o con huellas en la cara y el cuerpo de golpizas que no podía explicar.

Le encanta el sexo y sobre todo el que entra por la boca. Santiago acostumbraba decirle, a manera de broma, que Freud estaría de acuerdo en que no había podido superar la etapa de fijación oral. Guille era algo tímido en iniciar una conversación de conquista, por lo que utilizaba el licor como una forma de relajarse, pero la falta de control lo llevaba a circunstancias que muchas veces lamentaba, como lo eran el sexo anónimo, sin protección, o en los que su habilidad de responder se veía comprometida.

Mantenía una relación de complicidad con su hermano Jairo, por ser ambos gay y con gustos similares, llegando en ocasiones a turnarse los novios. Tendía a subestimar su vicio por el licor comparándose con su hermano, a quien tildaba de borracho empedernido y malicioso.

Este argumento había nacido en la época en la que Jairo bebía hasta perder el conocimiento.

Cuando Jairo tomaba, acostumbraba escuchar música romántica y por lo regular, colocaba las mismas canciones repetidas veces, cantándolas a todo pulmón a altas horas, dando pie a constantes riñas con los vecinos. Había tenido noches en las que después de bogar aguardiente por horas, se desnudaba y salía por el barrio, lo que haría que la policía lo arrestara en varias ocasiones. También se le daba por salir en el carro sin importar su estado de embriaguez, a procurar sexo con cualquier hombre que se le atravesara en el camino, por lo que había estado a punto de ser linchado, aumentando sus problemas legales hasta perder su licencia de conducir y ser condenado a detención domiciliaria por un largo tiempo.

Jairo tuvo un cambio de vida positivo: es abstemio, juicioso con el trabajo, cuidadoso con lo que come, y tiene el hábito del ejercicio. Guille ya no puede menguar sus faltas comparándose con su hermano menor, pues le ha demostrado que con fuerza de voluntad se pueden lograr giros constructivos en la vida. El regreso a Colombia representaba todo un reto para Guille en lo que tenía que ver con beber licor; los viajes anteriores habían sido por vacaciones, y romper las costumbres de aquellos recreos, requeriría de una gran determinación.

—Jairo, Santiago, ya llegué —gritó Guille, aún perdido entre el tumulto de pasajeros que competían con él por salir a encontrarse con quienes los esperaban.

Santiago y Jairo se miraron con muestras de inquietud ante la sospecha de que Guille estaba embriagado. Al verse, vinieron los abrazos y las preguntas apresuradas que no esperan respuesta y que evidencian el deseo de compartir. Guille hablaba en voz alta, se le escuchaba ronco, tenía los ojos rojos, los cachetes colorados, la frente brillante, y un vaivén en todo el cuerpo.

—¿Vos venías bebiendo? —preguntó Jairo.

—Déjalo tranquilo —intervino Santiago.

—Mal hecho. Se supone que venías con la idea de portarte bien.

—Este hermano mío sí que jode. Estoy celebrando que llegué a mi país y que estoy haciendo mi sueño realidad.

—¿Sí es verdad que te quedas del todo? —preguntó Santiago.

—Claro. Yo no tengo ya nada que ir a hacer a Miami. Además, mi media naranja está por estos lares.

De camino a Sabaneta, Guille los fue poniendo al tanto de lo que pensaba hacer con su nueva vida. Había formado una relación con un muchacho de Barranquilla, a quien le doblaba la edad. Guille fue siempre reacio a la tecnología, hasta que descubrió que la podía utilizar para ver hombres desnudos de todo el planeta. Tenía una obsesión por el tamaño, y fue a través de uno de sus amigos de Miami que aprendió a navegar la red en busca de hombres que se exhibían desnudos a través de múltiples sitios cibernéticos. Aprendió que los hombres, sin importar la orientación sexual, se sentían halagados cuando otro hombre les adulaba el pene. Eran cumplidos que únicamente podían darse en los portales de porno donde se exhibían desnudos.

Esta nueva afición al sexo cibernético ganaría terreno cuando descubrió que podía combinar el tomarse sus cervecitas mientras disfrutaba de cuerpos desnudos. Además, cuando se ponían aburridos, podía hacerlos desaparecer con solo hundir una tecla de la computadora. Los beneficios afianzaron el hábito: salía más barato tomar en la casa que tener que ir a un bar, no tenía que gastar gasolina, el rechazo en la red era menos doloroso que cuando sucede en persona, y eliminaba los problemas con la ley por manejar embriagado o por tener sexo en público. Se convirtió en un ermitaño que dividía su tiempo entre el trabajo, la computadora, y, por supuesto, la infaltable ida a misa.

En uno de esos *chats gay* fue que conoció a su actual pareja, con quien a diario tiene contacto telefónico o virtual. Solo se vieron en una ocasión, en la que Guille viajó a Barranquilla en tiempos de carnaval. Esta no ha sido su primera relación cibernética, pero sí se ha convertido en la más perdurable y la única que ha motivado que abandone Estados Unidos para irse a vivir a Colombia, de donde había emigrado a los doce años de edad.

—Bueno, Santiago, por ahí me dijeron que me tenés un par en remojo y tengo que aprovechar antes que me llegue el fijo para echarme unas canitas al aire.

—Acabaste de llegar, huevón, y ya querés salir a putiar —le dijo jocosamente, mientras lo abrazaba—. Pero fresco, en estos días hablamos.

Santiago tuvo una sensación extraña: sabía que muchos de los muchachos con los que había intimidado no le pertenecían a nadie y mucho menos a él, y sin embargo le molestaba la idea de ponérselos en las manos a Guille. Algo de culpabilidad experimentó por su forma de pensar, por no hacer todo lo posible para que su gran amigo se divirtiera, y porque con su forma de actuar le estaba negando el derecho al trabajo a algunos de aquellos jovencitos.

Esa noche, al llegar a casa, no sabía qué hacer con todo lo que le atropellaba la mente, pues, aunque contento con la llegada de Guille, no podía sacarse de la cabeza a Manuel. Algo en sí mismo era diferente y eso lo asustaba. Cuando tenía a Manuel cerca, confundía su sombra, su aroma, y hasta sus caricias con las de Ángel; se debatía sobre si amaba a Manuel o si simplemente este era la sombra de Ángel, el verdadero y único amor, el hombre que parecía adueñarse de la piel de otros para mantenerse vigente en su vida. La confusión lo atormentaba, lo obligaba a caminar en una cuerda floja sujetada por altos picos. Temía que le destruyeran la parte de corazón que le quedaba. Sentía que danzaba por los bordes del pozo de la locura, pero ni el miedo evitaba que lo pensara siempre y que abrazara la almohada para sentirla como si fuera Manuel. Y con esa sensación de compañía se fue quedando dormido.

GIRO AL INFIERNO

El lunes, trabajó con una energía que de a ratos se interponía con su concentración. Le había pedido a doña Rosa, quien cumplía turno de limpieza, que cocinara e invitara a Manuel. Llegado al apartamento, se apresuró a ducharse, quería lucir bien para el encuentro con el jovencito que lo empezaba a obsesionar. Cuando lo tuvo enfrente, lo sacudió un pensamiento fortuito, en el que lo imaginaba acabando de estar con alguno de sus clientes.

—¿De dónde venís? Lucís recién bañado. ¿Venís de alguna pensión?

—Vos también estás recién bañado, ¿estabas en alguna pensión?

Santiago lo tomó de una mano y se lo llevó al cuarto para que doña Rosa no los escuchara hablando.

—Yo estoy en mi casa y no tengo el mismo trabajo que vos tenés.

—Nunca he tratado de tapar nada de lo que hago.

—¿Entonces sí, venís de estar con un cliente?

—No, vengo de mi casa. No me parece bien que me estés regañando.

—Discúlpame, no sé qué me pasa.

—Estás celoso.

—Ya empezaste a hablar mierda.

—¿Te hice falta anoche? —dijo, acercándose para besarlo.

—Para nada —su expresión decía todo lo contrario.

—Vos a mí, sí. Y estoy seguro que vos también me pensaste —lo tira sobre la cama y lo muerde por el cuello.

—Quédate quieto que tu mamá está ahí afuera.

—Muchachos, vengan a comer —gritó doña Rosa.

—Echate eso para atrás que se va dar cuenta tu mamá en lo que andabas —dijo, haciendo referencia a la abultada braga de Manuel.

—No me muevo de aquí hasta que me des un beso —se le monta encima para inmovilizarlo y poder besarlo a su antojo. Con una mano le aprieta el órgano, que ha ganado protuberancia. Por segundos pierden la noción del tiempo, hasta que un segundo llamado a comer los vuelve a la realidad.

—¡Vamos! —pide Santiago y mirando la braga de ambos adopta una expresión de inquietud.

—No nos miremos más y ellas solitas se bajan —propuso el jovencito.

Después de la cena, Manuel le dijo a Santiago que se quería quedar a pasar la noche con él, pero este le contestó que no debía dejar ir a doña Rosa sola.

—Puedo llevarla a la casa y luego regresar.

Santiago lo previno sobre la manera en la que se estaban exponiendo frente a doña Rosa. Manuel trató de tranquilizarlo, diciéndole que, por el contrario, su madre veía con buenos ojos que compartieran: sabía que hacían ejercicio juntos, en el gimnasio y en la ciclovía, y que programaban caminatas, tanto en la ciudad como en algunos de los pueblos de Antioquia. Sin embargo, con cara de aburrido, terminó aceptando la recomendación de verse al día siguiente.

***

Durante el día, Manuel lo llamó en varias ocasiones y Santiago no se quejaba, a pesar de estar ocupado con clientes; se sentía halagado. Concluyendo que de nada le servía estar cuestionando constantemente las intenciones de su enamorado, se dio permiso para vivir las cosas como se fueran presentando.

Saliendo de la oficina, tuvo la grata sorpresa de que el jovencito con ojos color miel lo estaba esperando.

—Estoy todo sudado y debo estar oliendo a mico. Trabajé todo el día, ayudando en una construcción, y no me quise bañar para que después no me esté inventando cuentos.

—Pero no le cabe más mugre en esa cara.

—¿Lo avergüenzo?

—Pues no, pero caminemos rápido para evitar chismes con los de la oficina.

—Qué tal que te hubiera tocado ver a mi papá cuando llegaba de la mina. Traía esa cara toda tiznada; se veía más negro que el mismo carbón.

—¿Lo extrañas mucho?

—Cantidad, pero más bien cambiemos de tema, ¿sí vendió alguna cosa?

—Yo no vendo cosas sino casas, y eso pasa pocas veces en el mes.

—¿Te enojaste?

—No, pero sí me preocupa que las ventas están muy bajas. A propósito, gracias por venir, aunque tengas ese *look* de gamín.

—Le va tocar mimarme.

—Lo que quieras, negrito.

No alcanzaron a dar más de dos pasos dentro del apartamento cuando ya se estaban quitando la ropa como si el tiempo fuera escaso. Se besaban con ganas exageradas, sin esquivar parte alguna del cuerpo, y la fuerza con la que se apretaban amenazaba con fundirlos en uno solo. Se recorrieron cada rincón de la piel, descubriendo los olores acumulados por la faena del día. Manuel se encontraba con huellas de lápices, de tintas, y de sudores tímidos y faltos de intensidad, mientras Santiago percibía la esencia del trabajo duro, el que deja el rastro del olor profundo, de la piel pegajosa, y de los aceites regados por la frente y los cabellos.

Manuel, con total desinhibición, gemía de placer al sentir sus axilas acariciadas con lamidas. A su vez, Santiago, ahogado por el fuego y el penetrante olor, se alebrestaba, dando la impresión de estar devorándolo. La lengua traviesa del jovencito de a ratos ensordecía a su compañero, y de a ratos le robaba el aire, al adentrarse hasta por los mismos orificios de la nariz. Experimentaron una especie de catarsis, les nacía fuego de la piel y un vaho que parecía quemarlos, sumiéndolos en sudores profundos, permitiendo que las caricias se hicieran más fáciles. Temblaron, se ruborizaron, y hasta se acalambraron. La lujuria se hizo vapor y luego se hizo torrente y con gran furia salió y terminó sobre el pecho de ambos; luego se encargaron de que aquellas cascadas se confundieran en una sola, cuando el peso de uno se dejó caer sobre el otro.

Terminaron exhaustos. Permanecieron por un rato en silencio, descansando en el sofá, con la mirada extraviada, como si estuvieran buscando algo de las fuerzas que habían perdido. Un rato más tarde, Santiago, notando que Manuel dormía, aprovechó para ir a bañarse. Saliendo de la ducha, apareció el extenuado amante.

—Nos hubiéramos bañado juntos.

—Te veías muy cansado.

—Lo estoy, y con una jorobeta que me desmayo.

—Báñate rápido y vamos a comprar algo de comer.

—No gastés plata. Comemos cualquier cosa aquí.

—No. Compremos pollito, y así aprovecho para saludar a Vida.

Ya en la ducha: —Habla en voz alta, para que se le oiga.

—¿Ya está trabajando en la cafetería del parque? —preguntó Manuel.

Gritando para ser escuchado:

—Sí. Hablemos cuando salgas, que me voy a quedar sin voz —respondió Santiago.

Fueron a la cafetería del parque, para comprar pollo asado para llevar. La conversación con Vida fue breve, ya que estaba ocupada con varios clientes, pero aprovechó para, con frases a medias y algunos gestos, decirle a Santiago que se les notaba el romance por encima. Él fue sutil y poco convincente al negarlo, mientras Manuel simplemente se hizo el desentendido. Se despidieron con la promesa de verse pronto.

Cuando llegaron al apartamento se apresuraron a comer; lo hicieron casi sin pronunciar palabra. Cuando terminaron, parecía que la vida les había vuelto al cuerpo. El dueño de casa se levantó de la mesa, para recoger los utensilios, sin perder de vista a Manuel, que se acercaba a una mesita esquinera adornada con tres alcancías. —Tienen su historia, —dijo Santiago, y prometió que en unos minutos, cuando terminara de recoger, le platicaría al respecto.

Manuel se divertía con las anécdotas de cada una de las alcancías, y pidió que leyeran algunas de las cartas que se guardaban en la que simulaba una caja postal. Santiago estuvo reacio, alegando que corría peligro de ponerse triste. Pero el jovencito insistió, con la excusa de que era otra forma de conocerlo más, lo cual fue un argumento válido para que el dueño de las cartas accediera, con la condición de que le dejara escoger una que no fuera triste. Abriendo la alcancía, ojeó un par de cartas e hizo algunas muecas al encontrarse con algunas que prefirió dejar escondidas. Al fin dio con una que le provocó una sonrisa.

—Te voy a leer una, de un *nerd* que conocí en la facultad de economía y estaba súper metido en el closet, y me mandó una nota que escribió con el ánimo de que nos viéramos y tuviéramos algo, pero que nadie se enterara de nada. Dice así:

"Es importante que nos reunamos a la mayor brevedad posible para tratar el caso de la absorción de nuestras compañías. Debemos discutir los activos y pasivos y determinar quién inyectará capital, para conseguir una excelente penetración y que todas las 'metas' que nos propongamos nos representen un máximo rendimiento con gran fluidez. Por mi parte le garantizo que tengo un mercado grande y con gran capacidad de expansión.

Atentamente,

Antonio Duarte".

—¿Pero qué quería ese man?

—Culiar.

—¿Y?

—Nada.

—¿No pasó nada?

—Se trataba de leer cartas, y nada más.

—Se trata de que nos conozcamos.

—No hace falta que sepas sobre todas las personas con las que me he acostado. ¿Vos me contarías de las tuyas?

—Si quieres, sí. En Amagá nunca estuve con un tipo. Lo mío fueron siempre las viejas. Acá en Medellín fue que me tocó.

—Perdoná, pero vos no actúas como alguien al que no le gustan los hombres.

—Quizás no me lo creas. Antes que con vos, nunca lo hice con ganas con un hombre. Era solo por el billete. Vos me haces sentir bien y sé que estoy actuando de una forma que es nueva para mí.

—¿Y por qué?

—No sé. Simplemente es así. Prefiero no darle mucho cráneo a la cosa.

—¿Me imagino que te vas a quedar a dormir acá?

—Si no te molesta.

—No me molesta, pero vámonos a dormir, que mañana hay que madrugar.

***

Los afanes típicos de una mañana de día laboral no fueron suficientes para prescindir de un revolcón. No siempre se daban las cosas para que hubiese penetración, y cuando sí, en la mayoría de los casos se turnaban el papel del sometido. Únicamente en ocasiones de faenas un poco más extensas y que ocurrían regularmente en las noches, entre aguardientes y festejos, era que ambos se daban a la embestida.

Tampoco era continuamente, aunque sí la mayoría de las veces, que Manuel lograba quedarse en el apartamento de su amigo. Sin embargo, representaría la frecuencia necesaria para aprender a ser más eficientes en muchos aspectos y por ende dedicar ratos para el placer.

Con el pasar de los días, Manuel se fue dedicando a trabajos que le exigían físicamente. Sin hacer alarde de ello, era su forma de corresponder al sentimiento que Santiago pocas veces admitió, pero que él podía percibir en todo momento. El sexo en las mañanas se fue convirtiendo en preludio del desayuno. Les permitía poder disfrutar con fuerzas renovadas, además de ser una forma de dar prioridad a algo que disfrutaban.

Las cenas con doña Rosa y Manuel se repitieron con cierta regularidad. La madre fue ajustándose al cambio de las circunstancias de una manera recatada, poco dicente de sus pensamientos.

Santiago pasaba poco tiempo con sus amistades y mucho menos con sus familiares. Sin darse cuenta, estaba adoptando una vida más tranquila, y las aventuras por las calles no le llamaban la atención. Experimentaba una renovada sensación de jovialidad, violada en ocasiones por temores. Había regresado a épocas en las que fue activo con el ejercicio y en las que disfrutaba de pasatiempos olvidados, como ir al cine.

También contagiado por el espíritu aventurero de Manuel, participó en actividades que desafiaban su fobia a las alturas; fue así como accedió a tirarse en parapente, en una ocasión que visitó el lindo pueblo de Jardín, Antioquia. Así lo describió en su diario: "Nunca imaginé ver los arboles más arriba de sus tallos, revolcar las ramas de su cúspide con el infantil juego de mis pies, y aunque imponerme sobre la cima de aquella montaña fue cuestión de segundos, duró lo suficiente para estampar en mi memoria la meta alcanzada, con una sensación que, gracias a mis recuerdos y a este diario, podré revivir cada vez que la mencione".

***

Una tarde, después de llegar del trabajo, se bañó y se arregló con la idea de ir a comer algo. Llamó a Manuel para convidarlo pero no contestaba al celular y precipitadamente imaginó que había vuelto a tener clientes en la calle. Según Manuel, llevaba tiempo haciendo otro tipo de trabajo, pero la duda lo atacaba en ocasiones, como sucedió esa noche.

Sentía que el corazón le latía con gran fuerza y debió sentarse a respirar profundamente, para que no le creciera la ira y la desconfianza que le nacía por dentro. Se fue al parque, para ver si de casualidad estaba por allí. Dio varias vueltas, y nada, no aparecía por ninguna parte. Sí vio a muchos otros, y recibió varias propuestas, pero su único objetivo era dar con Manuel. De la rabia que tenía, olvidó comer, por lo que optó por regresar al apartamento.

De camino se tropezó con Fabián. Caminaba al lado de una mujer que empujaba un coche, y advirtió que era la misma con quien lo vio la primera vez: la madre de su hijo. Santiago no tuvo otra opción que parar a saludar.

—¿Cómo les va?

—¿Qué más, hermano? Estaba perdido —expresó Fabián.

—Buenas —indicó la esposa.

—¡Qué lindo está el niño! —dijo, inclinándose para acariciarle el cachete. De nuevo, mirando a Fabián y a su esposa: —Yo bien, gracias. No he tenido casi tiempo, ni siquiera de ver a mi familia. ¿Y están de paseo por acá?

—Vamos donde la hermana de mi mujer, que vive aquí a dos cuadras —respondió Fabián.

—Bueno, yo los voy dejando —dijo Santiago.

—¿Por qué no me acompaña a llevarlos a ellos adonde la cuña, y charlamos un rato?

—Ando un poco envolatado.

—No sea barro, es un ratico no más.

—Venga, pues —dijo, sintiéndose comprometido —pero le advierto que estoy pendiente de un amigo con el que me tengo que ver.

Santiago cumplió con acompañar a Fabián a que dejara a su esposa y a su hijo con la cuñada. No podía sacarse de la mente a Manuel, miraba en todas las direcciones, esperando verlo venir por algún lado. Fabián, ajeno al padecer de su amigo, le pidió que le facilitara plata para comprar algo. Imaginaba lo que era, pero prefirió no preguntar, pues no estaba de ánimo para buscar excusas para no prestar el dinero y pensaba que era menos fatigante simplemente dárselo. Fabián desapareció por un rato, mientras Santiago, parado en una esquina de la Oriental, a una cuadra del apartamento, seguía buscando en cada rostro esos ojos color miel que hoy le estaban bañando el corazón con vinagre.

Al rato apareció de nuevo Fabián.

—Listo, ¿a dónde podemos ir?

—¿Como a qué?

—Compré un tabaquito.

—No, yo no quiero fumar.

—Vos te ves súper ansioso. Te va a convenir.

Santiago entendió que era el argumento más barato que había escuchado en su vida, pero se sorprendió de que hubiera funcionado. Le comentó que estaban a una cuadra de su apartamento y sin mucho pensarlo se fueron en esa dirección. Cuando llegaron al edificio le preguntó al portero por Manuel, pero la respuesta fue negativa. Subieron al 601, donde Fabián se apresuró a prender el cigarrillo de marihuana.

Santiago lo invitó a sentarse en el sofá de la sala, mientras él, en cambio, lo hizo en una butaca, dándole el frente. Fabián aspiraba, cerrando los ojos, y luego exhalaba, abriéndolos, fijando una mirada socarrona en el auspiciador del tabaco. Repetía inhalaciones echando la cabeza hacia atrás en estado de relajación, para luego seguir observando con sorpresa que el anfitrión no estaba a su lado; le hizo gestos para que se sentara junto con él y fumara, pero este movió la cabeza, en negación, y siguió perdido en sus pensamientos. Se acercó para insistirle, pero continuaba renuente a fumar. Entonces terminó por ponerle el cigarrillo en la boca, y por aquello de quitárselo de encima, él accedió a una fumada. Cerró los ojos, al igual que lo había hecho el vicioso visitante, y en su mente apareció la imagen de Manuel mirándolo tiernamente y mimándolo con la frescura de sus besos. Fabián se acercó a Santiago en actitud morbosa, pero al no conseguir ningún tipo de reacción, le tomó la mano y se la puso sobre la bragueta, para que le sintiera la erección que tenía, y este reaccionó como quien despierta asustado, separando la mano con fuerza.

—¿Qué le pasa Santiago? ¿No quiere darse gusto?

—No, para nada. Estoy esperando a alguien.

Fabián, no dándose por vencido, se aflojó la correa, se desabotonó el pantalón, se bajó la bragueta, y luego se metió la mano entre los calzoncillos para comenzar a estimularse. Santiago apenas lo miraba con el rabo del ojo y le decía que se vistiera, que no estaba para esas cosas. Haciendo poco caso de aquellos ruegos, se quitó los pantalones y, acercándose, pidió que le hiciera sexo oral. Estaba en la mitad de la frase, pidiendo que le respetara su decisión de no querer hacer nada, cuando sonó el timbre de la puerta. Se trataba de Manuel, a quien el portero dejaba subir sin anunciar, por ser visitante frecuente del apartamento. Santiago, sumido en la palidez se dirigió a abrir la puerta mientras el osado visitante corría a ponerse los pantalones.

Manuel entró sonriente, pero en el momento en que vio a Fabián su expresión cambió, la palidez la tenía ahora él. Se dio cuenta de que estaban fumando marihuana, no cesaba en detallarlo, de arriba abajo, presintiendo que algo de índole sexual estaba ocurriendo.

Santiago los presentó. Se saludaron casi sin mirarse. Manuel se movía de un lado al otro, mirando aquí y mirando allá, como estudiando el entorno, como dando tiempo a que le llegaran las palabras para decir algo que no le delatara las conjeturas que cada segundo aumentaban en su mente; parecía que en cualquier momento iba estallar de rabia, o en llanto. El ambiente se hacía tenso. Fabián, con la sonrisa poco disimulada, típica de la nota que da la yerba, se despidió con un —después hablamos.

Santiago, que había ensayado múltiples recriminaciones para cantárselas a Manuel, no podía pensar en una palabra que iniciara el diálogo sin que las cosas se malinterpretaran.

Manuel se mostraba impotente y con la ira dibujada en sus pupilas. Daba la impresión de que quería agarrar todo a patadas, de gritar al viento su desilusión, pero terminó por sentarse en una butaca de la sala, para cubrirse la cara y así ocultar el llanto que doblegaba su voluntad.

—¿Qué te pasa?

—Vos sí que tenés la cara dura.

—¿De qué hablas? El que tiene algo que reclamar aquí soy yo.

—Santiago, no me creas tan marica. Llego acá y te encuentro con un man fumando marihuana y haciendo quién sabe qué, y así y todo yo soy el que te salí debiendo. Vos sabes que yo he estado haciendo todo lo posible por trabajar en las mierdas más pesadas para tratar de quedar bien con vos y que te sintieras respetado. Y ahora vos me salís con esta mierda. Te me vendiste como trago fino y no sos más que un agua panela agria. Mejor me largo, hermano. ¡Qué decepción con vos!

Manuel se fue, con la cara humedecida por las lágrimas y preso de un abatimiento que buscaba aminorar corriendo hasta que las fuerzas no le dieran para más.

Santiago, amilanado, sentía que le robaban las ganas de vivir. Se postró en el sofá, mudo, tratando de buscar en su mente el momento en que todo giró en dirección al infierno. Permanecería como estatua por largo rato antes de que llegara el llanto, mucho llanto; quejidos desgarradores. La cabeza parecía quererle estallar. Sus sentimientos hacia Manuel ganaban claridad y experimentó un vacío que le recordaría al que le dejó Ángel el día de su abandono. Hoy los dos parecían ser parte de un pasado. Lloró durante gran parte de la noche, hasta que todo se hizo silencio y sus ojos hinchados se escondieron en la oscuridad.

La oscuridad se hizo eterna en la vida de Santiago, no por la falta de luz, sino por la ausencia de la voluntad para apreciarla. No contestaba el teléfono ni llamaba a nadie. En el día a día, no hablaba, simplemente respondía. Lo hacía con frases cortas, vacías, hendidas, faltas de ánimo, y cuando le era posible, se limitaba a hacer un gesto. Descuidó su apariencia personal, algo que siempre le admiraban, empezando a no importarle si tenía la camisa planchada, si ya la había usado el día anterior, o si ya olía. Llevaba su atuendo de trabajo como un cilicio, y la oficina se convirtió en un purgatorio. Su actuar se fue haciendo monótono, e iba a la inmobiliaria por obligación. Las excusas al trabajo por enfermedad se dieron con mayor frecuencia, y por lo tanto el rendimiento en sus labores fue decayendo, provocando que las comisiones fueran cada vez más escasas. Se atrasó en muchos de sus pagos y tuvo que morderse el orgullo y llamar a sus familiares en Miami para que le enviaran dinero prestado, algo que nunca había hecho y era motivo de presunción.

Manuel pasaba los días tratando de borrar de su mente los acontecimientos que le mostraron una parte de sí que no creía que existiera. El hombre que nació de la relación con Santiago no era el mismo joven que creció coqueteando con las chicas de Amagá; él, que se las daba de mujeriego y hacía alarde de su hombría. A pesar de que por razones económicas se vio obligado a vender su cuerpo, lo hacía con limitaciones, sin entregar su corazón, y manteniendo claros límites de hasta dónde podía llegar el cliente. Con Santiago olvidó las fronteras en su cuerpo y se entregó sin esperar paga. Dio lo que siempre protegió, y hasta encimó su alma.

Recorría los lugares que había caminado con Santiago, y lo extrañaba cuando viajaba en metro, pues le hacía falta sentir su aliento, como aquella mañana de paseo, cuando asaltó su espacio con miras de robarle algo de su mundo. En una ocasión, tomó el metro cable, imaginándolo a su lado todo el tiempo. Pasó horas divagando por el bosque en el parque Arví, hasta encontrar el árbol que fue testigo de uno de los muchos encuentros que vivieron juntos. Husmeaba, buscando en el tronco de piel quebrantada el aroma de quien hoy lo hacía sufrir, y al percibirlo, sin titubeos se quitó la camisa, se bajó los pantalones y se abrazó a aquel árbol como si fuese a Santiago. Arraigado al tronco, gemía y se movía sensualmente, y solo se detuvo al verse descubierto por un niño que lo miraba con gran sorpresa. De inmediato se soltó, y mientras se vestía lanzaba amenazas contra el niño si contaba algo.

El cansancio y la frustración lo estaban convirtiendo en un ser irritable. Una tarde quiso retomar su oficio de sexo servidor, pero lo único que hizo fue añadir a su desgracia: no lograba concentrarse ni mantener la cordialidad propia de la situación; hablaba con palabras golpeadas, no escondía gestos cuando algo le parecía mal, y no lograba responder sexualmente. Nunca había experimentado una falta de erección en sus labores y entendía que tal disfunción podía representar el fin de su carrera de gigoló. Decidió que era mejor cambiar las cosas de raíz. Habló con doña Rosa y le dejó saber que viajaría a Amagá para estudiar las posibilidades de regresar. Ella no se opuso, lo notaba bastante azuzado y no quería contrariarlo de ninguna manera, pero eso sí, ella decidió quedarse para no descuidar un trabajo de medio tiempo que había logrado conseguir.

LA RECAÍDA

La ausencia de Santiago se empezaba a sentir. Vida fue la primera que insistió con el portero para que la dejara subir al apartamento. Tocó la puerta incesantemente. Él la ignoró, pero ella insistió, a los gritos, dejándole saber que no se movería de la puerta hasta que no la atendiera. No tuvo otra opción que dejarla entrar. Asombrada del abandono que vio reflejado tanto en el rostro de Santiago como en su entorno, experimentó una conmoción profunda; lo abrazó con gran fuerza y él, aunque inicialmente impávido, fue cediendo, hasta corresponderle con un abrazo cálido y unas lágrimas que no pudo controlar.

Al claudicar el abrazo, lo primero que hizo fue abrir las persianas y prender algunas luces. Pensaba en mil cosas que le podía decir, pero se abstuvo, por miedo a que sonaran a recriminaciones. Se sentó, lo miró con gran ternura, sumida en un mutismo paralizante, sin embargo los ojos de Vida parecieron hablar por ella, pues él sollozaba como si pudiera descifrarle los pensamientos.

Alcanzando algo de sosiego, se dio a la tarea de recoger algunas de las cosas que estaban regadas por todos lados. Era una manera de evitar que la mirada encendida e inquisitiva de Vida lo siguiera quemando por dentro.

—No te quiero preguntar nada. Vos contame lo que quieras cuando se te antoje.

—Otra vez la volví a cagar.

—¿Cómo?

—Manuel me encontró acá con un pelao y se dio una rebotada que ni te cuento... Terminó largándose.

—No entiendo nada. ¿Vos y Manuel estaban en pareja? Lo último que supe es que él era un sexo servidor, como dicen por ahí.

—No lo hablamos nunca, pero nos veíamos casi a diario y lo estábamos pasando de lo más rico. Yo sabía que estaba jugando con fuego pero...

—Nada, te quemaste, huevón. Si la estabas pasando bien con el Manuel ese, ¿por qué la embarraste con otro man?

—Te juro que yo no estaba haciendo nada. Me encontré con un pelao con el que estuve una vez hace mucho tiempo y él me insistió que nos fumáramos un bareto. Y a eso fue que vinimos. Se puso bellaco y me pidió que hiciéramos algo, pero yo me negué. En medio de todo, llegó Manuel; te imaginarás, no me creyó nada de lo que le dije.

—¿Pero hiciste algo con ese otro pelao?

—No, nada. Lo único fue que le di una fumada al tabaco, y eso porque tenía la cabeza a millón. Me obsesioné, pensando que Manuel había regresado al puteo.

—Ay, parce, vas a tener que hacer algo para que te escuche. No podés dártelas de orgulloso. No es por sacarte los trapitos sucios, pero si te ahuevas, te va a pasar como con Ángel, que por no dar guerra lo dejaste ir, siendo alguien que te interesaba bastante.

—No soy de amarrar a nadie.

—Eso no es lo que te estoy sugiriendo.

—¿Entonces?

—Que aclares la situación; que hables de tus sentimientos.

—Dudo que quiera algo conmigo. Mírame como estoy.

—Si le pegó tan fuerte el pensar que estabas con otro, es porque el mancito se las trae con vos.

Vida se las ideaba para inyectarle algo de optimismo y devolverlo a la normalidad. Pidió un domicilio, asegurándose que comiera algo, y luego se despidió, con la idea de regresar al día siguiente con ropa, para pasarse una temporada con él. No le pidió permiso, simplemente se lo dejó saber, sin dar cabida a debates. Al marcharse la amiga, Santiago se sentó en la sala con la mirada puesta sobre la avenida Oriental; hacía tanto tiempo que no se detenía a ver nada, que le parecía que las cosas eran nuevas y que las personas eran otras. Algunos pensamientos aislados con Manuel le desentumecieron los músculos de la cara, dejando ver una tímida sonrisa.

En la mañana lo despertó el timbre de la puerta. Se incorporó lentamente y falto de balance, probablemente provocado por los efectos secundarios de las medicinas que había reanudado y que fueron prescritas por el doctor Londo. Abrió la puerta sin preguntar quién era, confiando en el discernir del portero. Cada vez sentía que debía dejar en otros lo que antes a mejor juicio podía manejar. Era Vida, quien le reparaba las ojeras lívidas y la barba larga.

—Buenos días.

—¿Qué haces aquí tan temprano?

—Vine ayudarte a sacar la mugre de este lugar.

—Deja eso así.

—Y te me vas afeitando.

—A mí dejame quieto.

Santiago regresó al dormitorio y no hubo súplica que lo hiciera salir. Vida se ocupaba en arreglar el apartamento, pero fue poco lo que pudo hacer en la habitación, con su ocupante reacio a abandonarla. Le pidió que le diera una copia de la llave, para no tener problemas entrando más tarde, y él desde la cama le señaló el lugar donde podía encontrar una extra; se aseguró de ensayarla antes de irse a trabajar. Le dejó algo de comer sobre la mesa y mientras salía le volvió a insistir en que era por su bien, que debería afeitarse y ducharse.

Al regresar del trabajo, notó que Santiago había comido lo que le preparó, pero también que había dejado el plato sucio sobre la mesa. Seguía en el cuarto, metido en la cama, con la luz apagada y en total silencio, pero eso no la detuvo para entrar a saludarlo. Respondió con un simple "hola". Vida lo notó macilento y lo sentía esquivo, llevándola a pensar que las cosas iban a ser más difíciles de lo que anticipaba. Decidió irse al sofá a descansar, "Mañana algo se me ocurrirá", murmuraba para sí misma.

Despertó, sacudida por el ruido de los frenos de los autobuses, y miró alrededor, reconociendo su improvisado dormitorio. Le vino a la mente Santiago y, como iluminada, la idea de aumentar el pie de fuerza para sacarlo del aislamiento en el que se encontraba. Era necesario que algunos de sus amigos lo ayudaran: determinando que incluir a Manuel podría tener consecuencias adversas, se inclinó por Jairo, a quien conoció el día del nefasto encuentro con Ricardo. Recordaba que se habían intercambiado teléfonos, y no dudó en llamarlo; lo puso al día de lo que estaba sucediendo. Jairo indicó que iría esa misma tarde y que le iba a pedir a su hermano Guille, también amigo de Santiago, que lo acompañara. Se pusieron de acuerdo en recoger la llave en la cafetería donde trabaja Vida.

Llegaron a media tarde, tal como lo prometieron, y traían con ellos una camiseta de regalo, flores, y mucho mecato. Tocaron el timbre, y cuando se dieron cuenta que nadie atendía la puerta, decidieron entrar usando la llave. Todo permanecía oscuro. Llegaron hasta el cuarto.

Encontraron a Santiago con una expresión exánime y ajeno a lo que transcurría a su alrededor. Fue necesario que Guille se acercara y lo zarandeara, para sacarlo de la órbita en la que divagaba. Los miraba, pero reconocerlos le tomó algo de tiempo. Su cara reflejaba confusión y se le notaba el esfuerzo por tratar de entender dónde estaba. Tiritaba y se acariciaba los brazos, tratando de calmar la trepides que se apoderaba de él. Jairo le hizo un gesto a Guille para que lo arropara. La tembladera cesó. La imagen de los dos buenos amigos ganaba claridad; se saludaron.

—¿Qué hacen ustedes aquí? —Hizo un esfuerzo para mirarlos— ¿Cómo entraron?

—Con la llave de Vilma —respondió Guille.

—Vida —aclaró Jairo.

—La pobre, la mataron con el nombre —comentó Guille.

—Conmigo le ha hecho honor a ese nombre —señaló Santiago con la voz áspera por el desuso —pero la embarró trayéndolos a ustedes.

—No seas desagradecido, huevón. Cuando uno está mal es cuando hay que contar con los amigos —dijo Guille, a la vez que Jairo asentía.

—*Whatever* —murmuró Santiago mientras se tomaba la cabeza con las manos, se estiraba y bostezaba.

Recriminaciones fueron y vinieron. Santiago, con cada argumento, cedía un poco. Bostezaba tanto que no tardaría en quejarse de dolor en la quijada. Se estiró de muchas maneras, como tratando de librarse de una capa en todo el cuerpo que lo inmovilizaba. Se inspiraba en los gatos de Ángel, que después de cada sueño se tomaban su tiempo para estirarse hasta sentirse listos para dar un salto. Casi a empujones lo llevaron hasta la ducha. Guille se encargó de meterlo en la bañera, para que el agua tibia terminara de sacarle la pereza acumulada. Jairo regresó al cuarto, a terminar la limpieza que Vida no había podido realizar. Abrió las ventanas, cambió las sábanas y recogió el desorden, permitiendo que el ambiente comenzara a cambiar. Los hermanitos se encargaron de colocar música, de hacer un chiste de cualquier cosa, de compartir las golosinas que trajeron, y de ayudarle a lucir mejor, con una buena afeitada y ropa limpia y cómoda.

Lo llevaron hasta el espejo, para que apreciara el cambio. Al verse, sonrió sutilmente, no tanto por sentirse mejor, sino por demostrarles agradecimiento a sus amigos, quienes, además, lo convencieron de que fueran a dar una vuelta al parque.

Caminaba lentamente, como si temiera caer, como si su cuerpo le pesara, o como si sus pies hubieran olvidado los caminos recorridos. Jairo y Guille se acomodaron a su paso, manteniendo fluidez en la conversación para no darle a Santiago tiempo para pensar en las habilidades oxidadas. Se dirigían hacia la cafetería donde trabajaba Vida, pero justo a unos cuantos pasos, Santiago se detuvo súbitamente y se hizo a un lado como quien se esconde. Los hermanos se asustaron, pensando que había sufrido una recaída o que estaba experimentando un ataque de pánico. Le notaron las facciones tensas, con un halo de perturbación. Quisieron indagar, pero con un dedo sobre los labios, les pidió silencio. Ellos miraron en la dirección en la que Santiago tenía puesta la mirada y pudieron advertir a Vida cuchicheando con una señora. Dedujeron que por ella era el meollo del asunto, y lo corroboraron cuando la señora abandonó el establecimiento, y este, cauteloso, renovó el paso.

Vida, reconociendo la cara de asombro de su amigo, supuso que la había visto conversar con doña Rosa.

—¿Qué hacía por acá?

—Tiene un trabajito en el área.

Los hermanos entendieron que la presencia de la señora que vieron hablando con Vida de alguna manera se relacionaba con Santiago; con el ánimo de darle espacio, se excusaron y se fueron a un lado de la cafetería, a comer algo.

—¿Pero, qué te dijo?

—No fue mucho.

—¿Será que Manuel también anda por acá?

—No.

—¿Y por qué tan segura?

—Ay, Santi —suspirando, se mostraba indecisa sobre seguir hablando.

—Vida, por favor, el secreto me hace más daño que saber lo que pasa.

—Bueno, está bien, se fue.

—¿A dónde?

—A Amagá.

—¿Del todo?

—Pues, creo que ese es el plan. La misma doña Rosa dice que él no fue muy claro.

—¿Está brava conmigo?

—No creo. Me dio la impresión que no sabe nada.

—Obvio que no le iba a contar que tuvimos pelea de novios.

—No me refiero a eso. Me parece que ella no sabe que discutieron y que andan separados. Pienso que él insinuó que vos tenías problemas de plata. Lo digo porque te mandó a saludar y se ofreció a hacerte la limpieza, aunque no tuvieras con qué pagarle.

—¿En serio?

—Sí, en serio.

—¡Qué pena con esa señora!

—Te conozco, Santiago, y ni se te ocurra. Has pasado una quebrada con una corriente brava y no te vas a devolver porque se te cayó una flor.

—No, pues, me salió poetisa la niña.

—Ya ves, también tengo lo mío —haciendo alusión a su apariencia física. —¡Qué dandi luce el señorito! Quedó muy papacito, ¿estás estrenando?

—¡Ah, sí! Esta camiseta me la trajo mi amigo Guille, de Miami.

—Bizcochito, hablas muy rico, pero todavía estoy trabajando, más bien come alguito y rajamos más tarde.

***

Fueron pocos los momentos que Santiago lograba estar a solas, y aunque sus amigos no estuvieran todo el tiempo en su presencia, se mantenían en comunicación. Le tocó poner de su parte y desistir de ignorarles las llamadas, pues sabía que de nada serviría, y que los tendría de nuevo en su puerta si no los mantenía al tanto de su estado emocional.

La situación laboral también daba señas de recuperación. Volvía a retomar sus tareas, haciendo grandes esfuerzos por mejorar la manera de relacionarse con sus compañeros de trabajo, aunque la melancolía seguía latente y por momentos ganaba terreno.

Trataba de espantar el fantasma de Manuel pasando el menor tiempo posible en el apartamento, pues cada rincón de aquel lugar fue testigo de momentos de mucha pasión: la ducha, donde cada caricia tuvo la complicidad del agua; el cuarto, donde la cama pudo resistir el sexo desaforado; la cocina, donde un desayuno fue desplazado por un encuentro que estuvo lleno de riesgo; y la sala, donde el olor animal encendió la mecha de la lujuria.

Tuvo muchos días en los que se quedaba en la oficina hasta avanzada la noche. Comía afuera, y llegaba al apartamento directo a la cama, exhausto y con poca disposición para pensar. En otras oportunidades, aprovechaba para visitar amigos y familiares; a menudo era más el tiempo que tomaba viajando que el que pasaba viéndolos. Le seguía siendo difícil concentrarse por mucho tiempo en una conversación, y por temor a que le tocaran temas sensitivos, salía afanado de los sitios, dando pocas explicaciones.

La relación con Ricardo venía mejorando lentamente, haciendo los encuentros más espontáneos y permitiendo que las palabras fueran más dicentes. Un jueves en la tarde, el joven conductor se presentó en la oficina de Santiago.

—¿Y eso, vos por acá? —inquirió Santiago, algo sorprendido.

—¿Qué vas hacer el fin de semana? —indagó Ricardo, sin rodeos.

—¿Estamos como de afán?

—Un poco, ¿entonces?

—No tengo nada pensado.

—Lo invito a una finca.

—¿Compraste finca?

—No me goces. Se la prestaron a mi novia.

—¿Novia?

—Sí, no pongas esa cara, que es de verdad. Acuérdate que ya te lo había comentado.

—¿Y qué pitos voy a tocar yo ahí?

—No es un viaje de romance. Obvio que si fuera así no te estaría invitando. Es un grupo de amigos.

—¿Y cómo es la cosa?

—Salimos mañana en la noche y regresamos el domingo en la tarde. Vamos a hacer una vaca para el trago y la comida.

—Bien, va pa' esa.

¿Sos gay?

La finca estaba localizada en Rionegro. La ruta le era familiar a Santiago, pues era la que muchas veces utilizaba el taxista para llevarlo al aeropuerto en sus frecuentes viajes. En el trayecto tuvo un instante de confusión, llegando a pensar que volvía a su casa en Miami, y esa zancadilla mental daría vida a la imagen de Ángel y a las muchas despedidas y bienvenidas que compartieron. La idea sobre su verdadera casa perdía claridad con el tiempo; la duda, la había tenido en otras ocasiones. Estando en Medellín, después de unas semanas, extrañaba su vida de Miami. Lo mismo le sucedía después de una temporada en Miami, le surgía melancolía de exiliado. Llegaría a pensar que tenía sangre gitana y que nunca podría estar por mucho tiempo en un mismo lugar, por lo que, en cada ciudad que vivía, se aseguraba que existiera un aeropuerto que lo pudiera conectar con cualquier parte del mundo. Era como una especie de bálsamo que le gustaba tener a su alcance, para acceder en los momentos de necesidad apremiante. Las alturas le infundían un sentimiento de libertad, lo invitaban a la reflexión, y le calmaban las ansias que le causaban las cuitas del destino.

Santiago compartía la silla de atrás con Ricardo y su novia Isabel. Al auto lo manejaba Jorge, dueño del carro y pareja de Diana, quien ocupaba la silla del pasajero del frente. Ambos, amigos de Ricardo. Muchas de las preguntas que se hicieron de camino a la finca fueron dirigidas a Santiago; era de quien conocían menos. Él fue cauto y habilidoso en compartir lo mínimo sobre sí mismo, sin sonar antipático.

Una vez que todos los convenidos habían hecho acto de presencia, se dividieron los cuartos, y se asignaron algunas responsabilidades para que todo no recayera sobre las mismas personas. Eran siete parejas en total, y un hombre y una mujer, quienes al igual que Santiago, paseaban sin pareja. A los desparejados les tocó compartir cuarto.

La primera noche estuvo cargada de energía; la música, el baile, la comida y la bebida fueron protagonistas. Al principio, Santiago se rehusó a beber, pero la insistencia de Ricardo fue suficiente para que cambiara de parecer.

—Escuché que vos hablás inglés —le dijo Jorge, acercándose, tambaleante por los tragos.

—Sí, la mayor parte de mi vida la he vivido en Estados Unidos.

—¿Y qué, te deportaron, o qué?

—Deja de hablar mierda —intervino Ricardo.

—Tranquilo —dijo Santiago, con un gesto conciliador.

—Por eso es que este país está tan jodido. Nadie cree en él. En vez de la gente quedarse a arreglar las cosas, salen y se van. ¿Para qué? Al tiempo terminan comiendo...

Diana le impidió seguir hablando, poniéndole un dedo en los labios.

—Cansona, déjame hablar.

—No te pongas aburrido, Jorge —dijo Diana, a manera de ruego.

Ricardo trataba de calmar los ánimos, y su novia Isabel, intuyendo el mal rato que se avecinaba, se despidió, para irse a dormir, con la excusa de estar demasiado cansada. Diana, por su parte, se esforzaba en evitar que su novio se la siguiera dedicando a Santiago, pero este siempre se las ideaba para lanzar palabras ofensivas en contra de los colombianos que abandonaban su patria para hacer vida en otro país. Ricardo, notando que Santiago empezaba a perder la paciencia, buscó una botella de aguardiente y le pidió que se fueran a dar una vuelta. Aceptó, sin pensarlo dos veces.

Salieron en dirección a una quebrada cercana, que hacía parte de una represa. Llegaron hasta un pequeño bohío a la orilla del agua. El cauce, con su ruido relajante, se mezclaba con el cantar de las ranas, y le permitieron a Santiago encontrarse con la paz que había perdido en la confrontación con Jorge. Desde allí podían ver la casa, que se hacía silente y oscura con cada parrandero que buscaba su nido.

—Si no salgo de esa casa, le caía al tipo ese.

—Huevón, yo te vi la cara, por eso te saqué.

—¡Mucho ignorante!

—Son los tragos. En sano juicio, es buena gente.

—Una persona así, pa' qué bebe.

—No le pare bolas a eso. Más bien démosle a este aguardiente que está más que bueno.

—Ya la casa está oscura. Yo creo que todo el mundo se fue a dormir.

—Ellos se lo pierden.

—Isabel debe estar buscándote.

—Se fue a dormir.

—Vámonos.

—¿Qué afán? Yo hasta que no vea esta botella vacía no me voy —abrazó a Santiago y lo miró con cierta picardía — compartamos.

—Eso hemos venido haciendo —dijo Santiago, con la boca algo seca por la respiración exaltada que le provocaban el tono de voz con el que le hablaba su amigo y la ávida mirada con la que lo reparaba.

—Hagámonos una paja —dijo Ricardo con el corazón acelerado.

—Por algo te dieron los tragos —añadió Santiago a la vez que echaba una mirada en derredor.

—Ah, sí —dijo Ricardo, repasando los lugares que había inspeccionado su acompañante, asegurándose de estar solos.

—No entiendo. ¿Vos sos gay? —preguntó Santiago, no tanto interesado en la respuesta como en lo que estaba por suceder.

—No, huevón. Vos sabes que me gustan las viejas. Pero estoy bellaco y me siento cómodo con vos.

—Vámonos a dormir —insistió Santiago, envuelto en dudas, pero deseando profundamente que no le hiciera caso.

—No seas barro, es cosa de amigos —se abrió la bragueta para exhibirse y notando su pene ablandado, añade —él se mejora.

—¿Qué quiere decir esto, Ricardo?

—Qué quiero tener una experiencia. No creo que esto me vaya a cambiar la vida. Yo sé que muchos hombres lo hacen por lo menos una vez en sus vidas y no por eso son maricas.

—No, yo no me atrevo; además, vos estás borracho y cuando se te pase la rasca, me la vas a dedicar.

—Fresco, que yo sé lo que hago; no te hagás rogar; a lo bien que tengo mi curiosidad.

—¿Seguro?

—Seguro.

—Pues si quieres, yo me le mido. Ya que estamos hablando a calzón quitado, yo siempre te he llevado ganas —se baja los pantalones y se empieza a estimular —Estamos locos, huevón.

—No le dé tanto cráneo a eso.

—Si te bajás los pantalones lo vas a poder hacer mejor —dijo, al notar la dificultad de Ricardo para masturbarse.

—Chúpame un poquito —le pide, a la vez que se baja los pantalones completamente.

—¿No, que era una paja, no más?

—No te hagás rogar, pues.

—Está bien, con tal de que no nos agarremos a puños, como la última vez.

—Claro que no —dijo Ricardo, a la vez que se daba un sorbo de aguardiente.

Con frases entrecortadas y algunos gestos, se fueron deshaciendo de la ropa, lo que daría pie a que Santiago se arrodillara en el piso de tierra amarilla del bohío para llenarse la cara de la anatomía del jovencito. Las palabras cesaron. Colocaba las manos en las nalgas que tanto había soñado tocar, permitiendo un movimiento que adentraba a Ricardo en su garganta. Le parecía que estaba teniendo un sueño erótico. El estar con uno de los hombres con los que se había obsesionado hacía mucho tiempo, teniendo un lascivo encuentro a la intemperie, le resucitaba la sexualidad, dormida desde la partida de Manuel. Llevaba largas semanas con un duelo que sepultaba todo deseo carnal, pero esta noche, con la luna como testigo y con el ruido de aguas que tropezaban sobre grandes piedras, se reencontraba con el placer.

Enmudecido en su labor, solo lograba emitir algunos gemidos mientras sus manos empezaban a moverse juguetonas por el sólido vientre del joven conductor. Hacía intervalos entre caricias a Ricardo y así mismo, para que ambos llegaran juntos al clímax. Miraba hacia arriba y lo veía con los ojos cerrados y la cabeza ligeramente inclinada hacia atrás, tomando bocanadas de aire para reponerse del que perdía con cada exhalación profunda. Debió ponerse de pie unos minutos, para descansar de la posición en la que lo mantenía la frenética estimulación que le daba con la boca. Aprovechó para acariciarle los definidos pectorales y provocó que Ricardo fuera algo recíproco en las caricias, y así fue, terminó mordiéndole las tetillas y hurgándole las nalgas con sus dedos.

Estuvo tentado a abrírselas con ambas manos para que lo penetrara sin piedad, y lo hubiera hecho, de no sentir la firmeza de los genitales de Ricardo anunciando la descarga. Volviendo a caer de rodillas, hizo su mejor esfuerzo para tragarse el pene de su amigo, que alcanzaba su máximo tamaño. Acrecentó la estimulación a sí mismo, sincronizando sus vibraciones con las de su compañero, para juntos llegar al momento del desfogue.

Cuando terminaron, le dio la mano para ayudarlo a pararse, se limpiaron, se arreglaron la ropa y se tomaron un último aguardiente. No hablaron nada, pero la cara de ambos era de satisfacción. Se fueron a dormir a sus respectivas habitaciones y no volvieron a tocar el tema en mucho tiempo.

Acabó la maldición

La rutina comenzaba a hacer mella en la vida de Santiago. Pasaba largas horas en el trabajo. Jairo y Guille solo parecían tener tiempo para pasar con sus parejas; eran ciclos predecibles, en los que tendían a darse casi exclusivamente a su compañero sentimental, y todo lo demás pasaba a otro plano. Santiago los conocía bien, respetaba su forma de actuar, y entendía que superada la prueba de confianza y compromiso volverían a ser los mismos de antes.

A Santiago lo traicionaban los sentimientos, y seguía presintiendo la sombra de Manuel cerca de la suya, por lo que buscaba escape en otras situaciones. Se le ocurrió que un viaje le haría bien, y sin pensarlo mucho conversó con Vida para que se dieran unas vacaciones en Cartagena. La idea fue acogida por su amiga con agrado, pues no conocía el mar y había escuchado sobre la magia del Corralito de Piedra, buenas razones para ilusionarse con el viaje. Él convendría su agenda y ella conseguiría permiso en el trabajo. Hicieron cuentas y decidieron que el viaje por tierra era lo que mejor se ajustaba al presupuesto.

Salieron en el bus de las seis de la tarde, con la idea de descansar durante la noche.

—¿Viste el chofer?, está buenísimo —señaló Santiago.

—Mijito, me miró de arriba abajo; así que dudo que sea de tu equipo.

—Uno nunca sabe.

Intercalaban comentarios frívolos sobre lo que veían en el camino con otros más íntimos, experiencias de sexo, amores y desengaños; por lo que la idea de dormir se fue quedando rezagada. El paso por Bello haría que Santiago recordara a Arturo.

—De por estos lados es un pelao que conocí en mi viaje anterior. Perdió varios familiares en las casas que se cayeron con lo del derrumbe ese grande que hubo por acá.

—Ah, sí. Estuvo saliendo en televisión por varios días. ¿Y no lo has vuelto a ver?

—No. Me comentó Jairo que se fue para Cartagena con un americano.

—¿Jairo también lo conocía?

—Sí, claro, trabajaba para él. En la taberna de Jairo fue que lo conocí.

—¡Qué miedo los hombres en este país! Por plata se van con cualquiera.

—Aquí y en todo el mundo.

—¿En Miami pasa igual?

—Sé que pasa, aunque no puedo hablar por experiencia propia.

—¿Eras muy fiel?

—Casi todo el tiempo —respondió, con expresión de picardía—. Donde sí nos tocó conocer muchos putos fue en República Dominicana, en México, y en Brasil ni hablar.

—¿Has ido a todos esos lugares?

—Sí. De vacaciones con Ángel. A Río, fuimos para carnavales.

—¿Y?

—Ni hablar. Esos brasileros son hermosos. ¡Qué papis, y parecen que respiran sexo!

—¿Mucho puteo?

—Imaginate que fuimos a un sitio en el que tenías que registrarte con tarjeta de crédito y luego te colocaban una pulsera de identificación con la que pagabas lo que consumieras.

—¿Vendían traguito y comidita?

—Entre otras cosas. Ponme atención, a un costado del lugar había un pequeño escenario donde bailaban los hombres más bellos; totalmente desnudos. Te sentabas a tomar algo y todo te lo iban anotando. Podías escoger al chico que quisieras, arreglabas el precio, reservabas el cuarto, y el resto ya te lo imaginarás.

—No te puedo creer.

—Habían putos por todos lados: los que se paraban en la escalera que te llevaba al segundo piso eran pasivos.

—¿Cómo pasivos? ¿Los más tranquilitos?

—No mujer, que son los que se dejan penetrar.

—¿Qué?

—Recuerda que aquello está lleno de extranjeros y de esa manera ya la persona sabe a qué va. Los otros muchachos que estaban en otras áreas eran activos, es decir los que penetran, y eran la mayoría.

—Sí, pero me imagino que esos muchachos son todos declarados. Lo berraco acá en Colombia es que muchos están con novias y mujeres y también le dan a eso.

—Muchos de estos muchachos en Brasil y en muchas otras partes también tienen doble vida. Créeme que no es algo que solamente se ve por acá. Lo que sí es cierto es que la situación muchas veces los lleva a hacer lo que hacen.

—Para no ir más lejos, aquí estoy yo, que también me putié por falta de plata —comentó Vida.

—¡Chito! ¿Serías capaz de hacerlo con una mujer? —arriesgó a preguntar Santiago.

—¡Uy, no! No creo que pueda. Además, no sé si existen mujeres que les paguen a otras para tener sexo con ellas.

—Ni idea. Lo que sí sé es que hay muchas mujeres que les pagan a muchachos para que se las coman.

—Guache, no hables así de mi género —arrimándose al oído y bajando la voz— el chofercito se va a salir chocando si sigue mirando para acá.

—Deberías taparte ese par de tetas. Nos vamos a salir matando por culpa tuya.

—No me molesta del todo que me mire.

Después de unas cuantas horas de viaje, el bus hizo su primera parada, para permitirles a los pasajeros estirar las piernas, ir al baño y comer algo, si así lo deseaban. Santiago y Vida aprovecharon para tomar chocolate caliente con pandequeso, que caían muy bien para enfrentar el sereno de medianoche. A la mesa que ocupaban se acercó el conductor, a pedir permiso para compartir el espacio.

—Qué pena molestarlos, pero todas las demás mesas están tomadas —manifestó el chofer.

—Fresco —respondió Santiago.

Vida se limitó a darle la bienvenida con una sonrisa. Siguieron comiendo. Los amigos viajeros se miraban con deseos de decirse muchas cosas, pero ahogaban las palabras, mordiendo pandequeso y tomando chocolate. El conductor miraba alrededor y luego ponía los ojos en su merienda, y con el rabo del ojo estudiaba a la parejita que tenía en frente. Llegó el momento en que las miradas pasaron, de disimuladas, a muy obvias, provocando contacto visual y la suficiente confianza para que vinieran las preguntas.

—¿Van de luna de miel? —preguntó el conductor.

—¿Qué? —coincidieron en responder los dos, en medio de una risa algo exagerada.

—¿Son novios? —insistió el conductor.

—Sos bastante curioso —indicó Vida.

—¡Qué pena! Es por poner conversación —aclaró, mientras se limpiaba las manos con una servilleta y se preparaba para presentarse. Extendió la mano —Mucho gusto. Eduardo, para servirles.

—Mucho gusto —dijo Vida, a la vez que le daba la mano.

—Santiago —respondió, mientras le apretaba la mano.

—¿Y su nombre? —preguntó, mirando a Vida.

—Vida.

—Bonito nombre.

—Gracias.

—¿A qué horas estamos llegando a Cartagena? —preguntó Santiago.

—Si no hay problema en el camino, deberíamos estar llegando en la mañana, pero lo último que escuché es que vamos a encontrar zona de lluvias.

Vida se excusó para ir al baño, tiempo que Santiago aprovechó para dejarle saber a Eduardo que eran solamente amigos.

—¿Le gusta?

—Es muy linda, y sus ojos tienen una expresión muy bonita.

—No le diga que le conté, pero creo que no tiene novio —dijo Santiago, con chispa de complicidad.

De regreso al bus, Santiago se sentó en la ventanilla. Vida se acomodó en la silla del pasillo, en posición de medio lado, dándole la espalda a Santiago y permitiéndole al conductor un mejor ángulo para disfrutar de su rostro durante los segundos en los que lograba despegar los ojos de la carretera. Lucía lela, perdida en sus pensamientos y sin darse cuenta se entregó al sueño. Santiago también adoptó una posición de medio lado para descansar la espalda. Fijaba la vista en el paisaje, que se hacía escaso por la oscuridad. Ponía gran atención cuando pasaba por pueblos y veredas. Pensaba sobre cómo sería su vida si le tocara vivir en algunos de aquellos lugares, donde todos se conocían, donde no existían aeropuertos, y donde la vida tenía un ritmo que ni en vacaciones él había podido lograr. Empezaba a ver relámpagos, que astillaban el cielo como fuegos artificiales, y no mucho después, sintió gotas pegar con gran fuerza sobre el cristal de la ventana. Miraba hacia el frente del bus y notaba los limpiaparabrisas ir a mil para garantizar la visibilidad comprometida por la lluvia, que arreciaba.

El transitar se fue haciendo lento. Se empezaron a divisar senderos iluminados por lucecitas rojas. Santiago recordó las del pesebre, que de niño construía con su familia, todos los diciembres. Los comentarios de los pasajeros no se hicieron esperar: comenzaron como tímidos cuchicheos y fueron escalando hasta oírse voces que le pedían al conductor que los pusiera al tanto. La explicación no tardaría: había derrumbe en la carretera y debían esperar a que la despejaran, el atraso sería de varias horas. Las lucecitas rojas eran cientos de otros varados que tendrían que esperar, también.

Eduardo, en su calidad de conductor del bus, propuso manejar hasta un restaurante cercano, para permanecer en ese lugar hasta que abrieran de nuevo la carretera. Les hizo caer en cuenta de la fortuna con la que contaban de poder estar en un lugar donde podrían comprar comida, usar el baño, alquilar una hamaca, o si corrían con mejor suerte, arrendar una de las pocas habitaciones que tenía aquel lugar en el segundo piso. Los de menos presupuesto tenían la opción de permanecer dentro del bus, pero sin aire acondicionado, por ahorro de combustible.

Santiago decidió alquilar una hamaca, Vida, en cambio, aceptó la invitación de Eduardo a tomar un refresco. Desde la distancia la atisbaba, hasta que la resequedad de los ojos lo obligaba a cerrarlos. Ni el murmurar incesante de los corrillos que allí se formaron, ni el roncar de los frustrados pasajeros, evitó que se rindiese al sueño. De cuando en cuando despertaba, buscaba entre la multitud a Vida y en el momento en que la veía, se volvía a dormir. Fueron varias las veces que despertó y encontró a lo lejos el rostro de su amiga entregada a la conversación, y cada vez más cerca de Eduardo.

En una de esas interrupciones del sueño, no la halló. Sentándose en la hamaca, medio aturullado y con la mirada consternada, la buscó en cada rincón, hasta tropezar con su silueta, que parecía flotar de camino al segundo piso. Eduardo la seguía. "No la culpo" pensó, mientras se volvía a acostar.

—Esperen un momento, por favor, que estoy terminando de limpiar el cuarto —les dijo la encargada.

Ella se entretenía, pasándole el índice por la nariz hasta llegarle a los labios y él con su lengua perseguía aquel dedo. Los ojos del uno clavados en el otro los hacían olvidar todo a su alrededor, por lo que la encargada debió levantar la voz para ser escuchada.

—En el baño les dejé las toallas y el jabón —les dijo mientras se alejaba.

Eduardo la cargó hasta la cama.

—¿Y esto? No estamos casados.

—¿Acaso no viste los relámpagos? Esas eran las bendiciones de Dios.

Vida sonreía, dándole un sí simbólico para que lo que allí sucediera fuera algo muy especial: sentía por primera vez en su vida una pasión limpia, libre de intereses malsanos y pecaminosos. Él la desvestía lentamente. Ella, a su merced vibraba y toda su piel se llenaba de poros encendidos. Yacía desnuda sobre aquella cama, la mirada de ambos, inquebrantable. Él empezó a desvestirse y luego ella se arrimó para ayudarlo. Una vez desnudos, se acariciaron con más ternura que pasión. Sintiendo la necesidad de bajarle la temperatura a sus cuerpos, corrieron a ducharse juntos convirtiendo aquella impensada experiencia en una refrescante mezcla de juego infantil con caricias lujuriosas.

A Santiago le fue difícil conciliar el sueño nuevamente. No estaba seguro de si era que su cuerpo ya no necesitaba más descanso o si era que le preocupaba que Vida estuviera con aquel chofer. Se consolaba pensando que bastante experiencia tenía su amiga tratando con hombres, muchos inclusive en estado de embriaguez, y sin embargo nunca le había sucedido nada. Además, mientras subía la escalera, ella iba primero y era él quien la seguía: "Eso debe ser que ella estaba de acuerdo con lo que hacía", pensó.

Vida corrió hacia la cama, aún con el cuerpo mojado y él la siguió con la actitud juguetona que habían adoptado durante la ducha. Llegó con la toalla en la mano para acabarla de secar, mientras aprovechaba cada instante para llenarse los ojos de aquel cuerpo esbelto y sensual. El juego se convirtió en uno de adultos y a ella se le antojó acariciarlo. Le regocijaba ser deseada pero mucho más sentir que lo deseaba. No tenía recuerdos de ningún encuentro en el que abrigara el deseo que la poseía en ese momento. Tuvo la sensación que era su primera vez con un hombre. Lo acarició sin detenerse, hasta sentir que sus mimos alimentaban a unos genitales erguidos, provocándole gemidos de placer. Luego vino el desquite, la sometió con ambas manos, como si estuviese sujeta a una cruz invisible que la dejaba a merced de un hombre que la quería hacer suya. Reconociéndola por completo con la suavidad de su lengua, llegó hasta los rosados labios de aquella vulva que ardía en deseo por ser acariciada; él así lo percibió, por lo que se dedicó a succionarla, y provocó que fuera ella ahora quien gemía.

Santiago, a pesar de estar más tranquilo, desistió de dormir, y se acercó al área de las comidas, compró dos empanadas y un café con leche. Sentándose a comer, se distrajo mirando a otros comensales masculinos. Se entretuvo mirando braguetas, traseros, labios, ojos, y, en fin, el cuerpo completo de todo hombre que le pasara por enfrente. Se asombraba de lo amplio que era su repertorio cuando de hombres se trataba. Le gustaban de todos los colores y todas las edades. Un amigo una vez le dijo que tenía alma de puto. El ejercicio de mirar hombres lo veía como un pasatiempo apropiado para lidiar con la situación y además, le permitía alimentar fantasías.

Vida cerraba los ojos rendida ante Eduardo, quien la seguía sometiendo con besos y mordiscos que le provocaban una corriente desaforada por todo el cuerpo. El contacto de sus pieles les avivaba el fuego y parecían arder. Vida sentía que él la quemaba por dentro y que el instrumento de su amante se agrandaba con cada embestida. Era una llama redentora; una que estuvo esperando por mucho tiempo.

De repente se oyó un grito de mujer. Enunciaba el de una loba. Santiago reparó en que nadie se dio por enterado, llegando a pensar que lo había imaginado. El cielo se iluminaba, también las montañas, todo por la luz de relámpagos juguetones que se desplazaban a gran velocidad de un extremo a otro, seguidos por estruendos ensordecedores.

Santiago no despegaba la vista de aquel segundo piso. Tuvo un impulso de ir corriendo pero lo controló. Sucedió un apagón súbito. La gente gritaba. Luego hubo un breve silencio. No dio tiempo para reaccionar; en un abrir y cerrar de ojos, la luz regresó. A Santiago lo sorprendió la claridad pasmado con la mirada puesta en los escalones que se robaron a su buena amiga.

Las sábanas terminaron hechas agua. La pareja inmersa en su ardiente aventura no advirtió el apagón. A ellos se les habían ido las luces por voluntad propia, por el sexo ávido que los unía. Vida murmuraba en medio de su regocijo que la maldición había desaparecido. Eduardo quiso indagar pero ella se limitó a decirle que algo bueno le acababa de suceder.

—También para mí significó algo muy especial —le respondió Eduardo.

A Santiago fue poco lo que le tuvo que contar, pues estuvo presente para verla bajar por las mismas escaleras que había subido señorita. Descendía como procedente de una nube, a paso lento, y como suspendida en el aire. Su silueta parecía dibujada en un resplandor, con los ojos brillantes y el pensamiento atrapado en el hombre que la hizo mujer.

—Te repito lo que te dije una vez en mi apartamento, las flores usan su color y su aroma para atraer al pájaro exacto que las ayude en la germinación —le dijo Santiago, cuando pudieron hablar del tema.

—¡Cómo se nota que Ángel te tenía viendo televisión de animalitos!

—No te equivocas, pero hablando con toda seriedad, tu esencia, querida florecita silvestre, buscaba al hombre preciso y hoy lo encontraste.

—Por fin se acabó esa maldición que tanto me ha hecho sufrir.

—Sí, ves, ya encontraste el pajarito que te hizo el milagro.

—Decí más bien el pajarote. Mi Diosito sí fue muy generoso con mi papi —dijo Vida jocosamente.

***

Debido al derrumbe, llegaron a Cartagena empezando la tarde. Vida se decepcionó de la terminal y de lo poco cuidado que estaban sus alrededores. Quejas que era común escuchar de otros pasajeros y hasta de los mismos taxistas que se veían obligados a torear con el tráfico por carreteras mal diseñadas y la existencia de inmensos huecos sobre algunas calles. Santiago estuvo de acuerdo en que para ser una ciudad tan turística, le faltaba mucho de infraestructura, incluyendo caminos con aceras amplias y árboles que ofrecieran sombra y refugio del intenso sol: —Unos buenos cambios le agrandarían la magia a esta bella ciudad y la harían mucho más agradable, —dijo.

Adoptando actitud de guía turístico, expuso que Cartagena contaba con una belleza que fue inspirada cientos de años atrás, con una arquitectura que la ciudad trata de proteger y cuyo deterioro era en ocasiones disimulado en las noches con luces bajas, que añadían al embrujo y romanticismo que los turistas se llevaban en sus recuerdos. Las gentes amables de la ciudad, los planes para divertirse, y el calor caribe eran suficientes para invitar al ocio y al recreo, indicaba.

Santiago consideraba que los seres humanos se encargaban de darle el valor y el significado que querían a las cosas: se sentían espirituales en la iglesia porque desde antes de llegar habían decidido a nivel inconsciente que así sería. Opinaba que lo mismo sucedía con ciudades como Cartagena, la mentalidad de todos es que allí se pasa bien, y por lo regular así sucede. Las cosas que las personas se proponen es altamente probable que sucedan. Los lugares del mundo que todos deseamos visitar se van colando en nuestras mentes y son parte de lo que muchos llaman el subconsciente colectivo; lo que escuchamos de los demás se nos va grabando, y sobre todo si viene de famosos o personajes exitosos. Sin pensarlo, queremos ser como ellos: nos sugestionamos y sin darnos cuenta emulamos elogios y se convierten en nuestra contribución a ese pensar de muchos. No era su propósito convertirse en un rebelde de estos fenómenos. Por el contrario, quería contagiarse con el deseo que traían todos de pasar unos excelentes días de vacaciones.

Vida tenía una buena razón para sentirse bienvenida. La condujo a la ciudad el hombre que la hizo mujer. El que pudo romper una maldición que la persiguió durante toda su adolescencia.

—Vos tenías razón. Mi mamá y Dios querían algo diferente para mí. Ellos me estuvieron cuidando esa bendita virginidad —admitió Vida, recapitulando aspectos de sí misma.

Eduardo, adoptando su papel de anfitrión, se puso a la orden; dejó el ofrecimiento en el aire mientras se disponía a tramitar la entrega de la ruta: —enseguida regreso, les dijo.

Santiago, que no era ajeno a aquellos rumbos, aprovechó para sugerir un pequeño hotel en Getsemaní. Tenía cuartos de todos los tamaños y por unos cuantos pesos más, se conseguían con aire acondicionado. Además, se podía caminar a la ciudad amurallada y si el sol no castigaba mucho, inclusive a las playas de Bocagrande.

—No me importa dónde nos quedemos. Vos sos el que conoce —dijo Vida, haciendo caras como de quien quiere añadir algo.

—Veo un pero dibujado en tu cara.

—¿Un pedo?

—No, niña, un pero, una inquietud; mijita, parece que hasta por las orejas le dieron.

—Cochino. Con tanto ruido no te escuché.

—¿Entonces? Suelte lo que me tiene que decir.

—Ya. Me estás poniendo nerviosa. Lo que pasa es que... Que Eduardo pidió unos días libres para poder quedarse con nosotros, ¿te molesta?

Santiago se volteó a mirar a Eduardo, que estaba a una distancia corta, conversando con algunos pasajeros, lo detalló de arriba abajo, y sonrió maliciosamente, mientras Vida se comía las uñas y temblaba como una niña que pide permiso para salir.

—La suerte de la fea, la bonita la desea.

—No seas tan loca, ¿Qué decís?

—Por mí no hay problema, pero eso sí, cada uno en su cuarto. Si yo veo ese hombre en pelota, seguro que te lo quito.

Vida lo abrazó, sin ocultar su regocijo, mirando hacia Eduardo, quien parecía estar haciendo tiempo para que las cosas se aclararan; le hizo un gesto, dando a entender que todo estaba bien. Minutos más tarde tomaron un taxi. Durante el trayecto, Eduardo le prometió a Santiago que le iba a conseguir una buena negra que le hiciera un masaje que incluía final feliz. Vida le dio con el codo para que se callara. —Es para él, no para mí —le respondió, a la vez que se sobaba la costilla que recibió el golpe—. Estas paisas son bravas.

Bajando del taxi, Santiago le murmuró a Vida en el oído —Dile a tu enamorado que se asegure que la negra tenga un hermano bien proporcionado. —Vida lo mandó a callar en un tono juguetón y le dijo que más tarde hablaban.

***

—Contáselo vos —le respondió Santiago, cuando Vida vino a verlo al cuarto para preguntarle si le contaba a Eduardo sobre su orientación sexual.

—¿O no le decimos nada?

—Yo no soy partidario de andar contándole mis cosas a nadie pero en este caso lo prefiero, a que me siga haciendo citas con negras.

—Con mujeres.

—Bueno, él fue el que dijo que era negra.

—Pero no es el color lo que te choca.

—Exacto: es el género. Y solo para esas cosas: para todo lo demás, me vienen bien.

—Está claro. Yo hablo con él.

—Si es homofóbico, no hay problema, yo me las arreglo solo.

—No, mijito. Yo, solo no te dejo.

—Con vos al lado no se me va arrimar nadie.

—¿Entonces vinimos tan lejos para separarnos?

—No, podemos hacer algunos paseos juntos y habrá ratos en los que ustedes querrán estar solos, y yo voy a querer darme mi vuelta, a ver qué se me pega.

—Sí, está buena la idea; voy a hablar con él.

—Y dile a tu tesorito que no hace falta que ahora me consiga un negro.

—Un hombre.

—Eso. Yo me lo consigo solo.

LUGAR DE FLETEO

Esa noche salió a caminar y cuando llegó al parque Centenario apreció con agrado la bahía a espaldas del Centro de Convenciones, luego atravesó el Paseo Camellón de los Mártires sorprendido con el valor de tantos hombres que dieron la vida por el bien de la patria. Cada busto incluía el nombre del mártir, seguido de la frase que resumía el fatal desenlace: "Fusilado por patriota". "Ese fenómeno no se da hoy en día", pensó. Le llamó la atención la escultura de un hombre con el torso desnudo que enfundaba una espada a la sombra de un ángel protector: apuntado en la base "La juventud se apresta a defender la patria". Se imaginó tal como aquel guerrero; el ego enardecido, quizá por el calor y la excitación de las vacaciones, hacía que se considerara un gran luchador. El ángel hecho estatua le simbolizaba a su ángel de la guarda, y, por qué no, a su compañero Ángel, que le seguía mandando gatos para que lo advirtieran de los peligros. "Así es como nos adueñamos del entorno, haciéndonos parte de él" pensaba, con el histrionismo alborotado.

Sentado en una de las butacas de mármol del Paseo de los Mártires, divisaba los Pegasos, una especie de unicornios con alas pero sin cuernos, que protegían al Centro de Convenciones, y a un lado, el Teatro Colón, con señas de abandono, como resistiéndose al cambio de función de sitio de esparcimiento a centro educacional. "Los lugares, como las personas, tienen cambios de vida y no siempre les caen bien", pensó. Al otro lado, pudo ver la torre del reloj y al fondo la ciudad vieja con sus iglesias imponentes y sus edificaciones llenas de historia. "Suficiente de cultura", recapacitó, "es hora de ver qué hay en materia de hombres por estos lares". No tuvo que hacer mucho esfuerzo, pues estaba en el lugar correcto para el fleteo. Notaba que tres muchachos lo miraban sonriendo y susurrando cosas entre ellos a manera de llamarle la atención: lo lograron. Él correspondió con una expresión de amabilidad pero fue cauto, controlando el impulso de ir a conversar con ellos. Los tres estaban atractivos, pero de escoger, ya tenía uno en mente: el de los *jeans* apretados, que dejaban ver fácilmente la posición de sus partes nobles y que de vez en cuando se la acomodaba, para que no se perdiera el interés. Santiago, aunque algo tentado, prefirió no ir por ese camino, pues eran tres muchachos y por mera precaución dedujo que no le convenía aquel encuentro.

Caminaba de un extremo a otro del Paseo, disfrutando del placer de no hacer nada específico, simplemente admirando esculturas, como una de mármol blanco que simulaba niños jugando con sirenas. Cuando tuvo la oportunidad volvió a sentarse en otra butaca diferente, en el área opuesta a la anterior, para ver si esta le traía más suerte. Después de un buen rato, pasó un joven que encontró atractivo y a quien detalló de pies a cabeza, sin importar la poca discreción. El muchacho se mostraba curioso, por lo que comenzó a disminuir el ritmo de sus pasos, y cuando lo encontró oportuno, se detuvo y disimuladamente miró hacia atrás, encontrándose con los ojos de Santiago, que lo seguía con la mirada. Dio vuelta, para pasearse frente a quien lo observaba. De las miradas pasaron a las sonrisas y luego a los saludos.

—¿De dónde nos visita?

—De Medellín.

—Los paisas son buena gente —imitando el acento paisa— Avemaría, pues mijo.

—Ajá, primo, ¿y tú cómo te llamas? —dijo, imitando el acento costeño.

—Oye, no lo haces nada mal. Me llamo Marino. ¿Y tú?

—Santiago.

—Santiago. —Mirando a los lados, como estudiando el entorno —¿Y qué podemos hacer para que estas vacaciones sean inolvidables?

—No sé, ¿a qué viene la pregunta? ¿Acaso me quiere vender paseos a las islas?

—No. En un tiempo, sí lo hice, pero ahora no trabajo en eso; no hay clientes.

—Las cosas están fuertes por todos lados.

—Ay, patrón, lo que le diga es poco. Hace unos días hubo una falla geológica por el barrio mío y se empezaron a caer todas las casas. La Alcaldía nos sacó de ahí a todos. Nos tuvimos que ir a vivir con una tía mía. Nosotros somos cinco y en la casa de mi tía son cinco también. Joda, ahora somos diez. Parecemos como en jaula de zoológico.

—¡Uy, hermano, qué embarrada!

—Así que cualquier cosa en la que este negro le pueda servir, me avisa.

—Yo no vivo aquí, es poco lo que puedo hacer.

—Si gusta le sirvo de guía.

—Gracias, pero conozco.

—Usted pida no más. Lo importante es que se vaya contento de Cartagena.

—¿Pero, como qué?

—Lo que usted desee. Le puedo conseguir una chica con los tres platos fuertes.

—¿Cómo?

—¿No sabe?

—No.

—Boca, vagina y culito. Lo importante es que usted quede satisfecho.

—No gracias, a mí me gusta rebuscarme esas cosas yo solito.

—Si le hace falta la pastillita azul o cualquier otra vaina, no es sino que hable.

—A Dios gracias, todavía no me hace falta.

—¿Ya tiene apartamento?

—Nos estamos quedando en Getsemaní.

—¿En hotel?

—Sí.

—Un apartamento es mejor. ¿Cuántos son?

—Tres. Pero los otros dos son una pareja. Yo preferí mi cuarto separado.

—¡Ah, bien! ¿Y entonces? ¿Santiago, es casado?

—No.

Santiago se queda mirándolo y de vez en cuando lo vuelve a mirar completo. Piensa: "¿En qué parte perdí el rumbo de esta conversación? Este negro no se da cuenta que me la he pasado gateándole el paquete".

—¿En qué piensa? De repente se quedó mudo.

—Nada: me pasa a veces.

—¿Entonces? —vuelve y pregunta a la vez que se levanta la camisa para echarse aire. Deja ver sus abdominales bien formados. Santiago no puede evitar mirarlos.

—Por ahora no se me ocurre nada —Santiago se estira y se masajea el cuello, descansando la mirada sobre la parte delantera del muchacho.

—¿Está tenso?

—Me duele el cuello por la posición en el bus. Apenas llegamos hoy.

—Le puedo conseguir una chica que le dé un buen masaje.

—Ya me hicieron esa oferta hoy y la rechacé.

—Ajá, ¿y eso?

—Las mujeres tienen poca fuerza. Prefiero masajistas hombres.

—No conozco. Si quiere se lo hago yo.

—¿En serio? —preguntó Santiago, con muestras de alivio por el curso que tomaba la conversación. Aprovechó la oferta que le hacían para una vez más, y de una forma directa, repasar aquella bragueta que empezaba a mostrar una protuberancia.

—Sí, ¿cuál es el problema? —añadió Marino, a la vez que se mandaba la mano a sus partes para hacerse el ajuste típico de los hombres de la costa.

—En el hotel no me aceptan llevar a nadie —aseguró Santiago, en un tono suave, con tintes de que hablaba de algo pecaminoso.

—Al otro lado del parque alquilan cuartos por hora. Podemos ir ahí —sugirió el improvisado masajista, totalmente inmerso en el plan.

—¿Y cuánto cobrás? —preguntó, superando el tono lascivo para dar paso a uno de logística.

—Lo que a usted le nazca darme. Lo que importa es hacer algo de dinero —contestó el joven con actitud de quien acaba de sellar un negocio.

Antes de llegar al hotel pasaron por una farmacia para comprar la crema para el masaje. Una vez en el cuarto, pidieron un par de cervezas. Santiago comenzó a desvestirse.

—Me voy a quitar la ropa para no mancharla con la crema —comentó Marino.

—Claro. Ponete cómodo. Yo por lo menos debo estar sin ropa.

Santiago, acostado boca abajo, totalmente desnudo y con los ojos cerrados, puso la mente en blanco, dejándose masajear sin reparos. Le agradaba que Marino se hubiera quedado en calzoncillos y le sorprendía su habilidad, pues hacía mejor papel de lo que imaginaba. Se concentró en un lado, comenzando por los pies, a cada presión le resonaban las sienes. Luego le trabajó las piernas, para después enfocarse en las nalgas. Las embarró de crema antes de frotarlas con ambas manos hacia arriba. No podía evitar excitarse al sentir que los dedos accidentalmente le rozaban el ano. Agradecía estar acostado boca abajo para ocultar el descontrol. Marino no podía verle la erección, aunque la sospechaba, por la forma en que se retorcía. De un lado pasó al otro siguiendo el mismo orden. Más tarde fue la espalda. Debió encaramarse sobre él, pidiendo permiso antes. Santiago lo dio con placer. Cuando llegó al cuello lo encontró tenso tal como lo había admitido el cliente un rato antes.

—Ahora ponte de frente —le dijo Marino.

Se dio vuelta: esta parte del masaje la quiso vivir con los ojos abiertos, a sabiendas que le sería difícil controlarse y ocultar la excitación. No daría cabida a preocupaciones y yendo más allá, fue algo atrevido en la forma en que miró a Marino: era ahora o nunca. Al improvisado masajista ya pocas dudas le quedaban sobre los gustos de su cliente, cuyo erguido miembro reafirmaba sus sospechas; no parecía incomodarle. Santiago puso las manos abiertas como agarrándose de los bordes de la cama; era lo más cerca que podía estar de los calzoncillos de Marino. Él permitía que se dieran roces que le provocaron el agrandamiento de su órgano, no trataba de esconder nada, al fin y al cabo, su cliente no estaba menos excitado. Le trabajaba la entrepierna y en el ir y venir alcanzaba a tocarle los testículos, pero nunca llegó a acariciarle el pene.

Luego se hizo en la cabecera de la cama y se inclinó a frotarle el pecho hacia abajo, permitiendo que sus partes íntimas rozaran la cara del cliente, y el sensual moreno no se arredraba, más bien aprovechaba el movimiento del masaje para hacerle sentir su "vaina costeña". Santiago inclinaba la cabeza hacia atrás, con una tentación lasciva, provocada por la calidez que emanaban aquellos calzoncillos que ya deseaba ver desaparecer, e hizo como si fuera a morderlo. El masajista lo vio y cómplice del juego morboso, se dejó caer con mayor fuerza. Santiago, derrotado en su auto control, lo agarró con la mano.

Marino permanecía contemplativo, entreteniendo pensamientos sobre el poder de su cuerpo para despertar fantasías, para apagar pasiones encendidas, y para levantarse unos cuantos pesos con qué resolver los gastos del día.

Santiago pidió permiso con la mirada y él respondió sacándosela por un lado como quien entrega un gran trofeo, obviando las palabras, con una lumbre de sensualidad en los ojos que le confirmaba que había llegado adonde el cliente deseaba y con una sonrisa de complacencia. Marino corrió la cama hacia un costado para poder recostarse contra la pared mientras era estimulado. Santiago la empezó a tentar con los labios y luego le quitó del todo los calzoncillos. Debió abrir la boca lo más que pudo para no lastimarlo con los dientes. El tamaño de aquel falo daba crédito a la reputación de los hombres del sector, que aludían la gran proporción de sus miembros a las tempranas experiencias que tenían con las burras.

No se detuvo hasta sentir aquel néctar costeño resbalar por sus labios. Néctar que utilizó para lubricar su ignorado miembro y permitirse la autoestimulación teniendo a Marino como testigo y alimentando así al exhibicionista que llevaba adentro.

Virgen de las Olas

Después de un anhelado descanso, Santiago madrugó para disfrutar de la mañana cartagenera y para desayunar en compañía de Vida y Eduardo. Luego, caminaron por las pintorescas calles de Getsemaní, apersonándose de los muchos cambios: casas coloniales que estaban siendo restauradas, para ser utilizadas como hoteles y restaurantes. Eduardo les comentaba cómo la policía había logrado limpiar el área, erradicando en gran parte la prostitución y la venta de estupefacientes, pero insistía en que se seguía dando el fenómeno de la droga, aunque en un nivel más disimulado. Los paseó por el frente de pequeños albergues, donde se hospedaban extranjeros que llegaban con el ánimo de pasar vacaciones en las que la diversión principal era drogarse. Se lamentaba de que, con el cambio, también se había perdido el sentido de pertenencia de aquellas casas para los cartageneros, y que se corría el riesgo de que se convirtiera al sector en una extensión de la ciudad amurallada, que era de uso casi exclusivo del turismo y que permitía el ingreso a los locales solo en calidad de servidores.

Santiago caminaba a la par de ellos, escuchando los comentarios de Eduardo, que de a ratos parecían venir de lejos, pues se interponían divagaciones que le aturdían los sentidos. De paso por aquellas casonas, no pudo evitar que la mirada se le perdiera entre ventanas abiertas que dejaban al descubierto cuartos con sus peculiares decoraciones de otros tiempos; puertas desplayadas que conectaban con corredores que daban a salas, comedores y patios interiores. Y en todos esos espacios, los moradores, que buscaban la brisa para refrescarse y para espantar de su entorno el olor a humedad. Todavía existía mucho de ese Cartagena que Eduardo temía que desapareciera. Disfrutaba de la apacible manera de vivir de las personas, de los corrillos en las esquinas, de las mesas improvisadas en las calles para jugar cartas o dominós, de las tertulias al vaivén de las mecedoras en portales y aceras, y del espíritu fiestero que hacía que sacaran a las afueras de las casas radios y equipos de sonido, para patrocinar música para toda la cuadra.

Culminada la caminata, hicieron arreglos para el resto del día. En la noche acordaron ir al Club Naval de Oficiales, localizado en un extremo de Castillogrande. El hermano mayor de Eduardo era oficial de la armada y por ende tenía acceso a aquel club.

***

Santiago no tardaría en divisar el faro en uno de los costados del club, se disculpó y fue directamente hasta él para verlo de cerca. Estaba hecho de piedras, a diferencia del de Miami, que era un cuerpo entero de cemento blanco. Lucían distintos, pero en la altura, guardaban la magia de un guardián de las aguas. Se quedó lelo, mirándolo hasta sentir tenso el cuello. Decidió sentarse y dejar que su mente divagara, ocurriéndosele que los faros eran como el mar, como la luna, y como el sol, que eran los mismos en cualquier parte del mundo, o por lo menos tenían la facultad de evocar los mismos sentimientos. Este faro le recordó a Ángel y como por impulso, miró alrededor, esperando que saliera de algún arbusto. Fijaba la mirada en el mar y lo imaginaba salir de las aguas. Inclinó la cabeza para detallar la luna y caviló que esa luz igualmente iluminaba a Ángel en ese mismo instante.

Eduardo lo rescató de los recuerdos perdidos al preguntarle por Vida. Tomó un rato en reaccionar y pasados unos segundos, dedujo que era probable que lo estuviera buscando; se acomidió a encontrarla. Eduardo la buscó por los salones interiores y además alertó a su hermano para que la buscara en varias de las instalaciones del club. Además, dispusieron personal de seguridad para que indagara por ella.

El paso firme y el aire caliente le acortaban la respiración a Santiago, quien recorrió gran extensión de aquella parte de la península. Dando un giro, le pareció ver que algo se movía a lo lejos. Se acercó, atravesando matorrales, para enfocarse en lo que terminaría siendo la silueta de una mujer. Era Vida, quien estaba desnuda y sumergida en el agua hasta la cintura: tomaba agua de la bahía, se bañaba los senos, cerraba los ojos, murmuraba cosas que él no lograba escuchar, y luego abría de nuevo los ojos mirando hacia el cielo. Santiago, preso de escalofríos y miedos, quiso llamarla a gritos, pero se contuvo. Si Eduardo la encontraba así significaría el fin. Los restaurantes y salones sociales estaban a reventar; el escándalo podría alcanzar grandes proporciones. No lograba imaginar qué le sucedía, pero a su pensar, estaba practicando una especie de ritual. Mirándola, rogaba que nadie se apareciera por aquel confín y la viera en esas. Para su alivio, salió del agua, para empezar a vestirse, dándole la oportunidad de acercarse.

—Me vas a salir matando de un susto. Te andan buscando por todos los rincones. ¿Qué va a pensar tu novio si te encuentra en estas? —reclamaba sin parar, escaso de aire y mirando en toda las direcciones para evitar ser sorprendidos.

—Me estaba limpiando los pecados y pidiéndole a la Virgen de las Olas que bendijera mis cosas con Eduardo —indicó, con una actitud calmada y sin dejarse contagiar de los nervios de Santiago.

—A buen lugar se te dio por venir a hacer eso. Eres una loca, pero te quiero. —Le besó la frente y la llevó de la mano hacia uno de los salones interiores del club.

Fueron los tragos

Al día siguiente, el paseo tomó otro rumbo. Eduardo, una vez más, se convirtió en el artífice del plan. Contrataron a César, un joven taxista de medio tiempo que costeaba sus estudios haciendo carreras. Moreno claro, de ojos cafés, cejas espesas, labios gruesos, nariz empinada y cabello negro ondulado y de un largo que le rozaba los hombros. En algo le recordó a Manuel. Vida lo pudo notar, cuando lo vio entristecido y envuelto en un mutismo del que no sucumbió hasta salir de Cartagena. El destino era el Municipio de Puerto Colombia, donde los padres de Eduardo tenían un restaurante frente a una playa que conoció tiempos mejores. El gesto de Eduardo fue uno de los muchos con los que quería dejarle saber a Vida la seriedad con la que se estaba tomando la relación.

César comentó que el puerto, que una vez llenara de orgullo y fortuna al país, fue lo que atrajo a su bisabuelo, un árabe que vino a hacer fortuna a través de lo que se conoció como la Puerta de Oro de Colombia y que hoy luce como un cementerio sobre las aguas, en el que hasta las lápidas desaparecieron.

El día se tornaba amable. Los padres de Eduardo se notaban complacidos con la elección de su hijo. Vida lucía calmada y con una mirada diáfana, de un brillo especial, que dejaba entrever su beneplácito. Santiago creó su propia agenda, en la que incluyó al sensual conductor; se dedicaron a explorar el área, a caminar por la arena, nadar y lo esencial, a chupar ron.

Se apresuraron a regresar, pues comenzaba a anochecer. César debió tomarse un consomé de pollo para bajar el nivel de alcohol. Santiago le conversaba durante el camino para asegurarse de que no se durmiera. De atrás alcanzaban a escucharse los besos de enamorados entre Vida y Eduardo. La luz escaseaba, por lo que César se esmeraba en manejar con cuidado y era prudente con la velocidad. La carretera estaba casi sola y la ausencia de otros autos intensificaba la oscuridad. Transitaban por la vieja vía al mar y justo al tomar la curva del diablo, como era conocida, se atravesó una mujer que movía sus manos para que el auto se detuviera. El joven taxista frenó en seco. Se escucharon gritos de parte de todos los que iban en el carro. César bajó la ventana. Lo abordó una mirada fuerte que salía de unos ojos gateados. La mujer entonces viraría la mirada hacia Santiago, y segundos más tarde miraría hacia atrás y observaría con sigilo a la pareja. Les era difícil detallar la mujer. Lucía como envuelta en luces que los enceguecían. Solo lograron ver cómo se arreglaba el pelo con una mano y con la otra sujetaba un bolso. César trató de hablarle, pero ella se fue perdiendo en la oscuridad.

Los gritos de todos le pedían al conductor que arrancara, y él así lo hizo. Manejaron en silencio por largo rato. Nadie se atrevía a hacer conjeturas sobre lo sucedido. No fue hasta un buen rato más tarde, cuando se pararon a echar gasolina, que tocaron el tema. Algunas personas que los escucharon, se acercaron para contarles sobre el mito que por décadas rondaba en ese sector. Les contaron que basado en lo que narraban habían sido visitados por el espíritu de la novia, que murió el día de su boda. Sucedió cuando de camino a la ceremonia, el carro que la transportaba chocó contra un bus, matándola al instante. Desde entonces han sido muchos los que han dado testimonio de sus apariciones. Se cree que sus salidas son premoniciones de otras muertes que separan a los amantes.

Continuaron el viaje sumidos en el mutismo. Santiago pudo percibir consternación en el rostro de Vida. Los besos de novios se dejaron de escuchar y el silencio se hacía sepulcral. César, esforzándose en aliviar la situación, prendió la radio en una emisora de vallenatos. Los puso a volumen bajo, pero sirvieron para ensordecer la pesadez de las respiraciones que se sentían en el auto.

Cuando llegaron, Santiago invitó al taxista para que se quedara en el hotel, ofreciendo pagarle un cuarto. César aceptó, sugiriendo que compartieran la habitación. Antes de inscribirlo en el hotel, fueron a buscar una botella de ron. Los novios se fueron a su cuarto y los dos hombres, al de ellos. Conversaron hasta el cansancio sobre lo ocurrido. César compartió sobre su vida. Santiago se limitó a hablar lo mínimo, pues no sabía en qué terreno pisaba con aquel joven: lo encontraba bastante apuesto y en la playa cada vez que podía, lo miraba con ganas de quitarle la pantaloneta y comérselo a mordiscos. Podría apostar que sus miradas no pasaron desapercibidas.

No alcanzaron a terminar la botella, cuando César cayó profundo en la cama. Santiago se quitó los zapatos y la ropa y permaneció en calzoncillos. Estaba a punto de acostarse, cuando decidió ayudar al dormido acompañante a quitarse los zapatos y la ropa para que durmiera bien. Trató de despertarlo, pero fue imposible. Lo despojó del calzado, para luego bajarle los pantalones. Él se levantó un poco para ayudarse a sí mismo. Sin abrir los ojos se desabotonó la camisa y se la quitó, quedando únicamente en calzoncillos. Santiago lo miraba con deseo, experimentando un cosquilleo extraño, una mezcla de deseo carnal con una gran dosis de miedo por lo que podrían desencadenar sus acciones.

El ver aquel cuerpo cercano a la desnudez lo excitaba al punto de empezarse a tocar con deseos de estimularse. No sabe cuánto permaneció congelado por el conflicto de seguir adelante, lo cierto es que una vez superado el temor y casi sin darse cuenta se fue acercando y sin mucho pensarlo terminaría acariciándole los pectorales. Él seguía inerte, por lo que Santiago aprovechó para bajar la mano hasta el abdomen, lo sintió firme. Continuaba dormido pero de repente se tocó sus partes privadas como quien se quiere rascar. Santiago lo miraba con sigilo para determinar si estaba despierto, pero no lo parecía. No estaba seguro si aquel movimiento era una coincidencia o si era acaso una invitación, igual decidió arriesgarse, pensando que si le reclamaba, diría que lo estaba acomodando para que durmiera mejor o le achacaría todo a los tragos. Siguió bajando la mano y del vientre la deslizó suavemente sobre el calzoncillo hasta sentirle las partes privadas. No hubo rechazo y por el contrario, se notó una erección. La incertidumbre no cesaba, cómo saber si aquel muchacho estaba dispuesto a hacer algo, pero igual se siguió arriesgando. Lo tocaba con intención y la rigidez del pene se acrecentó. Le bajó los interiores, inclinándose, para detallarlo mejor. Con manos temblorosas, lo sujetó, notando las pronunciadas venas y el glande púrpura a reventar. Se dedicó a friccionarlo, olvidando que tanteaba sin permiso. La temperatura aumentaba en la inflada tranca, provocando en Santiago sensaciones de arrobo que lo llevaron a saciar las ganas degustando el encendido instrumento del joven taxista. Pasaría un rato largo. Cesar aparentaba dormir pero seguía siendo cómplice total de lo que pasaba. Lo fue hasta llegar al clímax. Santiago lo dejó desnudo y no lo cubrió hasta él también lograr la culminación, esta vez dejando al voyerista en él alimentar su placer.

POR ESCAPAR

Al día siguiente, Santiago se despertó con el ruido del agua que provenía del baño. Desde la cama, y gracias a que César había dejado la puerta abierta, podía disfrutar a la distancia de una desnudez cuya piel morena clara contrastaba con el blanco intenso de la toalla. Él se secaba rápidamente, y según la interpretación del mirón, con sensualidad exagerada, que de no ser por el miedo a una reacción violenta, lo hubiese abordado con las mismas intenciones de la noche anterior. César salió del baño desnudo y no tuvo reparo en saludar efusivamente a Santiago mientras buscaba su ropa y se vestía.

—¿A dónde vas con tanto afán?

—Marica, me tengo que ir a trabajar.

—¿No vamos a desayunar?

—No, huevón. No tengo tiempo.

No se hicieron comentarios sobre lo que había sucedido la noche anterior; todo fue como si nunca hubiera existido. Tal como se sepulta en la mente lo que no nos explicamos, nos duele, o simplemente nos distrae de la persona que queremos mostrar al mundo. Santiago le ofreció algo de dinero para que desayunara. Él lo aceptó. Se intercambiaron teléfonos, con la promesa de mantenerse en contacto, y se despidieron con un apretón de manos.

***

Aprovechó la mañana para ir al mar. La escogida fue Playa Hollywood, considerada en el sector de Bocagrande como de tolerancia, por la diversidad de sus bañistas. Llevaba unos pocos minutos en aquel lugar cuando una pareja se sentó a su lado. Santiago se sorprendió al descubrir que se trataba de Arturo; el joven de Bello que perdió varios miembros de su familia en un derrumbe en los días tristes de un diciembre que nunca olvidara. De inmediato lo saludó. Arturo lo miraba con expresión de incredulidad, pero saliendo del asombro, lo abordó con un cálido abrazo.

—Uy, parce, vos por acá. ¡Qué machera!

—El mundo se está haciendo pequeño. Ya lo veo muy bien acompañado —dijo Santiago, mirando hacia donde se encontraba el amigo de Arturo.

—Es una historia larga. El man es buena gente. Es de por donde vos vivís. Vení, te lo presento.

—Howard, te presento un pana mío de Medellín.

—Mucho gusto, Howard.

—Santiago.

Howard era un blanco americano de Chicago. Profesor universitario de profesión, su estadía en el país obedecía a que tomó un año sabático para investigar sobre la situación actual de los afrodescendientes en Colombia.

Se unió con Santiago para explicarle a Arturo la gran distancia que existía entre Chicago y Miami, no solo geográficamente, sino también a nivel cultural.

—¿Y qué tan avanzada va la investigación? —preguntó Santiago, tratando de poner tema de conversación.

—He estado muy distraído. Lo poco que he obtenido ha sido más por osmosis que por otra cosa —respondió Howard con picardía.

Santiago y Arturo decidieron darse un chapuzón. Howard optó por quedarse, tomando sol.

—No pensé que eras de relaciones.

—Y no lo soy. Me estaba volviendo loco en Bello. Cada esquina me recordaba la tragedia y además el trabajo está muy flojo.

—¿Entonces te levantaste un gringo? Perdoná, me estoy metiendo en lo que no debo.

—A Howard me lo presentaron para que le sirviera de guía. No te niego que se me pega como un ternerito, pero de ahí a que seamos novios, nada que ver. Inclusive, lo que le queda de tiempo en Colombia es poco, así que en cualquier momento vuelvo a Medellín.

—No entiendo, ¿trabajas para él o sos amante de medio tiempo?

—Seguí jodiendo y te voy a ahogar —lo agarró como para hundirlo. Jugaron. —Yo lo hice para escapar. Él me cubre los gastos de comida, la estadía y cualquier otra cosa que se ocurra. El otro día, hasta me dio para salir con una negra que conocí. Pero salario no recibo. Me mantengo pelado todo el tiempo.

—Te ves bien —le dijo Santiago, a manera de cumplido y buscando rescatar recuerdos de lo que pasó entre ellos.

—Gracias. ¿Vos si te acordabas de mí? —preguntó Arturo.

—Después de esa culiada tan buena, ¿Quién lo olvida?

—Se me está parando.

—¿Mentira? —dijo Santiago rogando por dentro que fuera verdad.

—Seguro. Tóquela.

—Estás loco. ¿Y si me ven?

—Debajo del agua no se alcanza a ver. Arrimate con disimulo.

—Huevón, la tenés afuera. Y está bien dura.

—¿Nos damos un revolcón más tarde?

—¿Y Howard?

—No, los dos solos.

—Chistoso. ¿Qué le vas a decir?

—Nada. Él no se mete en mis cosas. Esos gringos son de mente abierta.

—Pues yo me apunto.

—¿Dónde nos vemos?

—¿Sabes dónde está el parque Bolívar?

—Sí.

—Ahí. ¿Qué tal a las tres?

—Bacano.

Jugaron un rato más en el agua. Luego Santiago se despidió de ambos y partió rumbo al hotel para almorzar con Vida y Eduardo.

***

Santiago llegó un poco antes a la cita. Se entretuvo jugando con las palomas, chupando paleta y tomando fotos. Arturo lo encontró detallando la escultura de Bolívar.

—¿Qué tal? —Mirando hacia la estatua— ¿le estás buscando el huevo al caballo?

—Mucho corroncho. ¿No le ves algo diferente a este Bolívar?

—No.

—El de Medellín está mirando hacia abajo, como triste, en cambio este tiene la cabeza levantada y luce contento.

—Los costeños son muy alegres.

—Ni las esculturas se salvan de los estados de ánimo. Creo que en Pereira hay un Bolívar cabalgando desnudo.

—Es que en Pereira con tanta…

—¡Chito! —Interrumpiéndolo— Fijate lo que vas a decir que no sabes quién esté al lado tuyo y se pueda ofender.

—¿Es en serio lo del Bolívar desnudo?

—De que existe, existe. Lo que no tengo muy claro es la ciudad.

—Mucho degenerado.

—La desnudez puede ser un símbolo de libertad.

—Pues metámonos en algún lado a ser libres porque si lo hacemos en público mañana nos sacan en el Universal.

Santiago ya conocía dónde llevarlo, al mismo lugar en el que un par de noches antes había recibido un masaje con final feliz. Caminaron en esa dirección. Arturo se mostraba sorprendido con la astucia de su amigo para moverse por la ciudad; quien lo viera pensaría que era hijo adoptivo de aquellas tierras. —Yo tengo algo de costeño. De niño me mandaban de vacaciones a la costa —comentó Santiago, como si le leyera el pensamiento a Arturo.

Cuando llegaron al hotel, empezaba a oscurecer. Entraron al cuarto, fatigados por la caminata, con la frente y la espalda sudada, por lo que de inmediato se ducharon. Luego, Arturo fue a conseguir algo de tomar, mientras Santiago buscaba películas de sexo en el televisor. No pudo encontrar una de hombres exclusivamente, motivo de agrado para el moreno, que las prefería con mujeres. Notando que el cuarto tenía un balcón desde donde se apreciaba la ciudad vieja con sus iglesias iluminadas, optaron por sentarse un rato a beber ron y aprovechar la brisa que se empezaba a dar.

Media botella más tarde, Santiago no pudo controlar los deseos de tantear a Arturo, quien evidentemente excitado hizo un gesto para que se fueran a la cama. Se desvistieron sin mucho preámbulo. El joven se sentó en la cama, recostado contra la pared y los ojos puestos en el televisor, mientras que su acompañante se acostaría boca abajo con la cabeza en posición para estimularlo con la boca. Tomaba aire para poder soportar los segundos que pasaría sin poder respirar anidando en su garganta el aparato distendido al máximo de uno de los hombres que sabían cómo llegarle.

—Yo siento que esas nalgas ya me están llamando.

—Tengo ganas que me culies en el balcón.

—Vos estás borracho, huevón, ¿y donde nos pillen?

—Por lo menos en la salida hacia el balcón. De ahí no nos ve nadie. Quiero sentir la brisa mientras me lo haces y disfrutar de la vistas de Cartagena.

—Dele. Qué no se diga después que Arturo no está pa' las que sea.

Con la adrenalina elevada y su miembro erguido impúdicamente, se dedicó a asestar golpes profundos sin importar lo que rompía en su camino. El ultrajado no parecía poner resistencia y por el contrario paraba con mayor fuerza las nalgas, para resistir el ataque y reconocer los placeres olvidados por varios meses. El duro e hinchado miembro se sentía gigante, como el de un burro, pero sin embargo, Santiago lo engullía por completo en sus entrañas y le daba vida con movimientos ondulatorios. Llegaría el momento en que sintieron las rodillas debilitarse, presas de una tembladera que anticipaba el desenlace. Experimentaron una rigidez, cada uno a su manera, y entre contorsiones y gritos ahogados, expelieron el líquido que evidenciaba el placer sentido.

Aquello representó la despedida de Santiago de las cortas vacaciones en Cartagena. Arturo le prometió visita pronto.

—Nos vemos en Medallo y matamos la gallina otra vez. Vos, huevón, movés muy rico ese culo —prometió Arturo, cuando dijo adiós.

IMPOSIBLE ENAMORARME

La salida hacia la terminal fue de madrugada. Decidieron tomar el bus que salía a las siete de la mañana, para acomodarse al horario de Eduardo.

—Al fin vamos a tener tiempo para hablar —comentó Vida.

—Vos eras la comprometida.

—No te estoy reclamando y me imagino que hiciste diabluras.

—Pues sí. Tratando de olvidar a ese huevón.

—¿Ángel?

—No, Manuel. A mi boricua lo recuerdo todo el tiempo pero es algo distinto.

—¿A cuál querés en este momento?

—Estoy muy confundido. La relación con Ángel era muy bonita, de un amor sincero, y además me daba mucha estabilidad, pero le estaba faltando algo.

—¿Algo como Manuel?

—Sí. Me encantaría poder fundirlos en uno. Desde que llegué a Colombia me hice el propósito que no me iba a enamorar. Todo el tiempo me he estado negando a mí mismo que estuviera sintiendo algo por Manuel. Y sin darme cuenta, estaba tragado hasta las medias.

—¿Y entonces, qué vas a hacer? ¿Lo vas a buscar?

—No. Sigo pensando que no me conviene enamorarme.

—Pero ya lo estás.

—Ya te dije, enamorarme es imposible. Me lo voy a sacar de la cabeza como sea.

—¿No lo querés volver a ver?

—Me encantaría verlo y explicarle que nunca quise hacerle daño. Y aprovechar para contarle por qué el enamoramiento está vetado para mí.

—¿Vos crees que te quiera oír?

—Yo espero que sí. Quisiera que fuera mi amigo y hasta novios de ocasión, pero de ahí a otra cosa, no.

Un silencio se adueña del momento y Santiago como atiborrado por recuerdos pesarosos deja ver un fulgor de melancolía en su mirada. Vida, a manera de darle algo de espacio, se entretiene mirando por la ventanilla las caritas de niños que a la vera del camino se entretienen saludando a los que por allí transitan. Santiago, después de un rato y en un esfuerzo por no dejarse decaer, lleva la conversación por otro lado.

—¿Cómo van las cosas con Eduardo?

—Yo no termino de creérmelo. Vos fuiste instrumento de Dios para cambiarme la existencia —le dijo con la voz entrecortada y la mirada brillante.

—No me des tanto crédito. Ese es el de arriba, que nos mueve con hilitos.

—De vos fue la idea del viaje y de vos vinieron los consejos. Sos un bacán —bajó la cabeza, pensativa, y después de un rato le hizo una advertencia—: Tené cuidado: que no se te salga nada delante de Eduardo sobre lo mío.

—¿Y qué es "lo mío"?

—Pues lo de mi oficio de otras épocas, vos sabes de qué te hablo.

—¿No le querés contar?

—No. Hay verdades que no contribuyen a nada y que por el contrario, pueden hacer mucho daño. Yo empecé a vivir el día que él me hizo mujer y ahora lo que cuenta es portarme bien de aquí en adelante.

—Pues sí. En parte tenés razón. Yo no sé qué haría. Un secreto puede taladrarte en la cabeza hasta hacerte perder la razón. Debe ser algo así como vivir en un abismo, siempre temeroso de dar un paso en falso. Pero como vos decís, hay cosas difíciles de que otros las acepten. Aunque te perdonen, o pretendan que todo está bien, en el fondo les angustia. Para no ir muy lejos, Manuel está sufriendo, pensando en algo que ni siquiera llegó a suceder.

—En mi extinta profesión, supe de muchos problemas que mis clientes se creaban por hablar más de la cuenta. Los secretos tienen su razón de ser. Lo que ayuda es tener un buen amigo con él que uno se pueda desahogar de vez en cuando y todavía así, hay cosas que uno no las quiere ni pensar para que no se las noten en la mirada.

De regreso a Medellín se reintegró pronto al trabajo. Le urgía mantener la mente ocupada. Programó mostrar una casa en un sector campestre de Envigado. El cliente prefirió encontrarlo en la propiedad y por lo tanto Santiago viajó acompañado únicamente de Ricardo y como de costumbre utilizando el carro de la compañía. La casa era de tres niveles y acababa de recibir una renovación total: los interiores estaban en etapa final de pintura; los jardines y las áreas exteriores ya mostraban su renovada belleza. Santiago fijó la reunión hacia el final del día y así evitar tropezar con trabajadores en medio de sus labores. La hora propuesta, adicionalmente, permitía apreciar el bello atardecer, algo que podría ayudar en la venta.

En el recorrido por el interior de la casa, Santiago alcanzó a divisar a un empleado en los jardines contiguos a la piscina. Ricardo lo puso en conocimiento de que se trataba de uno de los pintores, que permanecía en las noches para cuidar del predio.

Concluida la visita, Santiago acompañó a los potenciales compradores hasta el auto. Les reiteró que a la mayor brevedad les haría llegar un reporte con información útil en caso de una posible oferta. Santiago regresó al interior de la vivienda para recoger su material de trabajo. De camino hacia el carro vio el celaje del pintor y caminó hacia él para saludarlo. Cuando lo detalló, sintió un temblor en todo el cuerpo, algo de mareo, y la vista anublada.

El muchacho, al percatarse de quien lo miraba, palideció y abrió los ojos anchamente, dejando ver una expresión de incredulidad. Se mostraba inseguro de cómo proceder y terminó por salir corriendo. Santiago tiró hacia un lado el maletín de trabajo y salió corriendo detrás de él mientras lo llamaba a gritos.

—Manuel, Manuel, por favor espera.

Lo corrió por todo el jardín, hasta que logró sujetarlo. Cayeron sobre la grama. Manuel trataba de liberarse y Santiago se esforzaba, aguantándole las manos para obligarlo a que lo escuchara.

—Manuel, por favor, hablemos.

Manuel lo pateó entre las piernas. Santiago, adolorido no tuvo de otra que dejarlo ir pero cojeando salió detrás de él.

—Dejame quieto Santiago. No me sigás haciendo daño.

Santiago insistía en que lo escuchara, agarrándolo de una mano para evitar que se fuera. Manuel le lanzó un puño al ojo, lo cual provocó que el agredido reaccionara de igual manera. Se fueron a los golpes hasta sacarse sangre de las narices. Estaban indistinguibles, pues se habían enlodado en la tierra fresca del jardín humedecida por el sistema de regado automático. En medio de la trifulca, apareció Ricardo.

—¿Santiago, qué carajo está pasando aquí?

—Espérame en el carro.

Ricardo no hizo caso, pero se mantuvo al margen. Manuel aprovechó para salir corriendo. Santiago lo volvió a alcanzar. En el forcejeo, terminaron cayendo en la piscina. Santiago aprovecharía para quitarse el barro de la cara cuando de repente vio a Manuel dando aletazos tratando de permanecer a flote. Lo auxilió de inmediato llevándolo hasta una parte de la piscina donde pudiera pararse; tosía con desespero tratando de liberarse del agua que había tragado. Su salvador permanecía a su lado, atento para ayudarlo pero en silencio para no enardecer los ánimos. Cuando se calmó, Santiago arriesgó un abrazó. Tuvo suerte, no fue objetado. Manuel lo miró a la cara dándose cuenta del resultado de la golpiza.

—Mire lo qué me hizo hacerle —manifestó consternado Manuel.

—Vos no quedaste muy bien que digamos —añadió Santiago, con ánimo de alivianar la situación.

Rieron de una manera que sugería algo de tranquilidad, conscientes que acaban de vivir un reencuentro que estuvo en la mente de ambos, aunque se empeñaran en negarlo. Luego se ayudaron mutuamente a quitarse la tierra que tenían en el pelo y en el resto del cuerpo. Se abrazaron y se besaron como si nada hubiese pasado. Ricardo, desde un rincón, trataba de pasar inadvertido pero no perdía detalle de lo que sucedía. Salieron del agua. Manuel trajo un par de toallas. Se sentaron a conversar en una banca que estaba en el jardín frente a una escultura marcada con el nombre de *Judith,* que supuestamente era un personaje bíblico de una mujer que degollaba a los hombres.

—Negrito, lo del otro día fue un mal entendido. Yo no estaba haciendo nada con ese tipo. Lo único malo que hice fue darle una fumada al tabaco que él prendió.

—Vos sabes que yo me estaba guardando para vos.

—No. Yo no sabía eso. Vos nunca me dijiste nada.

—No sé cómo hablar de estas cosas. Esto nunca me había pasado.

—Yo debí haber parado esta vaina hace tiempo. No te puedo dañar la vida a vos, ni yo tampoco me puedo enamorar de nadie.

—¿Por qué no?

—No hace mucho terminé con mi pareja y no quiero hacerme más daño. Quiero vivir sin tener que darle cuentas a nadie.

—Y a mí que me mate un tren.

—Vos lo que tenés es novelería conmigo. Déjame te presento un par de amigos de tu edad y cuando empecés a compartir con ellos, vas a ver las cosas distintas. Vos has tenido mucho sexo con mujeres y hombres pero en cuestión de enamoramiento todavía estás muy biche.

—No me interesa. Si no es con vos, no es con nadie. No me interesa andar con locas. Pa' esas me consigo una vieja y la pongo a parir culicagaos.

—Ay, papito, nosotros tenemos mucho que hablar, pero el pelao que me está esperando me debe estar mentando la madre. Me tengo que ir.

—¿No vamos a hacer nada antes de que te vayás?

—Pasa por el apartamento.

Manuel le hizo un gesto de no aceptar la negativa. Y se inclinó hacia él para llegarle hasta una de sus orejas para a ratos ensordecerlo con la lengua y en otros momentos, susurrarle piropos y propuestas libidinosas.

—Aunque sea una pajita para poder dormir tranquilo.

Santiago sonrió e hizo un ademán, dando a entender que tales simplezas no existían con su fogoso amigo. Buscaron una esquina del jardín que les ofreciera algo de privacidad pero no escaparon del todo a los curiosos y centelleantes ojos de Ricardo, quien se agazapó entre las ramas para disfrutar del espectáculo. Se desnudaron. El atardecer parecía convertirse en cómplice al sumirlos en una luz cálida, agonizante. A la distancia, el joven conductor los veía como siluetas enmarcadas en un cielo enrojecido. También él parecía arder de ganas. Sintió deseos de unirse a ellos, pero ante múltiples interrogantes supo que no debía hacerlo, pero eso no lo detuvo de vivir su propia experiencia a costas de la parejita que a unos cuantos pasos se devoraban por completo. Acogido por la oscuridad, se abrió la bragueta y se dedicó a masturbarse, fantaseando con que aquellos dos hombres lo descubrirían y se pelearían por mamársela hasta que eyaculara.

—¿Qué haces? Dijiste que era tan solo una pajita —dijo Santiago, por aquello de decir algo, pues sabía claramente que Manuel no se conformaba de esa manera.

—No seas malito. Hace tiempo que no hago nada —suplicó el jovencito con instinto animal.

Santiago no pudo evitar que aquellas palabras le arañaran el alma. La culpabilidad estuvo a punto de hacerlo renunciar al reencuentro con aquel jovencito que le inspiraba tanto deseo como sentimiento. Y las palabras de Vida hicieron eco en su mente, optando por callar y por entregar todo de él.

—Siento que nunca podré negarte mi cuerpo. Sabes cómo tocar cada fibra de mí. Dale papi, enséñame quién es el que manda aquí.

—Me encanta cuando hablas así, cuando me paras esas nalgas blancas y te meneas como toda una putica, hecha una mantequilla.

—¡Ah! ¡Suave!

—Aquí está tu potro, abriéndote ese culo como te gusta.

—¡Uf! Me está doliendo.

—¡Cálmate! Ya está toda adentro. Ya pronto se te va el dolor. ¡Gózala!

Después de un rato de sexo desaforado decidieron descansar unos minutos para luego unirse en el desenlace. Para entonces ya Ricardo había tenido su primera eyaculación. La cara de disfrute de Manuel lo hizo arrepentirse de no haber penetrado a Santiago la noche en que estuvieron juntos.

—Vente en mi pecho —le pidió Manuel— quiero dormir sintiendo que algo de ti me acobija el cuerpo.

—Rico. Yo, en cambio, deseo que te vengas en mi boca para saborearte por completo.

***

De regreso a la oficina imperó el silencio. Santiago estuvo arreglándose la indumentaria, componiéndose el cabello y tratando de disimular las marcas dejadas por los golpes. En un esfuerzo por mermar la tensión, Ricardo prendió la radio. Tocaban la canción *No me vuelvo a enamorar*. La letra provocó lágrimas en Santiago. Al darse cuenta de lo que sucedía, Ricardo se dispuso a cambiar la estación pero el agobiado pasajero se lo impidió con un gesto de la mano; no tenía manera de pronunciar palabra. Una vez terminada la canción, fue Santiago quien se encargó de apagar la radio.

Ricardo estaba indeciso de cómo abordar el tema y solo habló cuando notó que Santiago respiraba pausadamente y mostraba mejoría en su expresión.

—¿Quién fue la leona esa que te atacó?

—Un amigo.

—Disculpa, pero ya somos dos los que nos dañamos el peinado con vos.

—Huevones que quieren sacar sus frustraciones conmigo.

—Ese pelao se veía serio. Yo no hubiera sospechado que era pato.

—Ni él mismo lo sabía hasta hace muy poco. Siempre le gustaron las mujeres. Llegó a hacer cosas con tipos por conveniencia.

—¿Cómo?

—Por plata. Y terminó descubriéndose.

—¿Marica?

—Hoy estás más ordinario que de costumbre.

—Disculpa. No fue con el ánimo de ofender pero es que estás hablando como en parábolas. Yo creo que los golpes de ese man te afectaron la cabeza. Y entre otras, ¿qué vas a decir en la oficina?

—Nada. Es mi vida privada. ¿Qué tienen que saber de mis cosas?

—No sé a qué te referís con eso de mis cosas, pero como mínimo, van a querer saber qué te pasó en la cara.

—Digamos que me caí.

—Ponete gafas oscuras.

—En el maletín tengo las del sol.

—Dejátelas puestas aunque esté nublado. Es mejor. Impresiona un poco como te quedó el ojo.

—Gracias. Y gracias por esperar.

—A la orden. Y hasta pornográficos se pusieron.

—Vos sos mucha gonorrea. Me estabas vigilando.

—Ah, ¿qué más hacía?

***

Se vio obligado a utilizar lentes oscuros durante varios días para disimular los golpes que recibió en la cara. En horas laborales se dedicaba de lleno a sus compromisos y en las tardes igualmente trataba de mantenerse ocupado. El diálogo con Manuel se reanudó, pero estrictamente por teléfono, debido a que al jovencito le quedaba difícil sacar tiempo libre del trabajo.

Organizó una fiesta para tener la excusa de presentarle amistades. Deseaba que Manuel siguiera siendo parte de su mundo pero sin alimentar enamoramientos. Tuvo momentos de incertidumbre durante las horas de planeación. Le parecía que todo aquello era una cobardía. Que carecía de la fuerza y de todo lo que se necesitaba para abrirle las puertas al amor. Llegó a sentir pena por él mismo. En otros momentos, lo veía todo como un antídoto que lo protegería de sufrir en el futuro y que por lo tanto tenía su validez.

Logró vender la casa de Envigado, lo cual representaba una buena comisión y además, dejaba libre a Manuel del trabajo. Era el momento propicio para que se diera la fiesta que Santiago tenía pensada. Puso el plan en marcha y convino a gran parte de sus amigos en su apartamento un viernes en la noche. Invitó a Jairo y a Guille con sus respectivas parejas. Vida, Eduardo, Ricardo, Isabel, Farid y por supuesto Manuel, fueron los demás convidados.

No sin ti

El día de la fiesta, los primeros en llegar fueron los hermanos con sus acompañantes; vinieron temprano, con la intención de ayudar en la organización. Las parejas de ambos llegaron a sus vidas a través del ciberespacio. Jairo conoció a Jonathan en uno de los chats de "Las Cabinas de Medellín". La cosa se dio a una velocidad propia de la tecnología moderna. Hablaron por encimita de sus expectativas y minutos más tarde, lo que le tomó a la buseta en llegar, ya lo tenía Jairo sentado sobre su ajado mueble de cuero negro.

Guille conoció a Daniel a través de "Cam4", otro sitio de la red que permitía conectarse con personas de todo el mundo y poder verlos al desnudo. Guille alimentó su relación desde Miami hasta Barranquilla convirtiendo a la computadora en un portal de sexo, lo cual lo llevaría a tener varios accidentes, que con el tiempo lo obligaron a tener que cambiar el teclado de aquella máquina.

Los demás invitados, Vida y Eduardo, no tardaron en aparecer, y minutos después también lo hicieron Ricardo e Isabel. Al rato entró Farid con su guitarra y por último Manuel, con cara de intriga. En esta ocasión no existían complots de ninguna clase, pues era una simple reunión de amigos para charlar, comer y beber. Sin embargo desde un principio el espacio adoptó un aire de cuadrilátero, pues en una esquina de la sala estaba Vida con Eduardo, mirando a Ricardo que en el otro extremo se resguardaba en su novia Isabel. Vida, relajada y conocedora de las debidas advertencias para evitar imprudencias, le sonrió, como para romper el hielo y aligerar la energía, y él correspondió con tranquilidad, a sabiendas claras de la situación.

Farid se encargó de poner música y animar a los invitados a bailar. Manuel, aprovechando que todos se dieron al baile, tomó al anfitrión de la mano para llevárselo al cuarto, cerrar la puerta y besarlo como si no lo hubiera visto en años y lo hubiera estado deseando con gran pasión. No hubo tiempo para las palabras, solo para miradas intensas y toqueteos llenos de lujuria y morbo. Después de un buen rato, Santiago le hizo señas que deberían salir y Manuel accedió, aunque con pocas ganas. Para evitar comentarios, primero salió uno y después el otro, sin mucho jolgorio.

Después de unas cuantas rondas de aguardiente fueron desapareciendo las parejas tímidas que adoptaban esquinas del apartamento como pequeños fuertes desde donde estudiaban el terreno. La algarabía era una sola y en ella participaban la mayoría. Manuel y Santiago tardaron más en desinhibirse. Habían llevado la relación casi en secreto y no lograban la comodidad completa frente a los demás. El miedo al compromiso y las motivaciones distorsionadas que dieron pie a la fiesta resonaban en la mente de Santiago como reproches agigantados.

Bajaron un poco la música para compartir la comida. Vida e Isabel ayudaron en unos aspectos y Jairo y Guille en otros. Después de la cena, Farid tomó la guitarra y comenzó a tararear canciones. Los demás se fueron sentando a su alrededor para animarlo con las palmas, hacerle coro, y otros a acompañarlo en la cantada. Farid propuso que cada uno cantara el pedacito de una canción. Lo que se les viniera a la mente, que él trataría de acompañarlos con la guitarra. Se valía desafinar, cambiarle la letra a las canciones o componer una, y por qué no, hasta trovar como buenos paisas. La idea fue acogida con gran alboroto.

Las mujeres, dando muestras de borrachera, les cantaron a sus hombres canciones de despecho, haciendo imitaciones de las cantantes que las interpretaban y gritando las líneas que más les llegaban tales como: *Usted es un mal hombre, sin nombre, señor; es un gran necio, un estúpido engreído, egoísta y caprichoso, un borracho mentiroso que no tiene corazón; rata inmunda, animal rastrero, escorio de la vida, te odio y te desprecio...*

Guille, por su parte, con sus plumas a flor de piel, le dio vida a su personaje de travesti, que sacaba del closet en noches de borracheras con sus amigos de confianza. Se fue hacia el corredor para salir desde allí en personaje. Se colocó un pañuelo árabe que utilizaba para darle movimientos sensuales al cuerpo a medida que cantaba trozos de canciones. Los demás reían a carcajadas y lo apoyaban con palmas y coros.

Las miradas estaban puestas en Santiago, que como anfitrión dedicó unas breves palabras de agradecimiento para todos y luego se dedicó a cantar *No me vuelvo a enamorar,* con más sentimiento que voz. No fue difícil adivinar que la canción hacía parte de la parodia programada por Santiago con el ánimo de cambiarle el sentido a la relación que sin proponérselo había nacido entre él y Manuel.

Todos le acompañaron en coro: *No me vuelvo a enamorar, totalmente para qué...*

La atención se centró en Manuel, quien no quería hacerlo, pero cedió frente al asedio. Sin preludio, y con la mirada perdida comenzó a cantar de su propia inspiración: *Solitario, camino por el mundo. Como abejorro, solo anido en mi colmena...*

Los invitados empezaron a percibir algo de nostalgia. Disminuyeron los gritos y el alboroto que caracterizó intervenciones anteriores. Más que partícipes, se convirtieron en espectadores. Acercándose a Santiago continuó cantando. *Me has cambiado, me has hecho otra persona, no puedo concebirme ya sin ti...* Dejaba ver signos de dolor en su expresión, en su voz entrecortada, y las lágrimas que no lograba controlar. *Abatido me encuentro en este mundo, no puedo concebirme ya sin ti...*

Respiraba con dificultad, ahogando las estrofas en llanto. Santiago, contagiándose del sufrimiento, sentía que el cuerpo no le respondía para ir a socorrerlo. *Yo te anhelo en mis noches y en mis días, no puedo concebirme ya sin ti.* Lloraba como si no existiera nadie a su alrededor, dando gemidos que ponían sonido a su penar. No le importaban las huellas que iban dejando las lágrimas en su cara, los ojos rojos y los párpados hinchados. Tampoco se daba por aludido frente al poco control de la saliva provocado por llorar con la boca abierta y tratar de llevar aire a unos pulmones afectados por la respiración irregular.

Esta vez no hubo coro para la canción, en parte por tratarse de una pieza desconocida, de reciente creación, y por otra parte, porque los invitados parecían haber perdido el habla, como si de repente les hubieran desenchufado las cuerdas vocales. Santiago, sobreponiéndose a su invalidez, corrió a abrazarlo y permanecieron así solo por segundos, pues el acongojado jovencito necesitaba seguir cantando, como si al hacerlo se estuviese dando una catarsis que lo conducía a una realidad que mantenía reprimida. Santiago le pidió que no lo hiciera, él lo ignoró.

Ni a mi madre, ni a mí mismo me lo he dicho, pero es cierto, no puedo concebirme ya sin ti.

Santiago volvió a acercarse a Manuel para pedirle que descansara un rato en el cuarto. Mientras tanto Farid trataba de volver a animar la fiesta, sin mucho éxito; poco a poco se fueron yendo todos los invitados.

—¿Al loquito ese no se le dará por caerte encima? —preguntó Ricardo antes de salir.

—No te preocupés, todo va a estar bien —respondió Santiago, con la dificultad que da hablar con un nudo en la garganta y con el temor de perder el control y sucumbir al llanto.

—¿Qué te dije? Ese muchacho está tragadito de vos. ¡Qué pecao, se ve todo lindo! —dijo Vida cuando se despidió de Santiago.

—Esto me huele a boda —comentó Guille, haciendo un esfuerzo por rescatar algo positivo sobre lo sucedido.

—Está buenísimo, meta mano —añadió Jairo, tratando de levantarle el ánimo.

Daniel y Jonathan expresaron su agradecimiento por la fiesta. Todos terminaron yéndose, excepto Farid y Manuel.

—¿A tu amiguito no se le podía haber ocurrido cantar el negrito del batey o una cancioncita más alegre? No hay derecho que le inyectara tanto drama a la cosa: se cagó la fiesta.

—¡Por favor, Farid! No vayas a hacer ningún comentario de esa clase. Bastante mal se está sintiendo. La idea de la reunión era que hiciera amigos y que desistiera de algo conmigo.

—Debo ser algo bruto; no me cala lo que estás haciendo. Allá vos con tus cosas. Oíste, y el pelao no lo hace nada mal con la cantada; por ese lado me cayó bien. Y hablando de todo un poquito, ¿es en serio que no te interesa? —Notando a Santiago distraído —¡Aterrizá que te estoy hablando!

—Perdoná. Tengo la cabeza a mil. ¿Qué me preguntaste?

—Que si te interesa Manuel.

—Mucho.

—¿Y entonces?

—No conviene. Me puede hacer sufrir mucho.

—Es la mierda más grande que te he oído decir. Eso es igual que hacer *bungee jumping*. Hay que cerrar los ojos y lanzarse rápido porque si no, uno le coge miedo.

—Tratá de ser simpático con él.

—Yo trato, pero me tenés que dejar fumar un tabaquito.

—Hasta yo quiero. ¿Será que a él le molesta? Es bastante sano.

—Pero estaba bogando aguardiente.

—Y no está acostumbrado. Por eso creo que fue lo de la cancioncita.

—¡Qué fume también! Eso quizás lo relaja.

—Tratemos.

Santiago entró al cuarto. Encontró a Manuel recostado en la cama, con la mirada fija en el techo, como buscando nublar el pensamiento. Se acercó, le acarició el cabello y le pasó la mano suavemente por los cachetes para luego arrimarse a darle un beso en la mejilla cargado de ternura.

—Mi niño mimado. Mi cosita linda. ¿Ya estás mejor?

—Perdoname.

—No hables bobadas. Mi intención era que la pasaras bien pero me he vuelto malito para estas cosas. Creo que estoy perdiendo tacto.

—¿Ya se fueron todos?

—No. Farid está en la sala.

—¿Y no se va?

—No. Quiere compartir con nosotros.

—¿Más?

—Me pidió que fumáramos.

—¿Hierba?

—Ajá.

—¿Y lo vas a hacer?

—Solo si lo hacemos juntos.

—Yo no fumo esas vainas.

—Dejalo así entonces. No lo tenemos que hacer.

—Bastante mal la has pasado por mi culpa. Vamos pa' la sala.

Manuel volvió a saludar al invitado como si durante la noche no lo hubiera visto o como si pretendiera comenzar de nuevo. Farid prendió el cigarrillo de marihuana. Fumó y luego trató de pasárselo al dueño de casa, quien con un gesto lo rechazó pero el novato en estos menesteres con un ademan mostró su aprobación. Santiago le recordó la condición. Manuel estiró la mano pidiendo que se lo pasaran. Aspiró, para luego empezar a toser con fuerza como si se estuviera ahogando. Santiago, arrimándose, le demostró cómo fumarlo, provocando una escena bastante divertida para quien auspició el tabaco. Se dieron varios toques hasta quedar los tres recostados en el sofá con la cabeza inclinada hacia arriba y riéndose sin otro motivo que el estar en la órbita a la que lleva la marihuana.

—¿Vos que sos de Santiago? —le preguntó Manuel a Farid tratando de descubrir qué terreno pisaba.

—Es mi parcero.

—¿Y dónde se conocieron?

—Manuel, ¿a dónde querés llegar? —intervino Santiago.

—A ningún lado. Estoy tratando de ser sociable, como vos me pediste.

—Lo conocí en una taberna, de esas de música de planchar. ¿Así es qué le dicen? —inquirió Santiago.

—Algo así. A propósito, gracias por no dejarme hablar. Yo puedo hacer la tarea solito.

—Oye no es pa' tanto. ¿Ponemos música o tocás la guitarra?

—Una música romántica más bien —dijo Farid, y se dispuso a ponerla.

Santiago le empezó a desabotonar la camisa a Manuel. Este le hizo una mueca dejándole saber que no estaban solos. Farid lo notó y les dijo que por él no había problema. Que él también deseaba quitarse la camisa y procedió a hacerlo.

—Fresco, sardino, pensá que nuestro cuerpo es una bendición que no tenemos por qué esconder. Sentite en confianza. Yo sé lo que está pasando entre ustedes y me parece bien.

—¿Vos ya te acostaste con Santiago?

—Sos directo, me gusta. Pero no sé lo que entiendes por acostar. La otra noche nos pillamos, y nada, disfruté de su compañía.

—¿Y?

—¡Qué mancito tan morboso! Pero si querés saber, sí, me divertí acariciándolo; debo reconocer que tuvimos jueguitos subiditos de tono. Perdoná Santiago si estoy hablando más de la cuenta pero es que este mancito está atacando fuerte.

—¡Tranquilo! —dijo Santiago.

—¿Pero tuvieron sexo? —insistió Manuel.

—Si te referís a penetración, la respuesta es no. Yo paseo en los dos bandos igual que vos, pero de penetración, pocón, pocón. Los que están con el meta y saque tienden a ser poco creativos. Hacen un par de movimientos que los ponen como catalépticos, luego se votan y después, a dormir.

—¿Pero se vieron desnudos?

—Sí, Manuel, toda una noche —intervino Santiago —no le busques una quinta pata al gato. ¿Yo no te hago a vos esa clase de preguntas?

—Es diferente, ya sabes mis razones.

—Muchachos, fumémonos otro tabaquito y todo va a estar bien. Se me van quitando la camisa los dos que yo no soy la puta del paseo.

Fumaron de nuevo. Manuel mostraba signos de estar endrogado. Ya desinhibido, besaba a Santiago y tomándole la mano se la ponía en su bragueta para que le sintiera la erección, sin reparo, sin importar quién estuviera presente.

—No sé cómo tu amigo dice que culiar es aburrido.

—Hay muchas formas de experimentar placer.

Farid se fue arrimando con la picardía dibujada en la mirada. La idea de un trío le hacía bullir la sangre. Conectó con los ávidos ojos de Santiago, que apoyaban un acercamiento. De repente, Manuel sintió las manos de Farid masajearle los hombros, provocando fuego en su piel.

—¿Querés que te muestre un poco? Te puedo enseñar que no es nada aburrido.

—No gracias —respondió de inmediato Manuel.

—Dejá que te muestre —le insistió Santiago a medida que se retiraba.

Manuel no respondió. Se quedó impávido. Farid empezó dándole tenues martillazos con los dedos por el cuello. Fue bajando hasta llegar a sus pectorales. Recorrió su torso, su espalda, y sus brazos con caricias suaves usando las manos y a veces la boca. Le soltó la correa. Le abrió la bragueta. Le bajó los pantalones hasta dejarlo completamente desnudo. Parecía estupefacto y sin embargo tenía una erección que daba testimonio de placer.

Farid se desnudó por completo, sin perder de vista el enorme garrote de Manuel que se encorvaba hacia arriba altivo y desafiante. Luego se dedicó a reconocerle el resto del cuerpo con caricias tiernas, a las que este correspondería tímidamente. Santiago sentía corriente atravesarle el cuerpo, fuego en la cabeza y una gran confusión pues por un lado enardecía con el placer de la contemplación y por otro buscaba evitar que los manoseos avanzaran. Logró controlarse y dejar que las cosas siguieran su curso. Manuel, mirando a Santiago, le preguntó:

—¿Así es que me querías ver?

—Simplemente te quiero ver feliz.

Manuel, acercándose a Santiago, lo despojó de la ropa y le hizo un gesto a Farid para que lo acariciara. Farid se acercó y jugó lascivamente, como lo hizo con el jovencito piel canela. Santiago lo correspondía, tratando de mantener a su enamorado cerca, quien se unió al defensor de las caricias tántricas en aquel juego que luego trasladaron al cuarto, donde compartieron afectos, abrazos y besos.

Pasaron horas disfrutando de sus cuerpos, tomando aguardiente, tarareando canciones y haciéndose bromas llenas de lujuria y placer. En varias ocasiones, Manuel trató de hacer cambios en el programa, dejándole sentir a Santiago su erguido pene entre las piernas, pero la penetración no tenía cabida en esta fiesta. En medio de la borrachera, pensó que con Farid tendría mejor suerte, pero este tampoco se dejó tentar. Lo que sí hizo fue disfrutarlo con la boca y en esta ocasión el arrecho muchacho le devolvió los favores. En posición de sesenta y nueve, se dedicaron a darse placer mutuo ante la mirada arrobada de Santiago, quien no dejándose arrastrar demasiado pronto por el goce, apretaba la cabeza de su pene, para así evitar la descarga.

Luego reanudarían la fiesta de tres, no porque Santiago se quejara, pues la escenita de ver dos machitos devorarse en la cama le producía un deleite sensual verdaderamente extático. Cuando quisieron llegar al clímax, se unieron en un círculo cerrado en el que se confundieron las eyaculaciones del uno y del otro.

Se quedaron dormidos y el ruido de la calle no fue obstáculo para que durmieran hasta el mediodía del sábado.

***

Farid fue el primero en levantarse. Cuando vio la hora, se bañó a las carreras y salió corriendo. Tenía una actividad infantil en el Jardín Botánico, en el que lo contrataron para que, vestido de payaso, animara una fiesta organizada por la Alcaldía de Medellín.

Luego, se levantó Manuel, quejándose de malestar. Le pidió a Santiago una sal de frutas. —Busca en el baño. En la repisa que está a la izquierda del espejo —le contestó, todavía medio dormido. Buscando su remedio le llamó la atención un frasco de pastillas recetadas que tenían marca de una farmacia americana. Se asustó, pensando que Santiago pudiera estar enfermo.

—Santiago, ¿para qué son estas pastillas?

—Dejame dormir.

—¿Estás enfermo?

—Son mis *happy pills* —dijo, sacando la cabeza de debajo de la almohada.

—¿Cómo, *japy pils*?

—Me las mandaron para cuando ando nostálgico.

—Ah, pues quiero una.

—No. Tomaste mucho anoche y todavía debes tener licor en la sangre.

—¿Y qué?

—Que no se pueden mezclar con licor porque si te dormís, no despertás.

Manuel regresó al baño y encontró la sal de frutas que estaba buscando. Cuando Santiago se levantó, Manuel le tenía el desayuno listo. Santiago no pudo aguantarse las ganas de preguntarle sobre lo que pasó la noche anterior.

—¿Estás bien?

—Sí, me hizo bien la sal de frutas.

—¿Cómo te sentís después de lo de anoche?

—Por lo de mi canción, como una mierda. Y lo del trío fue interesante pero no quiero que pase otra vez. No deseo compartirte.

—¿Por qué tan posesivo? No puedes controlarlo todo.

—Pero puedo tratar, y si de mí depende, quiero que seas mío hasta el último día de mi vida.

—Me halaga despertarte esos sentimientos, pero a la vez me asustan, las cosas se deben dar con naturalidad.

—Vos tenés muchos miedos; no me contagies con ellos. El final de mi canción de ayer fue muy cierto, no puedo concebirme ya sin ti.

—¿Y entonces?

—Sos un miedoso y el que teme, pierde.

—A veces esperas mucho de mí. Yo soy un huevón con los mismos problemas, o peores, que los de mucha gente. Trato de hacerme el valiente, pero muchas veces el papel me queda grande. Vos todavía estás muy joven y tenés tiempo para equivocarte.

—Tenés que dejar ese complejo de viejo. Si un man joven quiere estar con vos, eso es cosa de él. Yo creo que vos me estás sacando el culo entre otras cosas por eso de la diferencia de edad. No son tantos años tampoco y vos te ves bien.

—Vos me ves con los ojos del amor y eso lo cambia todo.

—Pero para bien. Y así y todo te quejas.

—No, me encanta. Tenés razón, soy un miedoso de mierda.

—Me tengo que ir —dijo tratando de romper con el tema y con los baches de silencio—. Voy a buscar a mi mamá para llevarla a comer algo y quedarme a pasar la noche con ella.

—Me parece bien.

—¿Por qué no nos metemos un ratico en la cama?

—Acabamos de salir de ella.

—Sí, pero vos sabes a lo que me refiero.

Terminaron de nuevo en la cama. Era obvio que no iba a marcharse satisfecho hasta no borrar de la memoria los rituales tántricos que los entretuvieron la noche anterior. Apenas se disponían a estar juntos cuando el jovencito ya exhibía su enardecido aparato con venas a reventar amenazando con castigar las nalgas blancas que tanto lo obsesionaban. Santiago se las ingenió para demorar un poco la estocada, posesionándose de aquel pene hecho candil que hábilmente desaparecía en su boca. Él aprovechaba la posición de su degustador para hurgarle entre las nalgas preparando el camino a tomar. Santiago alternaba lameduras con frotaciones rápidas. Manuel, temiendo que le volvieran a repetir el menú de la noche anterior, brincó encima de su presa y sin mayores consideraciones se dedicó a presionarlo firme y continuamente hasta sentirse adentro. Debió usar toda la fuerza de su cuerpo para someterlo. Empujaba e impelía con una pericia animal. No se detuvo ante los quejidos, que por el contrario avivaban a la bestia que irrumpía entre nalgadas y frases lascivas. Santiago a veces gritaba y a veces simplemente mordía la almohada, temiendo que cualquier acto suyo alebrestara a la fiera que lo estaba poseyendo y quien muy seguramente se estaba cobrando penurias de amor.

Tuyo hasta la muerte

Un par de días después, Manuel se presentó donde Santiago con la idea que se regresaba para Amagá.

—No quiero seguir viendo a mi madre rodando de un trabajo a otro. Ella no se amaña acá en Medellín. Sé que la Alcaldía de Amagá tiene un proyecto de vivienda y de trabajo para las viudas de la explosión y quiero ver qué se puede hacer.

—¿Y vos también te vas a quedar por allá?

—Creo que sí. Cada vez siento más ganas de estar con vos y ahora soy yo el que tiene miedo de seguirme encaprichando sin llegar a ningún lado.

—¿Será que un día se me pasa todo esto y podemos llegar a algo? —dijo Santiago, con cara de confundido.

—Cuando estamos juntos la pasamos muy bien.

—Sé qué lo que hago es evitar el compromiso por miedo a la desilusión y el abandono.

—No quiero vivir con ese sosiego. Prefiero que tengamos unos días bien bacanos. Qué sean muy nuestros. Que me dejen lleno de vos y después que cada uno tome su rumbo. Sigue siendo una partida, pero por lo menos una en la que los dos estemos de acuerdo.

—Sos alguien muy especial, Manuel. No sabes lo bien que la paso cuando estás conmigo.

—Y vos sos la única persona que ha despertado cosas fuertes en mí. Pero bien, te quería proponer que te vinieras unos días conmigo para Amagá.

—Bueno, podemos ir un fin de semana.

—Preferiría que fuera una semana completa. Me gustaría que me ayudaras con lo de la afiliación de mi mamá a la cooperativa de las viudas de Amagá y a tramitar lo de la casita que les están dando para pagar a cuotas.

—Dejame arreglar las cosas en la oficina. Voy averiguar sobre lo del programa de vivienda para empezar el trámite antes. Yo tengo algunos contactos que nos pueden ayudar. También tenemos que reservar en algún hotel.

—La casa de nosotros la entregamos, pero unas amistades tienen una casita en las afueras del pueblo. Ellos nos dieron posada cuando lo de mi papá. Nos acomodaron en dos cuartos pequeños, el de mi mamá y el mío, en los que inclusive dejamos muchas de nuestras cosas. Avisé que íbamos y se alegraron.

—Podemos tomar un hotel.

—Yo sé, pero prefiero que te bajes de estrato y vengas con nosotros.

—Bien. No tengo problema con eso.

***

Se había quedado dormido en el camino y cuando abrió los ojos, su primera imagen de Amagá fue la parroquia San Fernando Rey. Santiago la encontró imponente, con su estilo romano y sus altos picos, como queriendo llegar al cielo. Manuel lo miró con ternura y regocijo: el tenerlo en su pueblo lo convertía en algo más cercano. Sería su guía y su anfitrión y eso le daba una anhelada sensación de control.

Dejaron las maletas con la persona que vino a recogerlos. Doña Rosa llevaba una expresión de melancolía que no lograba esconder de su hijo, quien al reconocer la tristeza en sus ojos, la abrazó sin decir nada. Ella hizo un gesto indicando que deseaba entrar a la iglesia y sus acompañantes, sin distraerse con palabras, la acompañaron en sus oraciones. La iglesia tenía murales, columnas circulares con aplicaciones doradas y tres naves impregnadas de olor de incienso.

Santiago sintió un frescor como de viento pasajero. El ruido de la plaza desapareció y solo se escuchaban las pisadas de fieles que venían a orar o las plegarias susurradas por las asiduas visitantes del templo. Aprovechó para pedir por el bienestar de sus seres queridos. En especial rezó por su madre y pidió perdón por tenerla tan olvidada. Al momento de encomendar a su pareja experimentó incertidumbre; en su mente se calaban imágenes de Manuel y Ángel. La confusión lo llevó a sentir que la presión le bajaba pero a la vez se le humedecía la frente, se le aceleraba la respiración y se le nublaba la vista. A pesar de que fueron solo segundos, los sintió eternos. Tuvo deseos de salir corriendo sin detenerse hasta poder darle claridad a sus sentimientos.

Manuel pidió por su madre, para que nunca le faltara nada. Rogó por el descanso eterno de su padre. Pidió por su tía Carmenza, que hacía poco había enviudado, y por su primo Mauricio del que tenía recuerdos gratos de la niñez y del que no conocía nada desde la época en que sus padres se fueron para Pereira. Imploró a Dios que le permitiera estar con Santiago hasta el último día de su vida.

***

Cuando entraron al dormitorio que les prepararon, Santiago advirtió solo una cama y era algo estrecha. Miró a Manuel con cara de sorpresa.

—Yo te dije que era algo humilde. Nos toca, ¿no? —dijo Manuel.

Santiago adoptó una actitud amable y receptiva a las cosas que le ofrecía Manuel. Tomaba duchas con agua fría en un baño exterior con una pequeña puerta que a lo mucho dejaba fuera de la vista las partes íntimas de los hombres. Las mujeres utilizaban otro espacio, donde el constructor fue un poco más generoso con la madera y construyó una puerta que ofrecía mayor privacidad.

—El que hizo este baño era de seguro un voyerista gay —comentó Santiago, refiriéndose al baño que utilizaban los hombres.

En las mañanas, buscaban huevos en el gallinero y correteaban gallinas para el sancocho. Santiago, además de cortar manojos de plátanos, ayudaba alimentando los marranos. A lo único que no se acomidió fue al sacrificio de un cerdo pues le parecía algo cruel y la sangre derramada le causaba gran impresión. En cada una de las actividades que participaba estaba Manuel y cuando se sentían a solas aprovechaban para tener relaciones. Lo llegaron a hacer hasta en el gallinero: en esa ocasión, doña Rosa no entendía la razón por la que llegaron con toda la ropa sucia de mierda de gallina. Ella preguntaba y ellos solo se reían.

Aprovecharon los platanales para revivir la experiencia del parque Arví. Manuel le comentó a Santiago que había regresado solo y que terminó haciéndoselo a un árbol ante la mirada traviesa de un niño. Santiago no lograba controlar la risa.

—Suena chistoso, pero me estaba volviendo loco sin ti —dijo Manuel.

Una tarde lo llevó a visitar el viaducto que era la antigua vía del ferrocarril de Amagá. Estaba sumido en colores, el verde de los árboles, el azul del cielo, y el amarillo y negro de las mariposas. La brisa era fresca y arrullaba con su ulular. Santiago divisó en una esquina a un ángel con sus alas abiertas: posaba sobre una pequeña muralla acobijada por plantas verdes interrumpidas por espacios de vegetación muerta que dejaba al descubierto la tierra árida incrustada sobre el cemento. Pensó que así mismo era la vida, un precioso jardín que por momentos tenía espacios de hierba muerta.

Manuel propuso que llegaran hasta el ángel.

—¿Y si nos pica una culebra?

—De mi culebra es de la única que debés tener miedo —comentó Manuel, mientras se agarraba abajo.

—Mucho guache —añadió Santiago en un tono que sonaba más a adulación que a reclamo.

Llegaron sudorosos y faltos de aire por la travesía que les tocó hacer. Santiago, mirando hacia arriba notó lo imponente de aquel ángel.

—Me siento como si se me hubiera aparecido el ángel de la guarda —comentó Santiago.

Manuel, mirando alrededor para asegurarse de que estaban solos, le desabotonó la camisa, para pasarle la mano por el pecho. Santiago hizo igual, inmerso en un miedo que disfrutaba, en vilo entre el desasosiego y el placer. Y luego, quiso hacer más. Con la imagen religiosa como testigo, volteo a su joven amante para recorrerle la espalda con la lengua hasta llegarle a las macizas nalgas. Manuel se las abría y se dejaba caer sobre la cara de su compañero, condenándolo a asfixias momentáneas. Jugaron con el sudor y los olores de cada uno, dejando que todos los sentidos fueran parte de la experiencia. Combinaban las caricias fuertes con las tiernas, en un esfuerzo de ambos por darle larga vida a lo que vivían, y al llegar al punto que no permite retroceder, se vinieron en medio de gemidos, cada uno en el cuerpo del otro. Una risa relajante se apoderó de ellos. Luego se santiguaron con la vista puesta en el ángel, agradeciendo el buen rato. Y aún medio desnudos, se sentaron a descansar hasta secárseles el vientre. Santiago alternaba entre miradas a los ojos color miel de Manuel y a lo lejos, loma abajo, el viaducto con su sed de progreso apagada y dueño de tantas historias.

***

Al día siguiente, Manuel se deslizó suavemente de entre los brazos de Santiago para evitar despertarlo, pero no lo logró.

—¿A dónde vas?

—Al cementerio.

—¿Solo?

—Me gustaría que vinieras, pero sé que a mucha gente no le gustan los cementerios.

—Me ducho y te acompaño.

Entraron al cementerio con actitud reflexiva y sin proponérselo se sumieron en un mutismo. Manuel, a pesar de tener la mirada apagada y algo perdida, caminaba con la propiedad de quien conoce el terreno. Santiago admiraba los jardines y le llamaba la atención cómo algunas criptas estaban en edificaciones que simulaban una pequeña casa, con techos de teja, con columnas de madera y rodeadas de corredores. Pensó que no estaban nada mal, para ser la morada eterna de un paisa.

Manuel lo llevó por una pequeña colina donde está el monumento al Ángel del Silencio: en realidad eran dos los ángeles, uno a cada lado de la cruz.

—Acá está el nombre de mi papá —dijo Manuel, señalando un libro hecho de mármol, que contenía el nombre de los 73 mineros que murieron en la explosión de la mina San Fernando.

Se le aguaron los ojos y Santiago, conmovido, le puso la mano en el hombro, en señal de apoyo. El doliente jovencito inclinó la cabeza para decir una oración mientras su acompañante se distraía con la estatua de uno de los ángeles, lo detalló por completo y pensó, "estoy convencido de que vos estás en todas partes. Seguí cuidándome".

Luego, pasaron a visitar la tumba de don Gilberto, el padre de Manuel. Santiago optó por dejarlo solo para que dijera sus oraciones: se fue a dar una vuelta por el cementerio. Siguió a una mujer que entraba a un pequeño corredor: al entrar, sintió un escalofrío provocado por una brisa fría y por un espacio falto de luz y de vida. Las tumbas parecían pequeñas ventanas que conducían al infinito. Los dolientes las adornaban con flores plásticas y de papel, con fotografías del muerto y de sus amigos y familiares, y con objetos cargados de significado. Las de los niños incluían juguetes y peluches que daban testimonio de una vida interrumpida. Quiso correr pero las rodillas no le obedecían: sintió terror al imaginar su propia tumba en la que estarían sus alcancías, las fotos de su madre y las de sus dos grandes amores, Manuel y Ángel. De repente, escuchó que lo llamaron y gritó del susto, consiguiendo llamar la atención de los que estaban en el lugar. Era Manuel, que venía en su búsqueda.

Del cementerio, tomaron camino al parque Emiro Kastos, para, primero que todo, desayunar, pues con los afanes de la mañana salieron sin comer nada.

Luego caminaron por el parque para disfrutar de sus palmas, guayacanes, ceibas y araucarias, hasta toparse con una estatua del libertador Simón Bolívar, que estaba de pie, con la mirada puesta en el infinito y según Santiago, como si buscara a su caballo. Se distrajeron con los comerciantes que ofrecían sus productos y compraron dulces para doña Rosa y para la familia que les dio posada.

Manuel lo llevó a recorrer las calles del pueblo y le mostró la escuela donde estudió, la casa donde vivía la que fue su primera novia, y el bar que frecuentaba su papá. Finalmente, pasaron por la Cooperativa e hicieron diligencias para afiliar a doña Rosa.

Al mediodía almorzaron en familia, y a la tarde visitaron La Ferrería, donde funcionó la primera siderúrgica de Antioquia y que hoy está convertida en centro turístico. No había nadie. La aprovecharon para generar energía sexual. Se acomodaron debajo de uno de los arcos del monumento, recostados sobre ladrillos llenos de historia, rodeados por una vegetación espesa, y arrullados por el cantar de pájaros, se dieron a la tarea de seguir descubriendo partes de sus cuerpos. No parecían cansarse de estar juntos y de disfrutar de los placeres libidinosos, que en esta ocasión fueron extensos y delicados. Manuel, dejando atrás su imponente manera de actuar en la intimidad, se limitó a apapachar con besos sutiles y a susurrarle frases tiernas, sin descuidar el recorrido de sus manos por el cuerpo totalmente desnudo de su pareja. Santiago correspondió de igual manera y se llenó de mimos para con su Manuel.

El tiempo que se habían dado estaba por terminar y quizás en un esfuerzo por perpetuar las horas juntos, fue poco lo que durmieron. La relación, aunque corta, atesoraba momentos intensos y llenos de sensualidad que resultaba placentero recordar, y así lo hicieron, abrazados por largo rato, sumidos en besos eternos que solo los interrumpían la risa y el llanto que les provocaban las cosas que se susurraban al oído, y entre remembranzas, embolataron las horas del descanso.

***

Manuel estaba desvelado y prefirió levantarse, ocupar la mente, y terminó aprovechando para escribir algo. Luego preparó una mochila para el último paseo, se trataba de una visita a "la gurrera", como se le conocía a la mina San Fernando.

Santiago, confiado como siempre en Manuel, se dejó arrastrar hasta la mina sin mayores resabios pero asumiendo que solo llegarían hasta la entrada. El enamorado guía aclaró en su momento el deseo de que la vieran por dentro; insistió con vehemencia y repetidas veces con que entraran, argumentando que estar allí era como adentrarse en el corazón de la tierra. Además, le mostró la botella de aguardiente, insinuándole que tenía la fantasía de hacer el amor a metros de profundidad. Don Jacinto, un amigo de la familia que pasaba por esos lares, le advirtió del peligro y de que cada cierto tiempo pasaba un guardia que vigilaba la mina. Manuel lo convenció argumentando que era solo por un rato y que no pensaban descender mucho.

Santiago terminó aceptando. Bajaron en un coche de madera que se deslizaba por unos rieles y llegaron hasta una parte donde respiraron tranquilos y tuvieron espacio para descansar. Al más veterano le tomó un rato acostumbrarse a la oscuridad y a lo confinado del lugar, pero las tiernas caricias de su acompañante pronto le llevaron los pensamientos por otro rumbo: uno en el que conmovido reconocía el mucho amor que recibía de aquel jovencito que sin propósitos elaborados mostraba voluntad para honrar sus sentimientos. No sabía qué decirle y se limitó a abrazarlo agradecido.

Luego se quitaron la ropa, Manuel buscó carbón para pintarse la cara y luego de manera lúdica hizo lo mismo con Santiago, a quien, además, le escribió algo en una nalga. Sus cuerpos, estampados en la roca, parecían desaparecer en lo profundo del lugar, del que solo salían gemidos de placer, dando testimonio de las experiencias carnales que allí seguían teniendo vida. Manuel no se cansaba de repetir —sos mío, sos mío, —a la vez que lo penetraba con gran fuerza. Por momentos, volvía a ser tierno y lo besaba con delicadeza y le susurraba palabras dulces al oído. Tomaban aguardiente y descansaban de a ratos para ganar fuerzas.

—Quiero que me lo hagas vos también —le pidió Manuel.

Santiago, aunque algo fatigado por la falta de aire, accedió, rescatando la vitalidad que Manuel le hacía sentir y reconociendo lo difícil que le resultaba decirle que no. Lo poseyó con la rigurosidad que él le pidió: le sujetó las manos contra la roca y le apartó los pies para llegarle mejor a la vez que le lanzaba frases intensas, buscando añadirle fuego a la relación. Las nalgas blancas del amante se abrían y cerraban a cada nuevo esfuerzo que hacía para asestar estocadas en las macizas nalgas de Manuel, que no cesaba de gritar recargado de placer —soy tuyo y lo seré hasta que me muera.

Se masturbaban, interrumpiendo los besos únicamente para lanzarse frases apasionadas: "Me encanta cómo hueles, a lo que sabe tu sudor, tu leche, a lo que sabes todo tú, me gusta cómo me culeas, cómo me muerdes, cómo logras que me olvide del mundo, cómo amas, todo tú me fascinas". Cada poro de sus cuerpos anunciaba el clímax, por lo que se pusieron frente a frente para así recibir cada uno en su vientre, la esencia del otro. —¡Oh! —exclamaron, ya casi sin aire.

Manuel desapareció en la oscuridad.

—¿Qué te hiciste? —gritó Santiago.

—Ya voy. Estoy orinando.

Regresó con la mirada triste, pidiendo descansar un rato, y Santiago, estando de acuerdo, se recostó contra la roca, para permitirle reposar sobre sus piernas.

—Santiago, gracias por ser tan especial conmigo. Por enseñarme a amar. Vos sos una persona increíble y todavía no termino de entender por qué no logramos ser la pareja que llegué a soñar. Acá, en esta mina, perdí a mi papá. Yo lo adoraba. Ahora te estoy perdiendo a ti.

—No hables de cosas tristes. Lo hemos pasado muy bien.

—Sí, y mi deseo de estar contigo hasta el último día de mi vida se va a hacer realidad. Vos tenías razón, me gusta controlar. Igual que vos, tampoco quiero sufrir.

—Estás mezclando una cosa con la otra, ¿de qué me hablás?

—Perdoname, Santiago. Decile a mi mamá que la adoro y que por favor me perdone.

—¿De qué hablás, Manuel? Me estás asustando.

Manuel comenzó a temblar: un escalofrió intenso se apoderó de todo su cuerpo.

—¿Manuel, qué te pasa? —repetía incesantemente, con una angustia que le provocaba cambios súbitos y extremos de temperatura y dificultad para respirar.

Santiago gritaba y lloraba del desespero: sacudía a Manuel fuertemente para hacerlo reaccionar, pues hablaba cada vez con menos fuerza y gran dificultad, y sus brazos y piernas colgaban inertes.

—Perdón, Santiago. No podía… no podía se… seguir con una vida, ah —sollozando— una vida a medias, sin ti. Yo… —casi sin poder respirar y haciendo un esfuerzo grande por no dejar de mirar esos ojos claros que lo enamoraron— yo sé que tus *japy pils* me van a dar la tranquilidad que necesito. Te amo.

—Manuel, mi niño —tragándose las lágrimas— mi negrito hermoso, ¿por qué? Si te querés morir, llevame con vos. Yo también... —Limpiándose el llanto y buscando el aire que le permitiese seguir hablando— yo también anhelo esa tranquilidad de la que hablás —suplicando a todo pulmón— Manuel, por Dios, no me dejés.

Santiago gritaba pidiendo ayuda, pero todo fue en vano; nadie escuchaba. Se golpeaba la cabeza contra la roca, como queriéndose arrebatar la vida. Tenía la cara bañada con tinta negra por la mezcla del carbón, el sudor y las lágrimas. Miraba hacia un lado y otro frenéticamente, tratando de pensar en algún plan. Tanteó hasta encontrar la ropa. Lo vistió y luego se puso rápidamente los pantalones. Llevó a Manuel hasta el carro de madera que los condujo a aquel sitio. Seguido de múltiples fallidos, logró llegar afuera de la mina. La respiración de Manuel se debilitaba hasta que se dejó de sentir.

Pedía auxilio, nadie aparecía. Trataba de revivirlo, no lo lograba. Lo besaba y abrazaba como queriéndose ir con él. Lloraba a los gritos y por su mente pasaban imágenes a gran velocidad: la de la pesadilla en la que vio a Manuel cubierto de sábanas blancas, reposando en la copa de un árbol de la que salía una luz que llegaba al cielo; la imagen de la novia muerta en la curva del diablo que aparecía para anunciar la muerte de un ser querido. Sintió culpa por no haber descifrado las premoniciones, por permitir que el miedo lo previniera de aceptar el amor de Manuel, y por no haber descubierto el plan de suicidio y hacer algo para impedirlo.

Se desató una fuerte lluvia. Le suplicaba al cielo que le enviara un rayo que lo llevara por el sendero en el que se fue Manuel. No pudo dejar de llorar y cuando la fuerza no le daba para más, se acostó al lado de aquel cuerpo inerte con la esperanza de nunca despertar.

Pero despertó. Lo hizo en una cama del Hospital San Fernando a donde lo llevaron después de que lo encontraron tiritando de frío junto al cuerpo de Manuel. Abrió los ojos y se vio rodeado por todos sus amigos. Vida le tenía tomada una mano. Él, bruscamente, la retiró cuando ganó conciencia. Miraba a su alrededor con incertidumbre. Hizo un esfuerzo por darle movimiento a sus extremidades y para girar la cabeza, a la que sentía pesada, y a punto de explotar. Buscaba entre todos a Manuel; no lo encontraba. Para cerciorarse, indagó por él.

Vida trató de hablar pero las palabras fueron mudas. Las lágrimas y el gesto de dolor hablaron por ella. Santiago, sumido en una conmoción profunda, pronunció un grito desgarrador que se escuchó en todo el pueblo. Las palmas, los guayacanes y las ceibas se movieron con gran fuerza como si sintieran el dolor de aquel hombre. Los pájaros volaban con gran rapidez ante la mirada celosa del doliente, que deseó tener alas, para desaparecer entre las nubes. En el cuarto todos trataban de contener las lágrimas, sin lograrlo.

A la primera señal de alivio, Vida entró en un breve pero intenso estado de agobio pues debía hablar sobre la velación.

—Tenés derecho a saber qué pasa con él pero quizás no es buena idea que lo vuelvas a ver.

—Necesito ir a su lado. Necesito verlo —dijo mientras se secaba las lágrimas.

Tomó una ducha a la vista de Farid quien ofreció estar cerca para ayudar en caso de percance. Santiago, ahogado en jabón, hacía débiles esfuerzos para limpiarse los restos de carbón que no borró la lluvia. Continuaba absorto y de vez en cuando enunciaba gemidos impregnados de llanto. El vigilante voluntario lo miraba con una nostalgia intensa y con la empatía de un artista que intuía lo que pasaba por aquella mente: tomándose muy en serio el papel de guardián, advirtió con ojos atónitos algo en la nalga del bañista. Su expresión lo delató, provocando que Santiago corriera a mirarse en un espejo y descubriera escrito en él: "Sos mío. Manuel".

Leer aquello lo hizo escalofriar: buscó una toalla y sin importar la tembladera de las manos, se dedicó a restregarse frenéticamente, sin resultados, pues las palabras no se borraban. Pensó "no lo tenías que escribir, siempre lo seré". Nunca imaginó que la última orden que le habían estampado en la piel lo ayudaría con el tiempo a aclarar los sentimientos de Manuel. Tal estado de comprensión dio pie a una serie de justificaciones que utilizaba para predisponerse al perdón: a Manuel por sus acciones y a sí mismo, por la falta de decisión y los temores desmedidos.

Al salir del baño lo esperaban los hermanos de Sabaneta para ayudarlo a vestir. El silencio se convirtió en el lenguaje de todos: se comunicaban con miradas, abrazos, y sollozos. Las palabras vendrían después.

***

Doña Rosa decidió que se velara en el mismo cementerio donde sería enterrado. Lo colocaron justo debajo de las imágenes de Cristo y la Virgen María. Desde la entrada se alcanzaba a escuchar el rezo de los asistentes.

—Hondos socavones con alma de carbón y gases dormilones, sumieron a mi hijo en el sueño eterno y me condenaron a la tristeza...

Acercándose al umbral del camposanto, Santiago sintió el corazón acelerar. No importó que estuviera escoltado por sus amigos. Los rezos se escuchaban cada vez más fuertes, acrecentándole los latidos, confrontándolo con sus miedos, y haciéndolo trepidar.

—Espíritus divinos de Omagaes, fuerza arrolladora del Sinifaná, Ángel del Silencio...

—Cuidad de mis seres queridos.

Se arrimó al ataúd tambaleante, y al ver a Manuel en su féretro sintió que se desmayaba. Sujetándose de la caja, respiró profundamente, hasta sentirse en control, y luego se dedicó a acariciarlo con la mirada. Lucía tranquilo, con una paz que envidió. Quiso abrazarlo pero se contuvo notando que doña Rosa no le quitaba los ojos de encima: no estaba claro sobre cuánto conocía ella de la relación que sostuvo con su hijo. No lograba controlar el llanto y en su cuerpo no cesaban los temblores y los cambios bruscos de temperatura. Susurraba palabras tiernas como si el difunto las escuchara, —mi niño lindo, te adoro, será como escribiste en mí, tuyo, solo tuyo.

—En ti Cristo Bendito puedo ver a mi hijo que murió por amor...

—Cuidad de mis seres queridos.

Vida condujo a Santiago hasta una de las sillas instaladas para el velorio y luego acompañó a los demás en las oraciones. De repente, Santiago comenzó a ponerse pálido y a respirar con dificultad, amenazando con desmayarse, una vez más.

—Contigo, María Santísima, me puedo ver en el dolor de madre...

—Cuidad de mis seres queridos.

Vida lo abanicó hasta notar algo de mejoría.

—¿Qué te pasó?

—Me estoy volviendo loco. Me pareció ver a Manuel abrazar a doña Rosa, como si no estuviera muerto.

—A ti la maluquera te está haciendo ver cosas, pero de todas maneras, dejame, averiguo.

El muchacho que Santiago confundió con Manuel se acercó al ataúd y cuando vio el cadáver, estuvo a punto de desplomarse. Doña Rosa y otra mujer que llegó con él lo sostuvieron y se lo llevaron a un extremo. Santiago no salía de su asombro. Aquel jovencito era idéntico a Manuel: parecían dos gotas de agua.

—Tenías razón para sorprenderte. Se trata de un primo de Manuel; creo que me dijeron que se llama Mauricio.

—Parece que yo no fui el único que se impresionó; el primo estuvo a punto de desmayarse.

—No es para menos, es como verse uno mismo en una caja de muerto.

Procedieron al entierro. Durante la procesión hasta la tumba, Santiago se mantuvo alejado de doña Rosa, seguía inquieto por lo que ella estuviera pensando. No dejaba de mirar a Mauricio y en una de esas se lo topó de frente y la mirada de aquel doble se clavó en sus ojos alterando su realidad, imaginó que Manuel vivía en ese cuerpo. Vida lo haló del brazo para evitar que se dejara llevar por el parecido y cometiera una indiscreción. Se oyeron notas de guitarra: Farid se había encargado de traer algunos músicos del pueblo, que acompañaron a los dolientes con canciones de despedida.

Al llegar a la tumba, Santiago, algo recuperado, atendió a las oraciones del padre Jorge, encargado del ritual eclesiástico. Advirtió ángeles, vistos como protectores, flotar en círculo en un cielo matizado de rojo más que de azul. Escuchó gatos maullar, blancos, de ojos brillantes y coloridos, que no mucho después vería pasear entre los acompañantes al entierro. Imágenes de un Manuel alegre entraban y salían de su mente. Lo veía en los muchos espacios que recorrieron juntos. Sintió sus caricias, su morbo, y todo su ser, por lo que concluiría que mientras le quedara el pensamiento, nunca lo sentiría lejos.

Culminada la ceremonia del entierro, los acompañantes comenzaron a dispersarse. Pudo quedarse un rato al lado de la tumba. Vida le pidió a Farid que no lo dejara solo mientras ella se encargaba de doña Rosa y de otros asistentes. Santiago le hizo una seña a Farid para que se acercara.

—Acompáñame con la guitarra. Hace un rato le escribí un par de cositas a mi negrito. Es lo mínimo que puedo hacer. A él le gustaba componer y espero que me esté escuchando. ¡Qué pena con vos! Aquí voy:

"Se ha apagado tu mirada, la miel oscura de tus ojos, la ternura de tus manos, la frescura de tu piel".

La voz se le apagaba y las lágrimas lo asaltaban. Permaneció en silencio por unos minutos con las cuerdas de la guitarra acompañando el dolor.

"Donde quiera que te encuentres, llegarán hasta tu mente mis súplicas de perdón y las frases de amor que nunca confesé".

Tiró la tirilla de papel donde tenía escritas aquellas palabras. Lloró un poco más, para luego volver a hablar, añadiendo al poema que aún no veía su última letra.

"Perdón, perdón... Nunca olvides que tu huella vivirá por siempre en mí. Tu esencia seguirá viva en cada rincón que compartimos y mi cuerpo mantendrá ardiente tu calor. Adiós, mi negrito hermoso, mi niño de Amagá".

Santiago pronunció cada frase con sentimiento, ahogado en lágrimas. Cada oración le daba la oportunidad de seguir secándose por dentro. De tratar de ahogar con su llanto el dolor. Cuando logró algo de sosiego, caminó hacia los demás. Había llegado el momento de darle la cara a doña Rosa. Se acercó temeroso, ella lo miró fijo con los ojos hinchados por el llanto, le tendió los brazos y lo abrazó con fuerza. El llanto se apoderó de ambos, luego hablaron.

—Doña Rosa, no creo que haga falta que le dé mi pésame, estoy seguro que puede adivinar mi dolor.

—Yo sé, mijo, yo sé. ¿Por qué Manuel nos hizo esto?

—¿Manuel nunca le habló nada de...?

—¿De ustedes? No. Él era muy discreto. Algo imaginé que estaba pasando pero nunca llegué a imaginar que sus sentimientos fuesen tan fuertes. Se sinceró en una carta que me dejó. No es lo que una madre espera para un hijo varón. Él siempre se vio tan hombrecito, era coqueto con las niñas, inclusive acá, en el pueblo, se le conocieron un par de novias. Pero, en fin, el mundo está al revés. Ahora a los hijos poco les importa lo que los padres quieran para ellos. Antes uno no oía tanto de esas cosas, pero hoy en día es de lo más normal. No lo juzgo, Santiago, simplemente le hablo con el corazón de una madre. Antes de que se me olvide, esto lo dejó para usted. —Le entrega un sobre cerrado que traía en la cartera.

—Si no le molesta, prefiero leerla después. Tengo miedo de que me pueda afectar.

—No se preocupe, Santiago. La mía sí la puede leer, creo que lo tranquilizará un poco —saca una carta y se la da para que la lea.

—¡Bien! —Lee:

"Querida mamá Rosa, perdóneme el sufrimiento que le pueda causar por querer terminar mi vida. Quizás soy un cobarde por no dar la lucha o quizás un valiente por reconocer cuándo rendirme, no creo que me importen los juicios que hagan sobre mí. Voy a verme con papá. No voy a sufrir por lo que no puedo tener. Voy a poder velar por ti desde el cielo, si Dios no me niega la entrada.

No culpes a nadie por mi muerte. Lo decidí consultando únicamente con mi conciencia. Cuida de tía Carmenza y de mi primo Mauricio, creo que estaban pensando regresar a Amagá.

Sé que como madre al fin, imaginarías que tenía sentimientos hacia Santiago. Evadí el tema las veces que me lo tocaste pero ahora puedo decirte que con él fui muy feliz. Él es un ser sensacional y espero que con mi muerte, él encuentre la claridad que no tenía su corazón.

Adiós, mamá linda. Todo va a estar bien contigo.

Tu hijo que te adora, Manuel".

Santiago leyó la carta con una tembladera en la voz y una sensación de debilidad; después de un rato, encontró la fuerza para abrazar a doña Rosa.

—Perdóneme, señora. Me siento muy culpable por lo que pasó.

—Dios me está castigando —lamentó con la mirada extraviada.

—Usted ha sido una excelente madre.

—Santiago, tengo una necesidad que me come por dentro de hablar con alguien.

—Con mucho gusto la escucho, si piensa que soy la persona adecuada.

—Vi cómo se puso cuando vio a Mauricio.

—Se parece tanto a Manuel. Pensé que me estaba volviendo loco.

—A Mauricio también le impresionó verse reflejado en el cuerpo de Manuel.

—Sí, vi que casi se cae.

—De niños le prestaban escasa atención a su parecido físico. Estaban siempre jugando y le ponían poco cuidado a los comentarios de los demás pero llegó el momento que nos tocó separarlos.

—¿Por qué?

—Porque eran hermanos gemelos y estaban siendo criados como primos.

—¿Qué?

—Mi hermana no podía concebir hijos. Ella y su esposo tenían negocios prósperos pero no eran completamente felices, por la falta de un hijo. Mi marido y yo estábamos muy mal económicamente y acordamos posponer tener familia pero parece que no fuimos cuidadosos y quedé en embarazo. Acordamos darle la criatura a mi hermana para que ella se encargara de criarla. Ella fingió estar en embarazo durante la misma época en que yo lo estaba. Teníamos una partera de confianza que el día del nacimiento le daría la criatura a mi hermana y reportaría que la mía había muerto. El día del parto tuvimos la sorpresa de que eran dos niños, hermosos por cierto. Quise cambiar las cosas, quedarme con los dos, pero ya era demasiado tarde, e injusto con mi hermana, por lo que nos pusimos de acuerdo y cada una se quedó con un niño. Mauricio creció en Pereira y está a punto de graduarse en la universidad. Mientras mi esposo estuvo vivo, trabajó muy duro para que a Manuel no le faltara nada, pero sin duda, uno tuvo muchas más comodidades que el otro. Siempre hicimos todo lo posible para evitar que se vieran. Ya grandecitos, iban a notar que eran demasiado iguales para ser primos. Teníamos mucho miedo de que se fueran a enterar.

—A juzgar por la reacción que tuvo hoy, es casi seguro que va a preguntar, ¿qué le responderá?

—No sé. Tengo que hablar con mi hermana.

—Hay verdades que aunque enterremos en lo más profundo de la tierra, cuando menos lo pensemos, salen como expulsadas por un volcán y su lava puede hacernos mucho daño.

—Tiene razón Santiago. Creo que el volcán ha hecho erupción y su lava me está quemando por dentro.

Santiago, claramente acongojado por el abatimiento de la sufrida madre, la abrazó, en señal de apoyo.

—¿Viene para la casa, Santiago?

—De pronto más tarde, ahora voy al pueblo con mis amigos. A propósito, gracias por avisarles, no sé qué hubiera hecho sin ellos. Me imagino que estaremos un rato compartiendo en el parque, ya que mañana salimos todos para Medellín. Necesito tomarme unos aguardientes para poder caer rendido en la cama y descansar algo. Pero más tarde la veo y si a usted no le molesta, quisiera que mi última noche en Amagá fuera en el espacio de Manuel.

—No hay problema. Nos vemos más tarde y sino en la mañana. Que Dios lo bendiga y gracias por acompañarme en este momento.

—Gracias a usted por saber entender, y no piense que Dios la está castigando. Más bien piense que le llevó un hijo pero le envió el otro. Todos tenemos derecho a la verdad, piénselo doña Rosa.

***

Santiago se fue al pueblo con sus amigos Jairo, Guille y Farid. Vida quedó en llegar un poco más tarde: quiso acompañar a doña Rosa y demás familiares hasta la casa.

Primero pidieron algo de comer. Santiago no tenía apetito y continuaba bastante silencioso en la mesa por lo que Farid, después de las debidas disculpas, lo invitó a dar una vuelta.

—Santiago, tenés que hacer un esfuerzo por levantar el ánimo. Él tomó esa decisión y no queda más que respetarla.

—Vos no sabes lo culpable que me siento.

—Me imagino, pero nada ganás con eso. Yo estoy muy impresionado con todo lo que pasó. Después de todo compartí con ambos cosas muy íntimas y eso me hace parte de esta historia. No me arrepiento. Ese día la energía entre ustedes era increíble. No más de tenerlos cerca, me sentí cargado con una emoción muy especial.

—Mi estúpido miedo me hizo que lo perdiera y que él tomara esa decisión.

—Él tenía opciones, y escogió esa. Ahora vos no te podés morir en vida. El resultado sería tan funesto como el de Manuel y vos no querés eso.

—Es fácil decirlo, pero la realidad es otra.

—No te enojes, pero será que fumamos un tabaquito.

—Estamos en plena calle, ¿dónde vamos a fumar?

—Eso es lo de menos, la pregunta es si te provoca.

—Pues sí.

—Buscamos un lote vacío que tenga un arbolito o algo que nos cubra.

Fumaron. Cuando regresaron, pidieron de comer. Los hermanos se miraron con algo de intriga al notar un cambio de actitud en Santiago y cuando quisieron indagar al respecto, apareció Vida, en compañía de Mauricio, truncándoles la curiosidad.

—Hola a todos, gracias por venir al entierro de mi primo.

Algunos gestos de condolencia se hicieron manifiestos antes que se dieran las palabras que permitieran los saludos. Luego vino la conversación amable en la que escucharon anécdotas de

Manuel. Mauricio, por su parte, revivía recuerdos de infancia que construyó con su primo.

—Yo lloré a mi primo hace muchos años, cuando nuestros padres nos separaron. Continuamente quise volver, pero siempre ocurría algo que no permitía que nos viéramos. Eso sí, nos hablábamos mucho por teléfono. Mi primo era a todo dar. Un loco apasionado, caprichoso, y con toques de artista. Andaba como enamorado últimamente: empezó hasta a hablar distinto. No hubo quien le sacara el nombre de la vieja que lo tenía dando vueltas.

—Me imagino que era una vieja muy mala —dijo Santiago, con algo de ironía.

—¿Por qué?

—No, digo yo. No la vimos en el velorio ni en el entierro.

—Tiene razón —después de estudiarlo por unos segundos —¿Usted es el que vive en Miami?

—Últimamente en Medellín, pero es casi seguro que me regrese.

—No, Santi, te vas, ahora que me mudé para acá —dijo Guille, con tono de decepción.

—Me imagino que tendrás que escuchar lo que te diga el corazón y luego decidir —añadió Vida.

—Barro que te vayás —dijo Jairo.

—Si te vas, no te demorés en volver, acordate que este es tu país —comentó Farid

—Como decía Gabo, "uno se va cuando se desarraiga", y yo siempre estaré atado a mis montañas y a mi gente —indicó Santiago, algo melancólico.

—Ya sea que se vaya o no, le dejo mi correo electrónico para que nos mantengamos en contacto. Cuando me gradúe en unos meses, pienso ir por Miami. Es lo que pedí de regalo de graduación. —Intercambiaron correos.

Después de comer pidieron aguardiente. Farid propuso que recordaran a Manuel con alegría. Y así lo hicieron, cantando canciones románticas que eran las que más escuchaba últimamente. Por ratos, Santiago, ya con tragos en la cabeza, parecía confundirse al mirar al primito. Vida estuvo atenta para darle un jalón cada vez que fue necesario espantarle la confusión. Lo que sí la preocupaba, era que su doliente amigo pasara la noche en donde vivió con Manuel durante los últimos días, justamente en la misma casa donde se quedaría Mauricio, y a donde no llegarían sus jalones.

Cuando llegaron a la casa cayeron en cuenta que compartirían el mismo cuarto y la misma cama.

—Santiaguito, nos tocó compartir cama, huevón. No hay de otra —dijo Mauricio, sumido en la borrachera.

—Sí, hermano, toca.

Mauricio se quitó la ropa y se acostó en calzoncillos recostado contra la pared ante la mirada de Santiago que continuaba dando señas de incredulidad por lo parecido con Manuel. Sin embargo sabía que no lo era, este le inspiraba ternura y no malos pensamientos.

Cuando sintió que Mauricio dormía, buscó el sobre que le dejó Manuel, lo abrió cuidadosamente, se sentó en una punta de la cama cerca de una pequeña lámpara y leyó la carta:

"Santiago, perdóname si con mi partida te causo sufrimiento. Sé que con el tiempo te vas a dar cuenta de que era lo mejor.

No podía soportar seguir viviendo sin ser parte de tu vida. Me ayudaste a descubrir cosas en mí que no sabía que existían.

Siempre dijiste que era un controlador y tenías razón, quise controlar lo único que podía hacer, mi propio destino, mi propia muerte.

También te prometí que serías mío hasta el último día de mi vida, y eso también lo cumplí.

Disfruté cada momento que vivimos juntos. Por favor no me olvides nunca. Yo te estaré cuidando en mi calidad de difunto.

No te mandaré gatos pero seré parte de la brisa que te acaricie. Perdona por tomarme tus *japy pils*.

Te adoro, Manuel".

No pudo evitar el llanto y los sollozos. Apretaba la carta contra su pecho, como queriendo que el alma de Manuel se uniera con la suya. Mauricio, escuchándolo llorar, se sentó sobre la cama. Contemplándolo por rato, llegó a adivinar por quién sufría. Se deslizó hacia él para abrazarlo a la vez que le susurraba —Está bien. Dios lo tiene en su casa.

Aquellas palabras le infundieron paz, que unido al cansancio de su cuerpo, lo sumieron en un pesado sueño que sostuvo hasta bien avanzada la mañana y que pudo ser mayor de no ser por la discusión acalorada de algunas personas en la casa, que alternaban confesiones, reclamos, ratos de silencio y súplicas de perdón.

Momentos más tarde, Mauricio entró a la habitación que compartió con Santiago y sin detenerse ante la presencia de este, se dedicó a mirar algunos de los objetos personales de Manuel, como esperando que le resolvieran la inquietud que traía dibujada en el rostro.

—Dice mi mamá que si quiere llevarse algún recuerdo de mi hermano, lo puede hacer.

Santiago, a pesar de conocer la verdad, no pudo evitar sorprenderse. No imaginaba que la temida conversación se fuera a dar tan pronto, y no lograba decidirse sobre la manera de responder a la situación.

—¿Qué le sorprende, lo de mi hermano o lo del recuerdo? —preguntó Mauricio con enfado.

—Perdón —exclamó Santiago bajando la cabeza y visiblemente confundido.

—Discúlpeme. Me acabo de enterar que mi primo era realmente mi hermano y que me negaron toda una vida para estar con él. Señor Santiago, usted no se imagina cómo me asusté cuando vi a Manuel en el ataúd; se veía tan parecido a mí. ¡Qué confusión! No lograba entender nada. ¿Cómo saber qué me dolía más? El ver mi primo muerto o pensar que de repente se me había acabado la existencia. Que era mi alma la que observaba a mi propio cuerpo sin vida.

—Yo me impresioné cuando lo vi llegar. Manuel era muy importante para mí y por un segundo llegué a pensar que todo había sido una pesadilla y que seguía vivo.

—Sí, parece que usted era muy importante para mi hermano también. Veo que empacó sus cosas, ¿se va?

—Sí, en la tarde.

—¿Lo llevo a la terminal?

—No, antes debo hacer algo.

—¿Lo acompaño?

—Es mejor que esté solo.

—¿Va al cementerio?

—Sí, pero antes a la quebrada.

—¿Qué quebrada? ¿A qué?

—La Sinifaná. Quiero decir una oración en sus aguas para limpiarme el alma.

***

Después de despedirse, fue camino a la quebrada. Al llegar, buscó un área solitaria, para bañarse totalmente desnudo. Vaciló unos segundos por lo turbia del agua, pero pronto esta se hizo cristalina, algo que interpretó como una señal divina. Entre promesas y palabras de perdón buscaba sanarse, tal como lo había hecho Vida en la Bahía de Cartagena. Vertía agua en todo su cuerpo, imaginándola bendita, obrando milagros en él.

Sintió el viento metérsele en la ropa, provocándole un cosquilleo y una sensación placentera que de inmediato asoció con las promesas de Manuel, por lo que miraría al cielo para mandarle un beso. Resurgió de las aguas sintiéndose liviano, renovado, y dueño de una gran enseñanza, que la muerte de su niño de Amagá no sería en vano y que eliminaría de su alma los miedos que le frenaban vivir. Estaba secándose, cuando de repente escuchó una voz.

—Hola.

—¿Qué hace acá?

—Quería ser testigo de su pequeño ritual.

—¿Viene a reclamarme algo? —preguntó, como tratando de entender la presencia de Mauricio.

—¿Hay algo qué tenga que reclamarle?

—Cuando no se entienden las cosas, existe la posibilidad.

—Soy muy observador. Anoche hubo frases que me decían que algo existía entre usted y mi hermano. Sus amigos, de a ratos hablaban cosas en código, y en la madrugada lloró cuando leía algo que le dejó Manuel. Además, esta mañana mi tía, mejor dicho mi nueva mamá, hizo comentarios sobre la amistad tan especial que existía entre ustedes. Me extraña que usted no me hubiese comentado nada.

—¿Cómo hacerlo? Prácticamente no lo conozco —trató de vestirse.

—Entendible —advierte algo en el cuerpo de Santiago — alcancé a darme cuenta que tiene un tatuaje atrás.

—Sí.

—¿Se puede ver?

—No.

—¿Por qué?

—Es personal.

Mauricio aprovechó un descuido de Santiago, cuando trataba de ponerse los calzoncillos, y logró descifrar lo que este tenía escrito en la nalga.

—Mi hermano lo marcó.

—Sí, de muchas formas.

—Ustedes estaban locos.

—Las cosas se fueron dando. Los juegos de la vida a veces nos tocan fibras de las que nacen sentimientos y nadie está exento de que algo así le suceda.

—No hubiera tenido ningún problema si él me lo hubiera contado.

—Él no hubiera sabido cómo contárselo. Creo que apenas llegó a aceptar sus verdaderos sentimientos en los últimos días.

—Cada cual hace con su vida lo que quiere. Si era del otro equipo, eso era cosa de él —dijo Mauricio.

—No siempre es tan sencillo escoger el equipo en el que se quiere jugar. Sé que no fue fácil para él, pero a final de cuentas llegó a tener más claridad que yo mismo, que soy mucho mayor que él y que me las doy de tener más mundo.

—Perdóneme por meterme en sus vainas —dijo, dándose cuenta que la conversación le provocaba melancolía a Santiago— ¿Amigos? —Le tiende la mano.

—Amigos —se dan un apretón de manos— me alegra contar con su amistad. En usted sigue vivo Manuel y eso me da algo de consuelo.

Santiago se sumió en sus pensamientos, recordando el coro de la canción de Cortez:

Cuando un amigo se va, queda un espacio vacío que no lo puede llenar la llegada de otro amigo.

Mauricio insistió acompañar a Santiago al cementerio y este terminó accediendo con palabras escasas. Caminaron en silencio, unidos por el duelo: a ratos se conectaban con miradas tiernas, seguidas de sonrisas tímidas de apoyo.

—Lo espero afuera. Yo tengo muchos días para volver a su tumba. Quiero que cuente conmigo. Es la única manera que tengo de respetar los sentimientos y las decisiones de mi hermano. Además, usted se ve buena gente.

Santiago estuvo de acuerdo con vivir ese último adiós a solas. Una vez frente a la tumba de Manuel, habló con mucho sentimiento pero manteniendo la serenidad.

—Vengo a despedirme, negrito. Es triste que hayas tenido que morir para que en mí naciera el propósito de querer cambiar. Hoy sentí que me acariciaste cuando me bañaba en la quebrada, por favor no dejes de hacerlo nunca. Sabes que soy un bellaco malo y te tendré presente en mis fantasías sexuales. Conocí tu hermano, al que creías que era tu primo. Ya desde donde vos estás, no se pueden guardar secretos. Es tan lindo como tú y tan especial como tú, pero para mí vos seguirás siendo el único negrito de ojos color miel que amo. Solo existe otro hombre, que está perdido en alguna parte del mundo, que podría volver a traer a mi vida. Lo buscaré para tratar de enmendar errores y poner en práctica lo mucho que me enseñaste. Sabés que me quedaron gustando los tríos con vos, así que no dudes de meterte en el medio si algún día logro volver a estar con Ángel. Ya sabrás que me dejaste una marca en la nalga y que aunque quiera, no podré negarte nunca, ni siquiera al mismo Ángel. Y, aunque no existiera tal marca, igual me lleno de orgullo hablando de vos. Igual lo contaría todo. Te adoro, mi negrito lindo, mi niño grande, mi niño de Amagá, que Dios te tenga en su reino.

Mauricio lo esperó paciente a la salida del cementerio. Conversaron en el camino de muchos temas, pero todos los llevaban a Manuel. Cuando llegaron a la terminal, se sentían como amigos de mucho tiempo. En la estación estaban Guille, Jairo, Vida y Farid, con quienes compartió el regreso a Medellín. Mauricio, al despedirse de Santiago, le dijo: — Puedo entender mejor a mi hermano después de conversar con vos, gracias por haber sido parte de su vida.

Santiago tentaba la melancolía, derramaba lágrimas que escondía de sus amigos, pero triunfaron sus esfuerzos por tranquilizarse. Se lo prometió a Manuel en su tumba y se lo prometió a sí mismo, que viviría sin pesares, sin miedos. El resto del viaje se mostró amable, aunque participó de las conversaciones más con gestos que con palabras.

La llegada al apartamento se convirtió en su primera prueba. Debía enfrentar una vez más la soledad. No permitir que las imágenes de aventuras con Manuel, impregnadas en cada espacio, lo atormentaran, y que, por el contrario, fueran vistas como recuerdos gratos. No siempre lo conseguía pero cada vez eran más prolongados los momentos de tranquilidad y de ausencia de llanto.

Decidió que debía regresar a Miami, dándose un plazo de dos semanas para arreglar las cosas en la oficina, comprar algunos regalos y hacer algunas visitas a familiares que había ignorado por mucho tiempo. Compartió con sus amigos, los que estuvieron en Amagá y los que no pudieron ir, como fue el caso de Ricardo, quien tuvo detalles importantes con él, llegando a sentirlo como un buen amigo. El día del regreso, lo acompañaron todos sus amigos, no estaba acostumbrado a que lo hicieran, pero no deseaba truncar las manifestaciones de cariño de nadie.

Otro comienzo

El vuelo de regreso le permitió repasar las experiencias de estos últimos meses. A menudo se reía y las personas que estaban al lado lo miraban como si hubiese perdido la razón. Recordaba la particular forma como consolidó su relación de amistad con Ricardo, el modo en que conoció a Vida, la chispa de Farid, y la manera de amarse con Manuel.

Concluyó que el viaje le sirvió para conocerse mejor, para entender la importancia de no dejar conversaciones a medias que puedan ser finalizadas por otros de maneras adversas, como le sucedió una vez con Ángel y en otra ocasión con Manuel.

Entendió que el amor no se compra ni a alguien que tenga la necesidad más grande. Manuel, a pesar de ser un sexo servidor, nunca quiso aceptarle dinero a cambio de sexo. Comprendió que con los sentimientos no se puede jugar y que se debe estar atento de no herir o crear falsas ilusiones.

Entristeció al recordar que la muerte de Manuel se pudo evitar, pero las imágenes de los momentos de pasión y romance sirvieron de bálsamo, devolviéndole la sonrisa y la esperanza.

Aprendió que la prostitución, de vida fácil, tiene muy poco, y que aunque brinde algunos pesos arrebata dolorosamente la dignidad. Que somos una sociedad que hace poco por garantizar las cosas básicas y que continúa separando a las personas en los extremos de quienes lo tienen todo y los que no tienen nada. Que detrás de quienes se prostituyen existen múltiples razones, como la necesidad de llevar algo de comer a casa, la urgencia por un techo, y la ausencia de oportunidades de estudio y de trabajo.

Dedujo que en las faenas del sexo por dinero, a la larga no gana ni el que compra ni el que vende. Y comprendió que el temor inmoviliza, condena a un estado de perenne incertidumbre en el que anticipas siempre lo peor, y que la aprensión de amar condena a la soledad, a la falta de compromiso y a la pérdida del buen juicio.

Permanecía ajeno al mundo, adentrado en sus pensamientos, y como por impulso buscó un lapicero y escribió en la portada de la revista del avión: "El temor es como cortarle a un pájaro las alas, robarle el sol al día, la luna a la noche, y la esperanza al alma". Y la devolvió a su lugar, con actitud de quien acaba de ofrecer un consejo o de sembrar una semilla.

Llegar a Miami representaba un cauce perdido que regresa a su río, comenzar una vez más y retomar las riendas de un viaje accidentado, incompleto. Quizás aquellos meses en Medellín le habían servido para romper la rutina y para vivir experiencias ausentes en la adolescencia, que, como todo, tendrían consecuencias que Santiago se empeñaba en rescatar como enseñanzas.

Llamó a familiares, empezando por su mamá, y siguiendo con sus amigos de ese lado del mundo, en un esfuerzo por rescatar su vida de antes. A Ángel lo buscaba por todos lados: no faltaba los miércoles en las tardes a la playa del faro de Key Biscayne, pues era algo que acostumbraban a hacer. En una ocasión comentaron que el faro enviaba mensajes para encontrar rumbos y si el de ellos alguna vez se truncaba, sería allí donde se encontrarían.

Santiago no perdía la fe en que así sucediera. Todos los miércoles, a la puesta del sol, acampaba por horas en aquel lugar. En ocasiones estuvo a punto de desistir, pero utilizaba recuerdos y reflexiones nacidas de sus experiencias para inyectarse esperanza. Pensamientos que a menudo dejaba estampados en el diario que volvió a retomar para menguar los vacíos que provoca la soledad. Mucho de lo que escribía lo hacía a manera de ensayo, buscando afianzarse en las expresiones que el temor le truncó en tantas ocasiones pasadas: "Deseo entregarte mis días y mis noches, llenarme de tu esencia, arrullarme con tu respiración, y escuchar en silencio lo que me digan tus ojos, pero sobre todo evitar palabras perdidas y pausas eternas que respondan por mí".

La celebración de sus cuarenta años de vida no fue razón de peso para dejar de ir a la playa del faro. Llevaba mucho tiempo que no tenía sexo con nadie. La última vez había sido con Manuel en la mina San Fernando. Sintió deseos de masturbarse. La playa estaba desértica y aprovechó para hacerlo.

Se imaginó acariciado por Ángel y poseído por Manuel. Era la primera vez que los tenía a los dos en una misma fantasía. Sintió la garganta seca, debido a los quejidos de placer que lo obligaban a tomar y expulsar aire por la boca con gran rapidez. Sudó en abundancia y recordó los juegos morbosos que vivió con Manuel. Siguió entreteniéndose con ilusiones morbosas con el uno y con el otro hasta lograr el clímax.

De repente una brisa suave lo acarició y un gato blanco con ojos verdes claros y brillantes salió de entre los matorrales y se acostó a su lado, provocándole una risa algo nerviosa. Parecía celebrar su regreso a los juegos de placer, pero aún más importante, la unión espiritual con sus dos amores.

Sumergiéndose en el mar, miraba al cielo y al horizonte como buscando en la naturaleza los amores perdidos, y así pasaría ratos eternos. De regreso a tierra firme, caminó viendo lo rápido que el mar borraba sus huellas a pesar de lo fuerte que fueran las pisadas y se recostó en una palmera a descansar, con la mirada puesta mar adentro vislumbrando un gran arco iris que comparó con el trayecto de la vida, con el deseo de alcanzar su cima, los esfuerzos por ascender, las caídas, las segundas oportunidades, el regocijo de llegar a lo alto, de poder divisar desde arriba lo conquistado. Sentía que muchas de sus fortalezas le habían permitido lograr importantes metas, pero no ignoraba sus flaquezas, por lo que entendía que permanecer en la cima del arco iris implicaba evitar extremos que lo enviaran en un feroz desliz. Imaginaba estar en lo más alto, con la mirada puesta en el cielo, como queriendo volar.

Pensando que el regreso de Ángel estaba por darse y que su alma estaba lista para vivir la segunda parte de su vida, fijaría la mirada en el infinito, entregándose al pensamiento del eminente reencuentro; esta vez, listo pa' las que sea.

FIN

Busca ayuda

Si eres un sexo servidor y deseas conocer otras opciones de vida, busca ayuda. Como manera de ejemplo, en Medellín, donde transcurre esta historia, existe un programa de la Alcaldía conocido con el nombre de: *Por una vida más digna*. Ofrece otras opciones de vida, mediante procesos de formación, atención terapéutica y psicosocial, capacitación y nivelación académica.

Si sospechas que tienes una adicción sexual o tienes una dependencia emocional, existen ayudas basadas en diversos modelos, siendo el de alcohólicos anónimos uno de ellos.

Infórmate, haciendo una búsqueda en la red o a través de organizaciones locales.

Índice

Editorial LibrosEnRed

LibrosEnRed es la Editorial Digital más completa en idioma español. Desde junio de 2000 trabajamos en la edición y venta de libros digitales e impresos bajo demanda.

Nuestra misión es facilitar a todos los autores la edición de sus obras y ofrecer a los lectores acceso rápido y económico a libros de todo tipo.

Editamos novelas, cuentos, poesías, tesis, investigaciones, manuales, monografías y toda variedad de contenidos. Brindamos la posibilidad de comercializar las obras desde Internet para millones de potenciales lectores. De este modo, intentamos fortalecer la difusión de los autores que escriben en español.

Ingrese a www.librosenred.com y conozca nuestro catálogo, compuesto por cientos de títulos clásicos y de autores contemporáneos.

www.ingramcontent.com/pod-product-compliance
Lightning Source LLC
Chambersburg PA
CBHW030625110726
47901CB00002B/315